茅盾研究八十年書系

錢振綱・鍾桂松◎主編

丁爾綱◎著

33

茅盾 孔德沚

花木蘭文化出版社

國家圖書館出版品預行編目資料

茅盾 孔德沚／丁爾綱 著 — 初版 — 新北市：花木蘭文化出版社，2014〔民 103〕

目 2+202 面；19×26 公分

(茅盾研究八十年書系；第 33 冊)

ISBN：978-986-322-723-6（精裝）

1. 沈德鴻 2. 傳記

820.908　　103010443

ISBN-978-986-322-723-6

茅盾研究八十年書系

第三三冊　　ISBN：978-986-322-723-6

茅盾 孔德沚

本書據中國青年出版社 1995 年 1 月版重印

作　　者 丁爾綱

主　　編 錢振綱　鍾桂松

總 編 輯 杜潔祥

副總編輯 楊嘉樂

編　　輯 許郁翎

出　　版 花木蘭文化出版社

社　　長 高小娟

聯絡地址 235 新北市中和區中安街七二號十三樓

電話：02-2923-1455／傳眞：02-2923-1452

網　　址 http://www.huamulan.tw 信箱 hml 810518@gmail.com

印　　刷 普羅文化出版廣告事業

初　　版 2014 年 7 月

定　　價 60 冊（精裝）新台幣 120,000 元

茅盾 孔德沚

丁爾綱 著

作者簡介

丁爾綱，1933年出生山東省龍口市。是享受國務院特殊津貼的中國現當代文學史家。曾任中國現代文學研究會、當代文學研究會、少數民族文學研究會、魯迅研究會、丁玲研究會理事、常務理事或副會長。茅盾研究會發起人之一，常務理事、副秘書長、顧問。出版論著：《丁爾綱新時期文論選集》（上、下）、《新時期文學思潮論》、《魯迅小說講話》、《山東當代作家論》（主編、主要作者）。茅盾研究論著有傳記系列：《茅盾評傳》、《茅盾翰墨人生八十秋》、《茅盾 孔德沚》、《茅盾人格》（合作）；作品研究系列：《茅盾作品淺論》、《茅盾散文欣賞》、《茅盾的藝術世界》。參與編輯40卷本的《茅盾全集》，任《茅盾全集》編輯室副主任，負責校勘、注釋第11卷、第27卷，是《全集》審定稿小組成員之一。主編、參考高校教材：《中國現代文學史》（上、下）、《中國當代文學史》（上、中、下）、《少數民族文學作品選講》、《中國現代文學作品選講》（上、下）、《中國當代文學作品選講》（上、下）。在國內外發表學術論文數百篇。

提　　要

本書以《茅盾評傳》中未能充分展開的副線：茅盾的婦女觀、婚戀觀及其婚戀生活為貫串線，評述了茅盾自「五四」前夕起形成的以民主主義為核心的婦女觀與婚戀觀及其進步作用。著重描繪茅盾在實踐此先進思想過程中，此人的解放「五四」時代精神為指針，克服了包辦婚姻帶來的情感痛苦，把目不識丁的夫人孔德沚培養成愛國和同志，並相濡以沫，白頭偕老的高尚行為。

本書還打破為賢者諱的思想定勢。首次也是迄今為止最充分的正面描寫與同是天涯淪落人的秦德君的婚外情。指出茅盾在亡命生涯特殊環境中被壓迫情感爆發的必然性。剖析他回國後正常環境中恢復理性與秦分手的合理性。充分肯定秦德君照料茅盾生活提供創作素材等方面的貢獻。對她收到傷害挾嫌報復的行為充分理解。對她把情感報復發展到政治誣陷輿論打擊的行為作了適當辨析。

全書重點剖析茅盾情感與理智複雜尖銳的內心衝突；凸顯「五四」前驅者面對婦女解放與婚戀生活的發雜的內心世界與追求自我完善、言行一致的人格魅力。茅盾史這方面的與典型之一。此書是《茅盾評傳》的姐妹篇。填補了茅盾整體研究的一項空白。

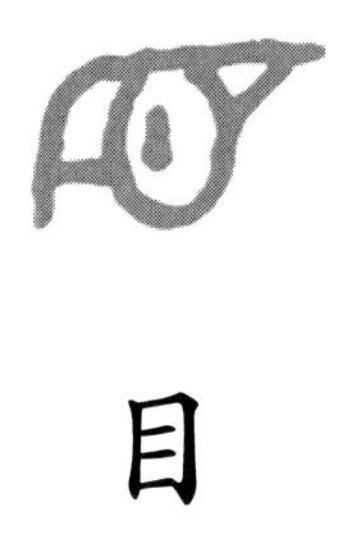

目次

茅盾、孔德沚　攝 1920 年夏

第一章　還「債」式的包辦婚姻，土壤不同形態各異的兩棵幼苗

一八九六年七月四日，即光緒二十二年五月二十四日，在浙江省桐鄉縣烏鎮觀前街沈家木樓樓上那間小屋裡，一個男孩呱呱墜地。他身軀瘦小，啼聲也不甚響亮。誰能料到，就是這個被命名爲沈德鴻、字雁冰的男嬰，會成爲中國共產黨最早的五十三名黨員之一；誰又會料到，他將成爲與魯迅、郭沫若齊名的「五四」新文學的主將與奠基人之一。

一

物華天寶，人傑地靈。茅盾降生的這塊沃土是古越國領地。當年它造就了勾踐、范蠡、西施；而今它造就了蔡元培、魯迅、沈鈞儒、茅盾、郁達夫和馮雪峰！正所謂江山依舊，人才輩出！

在茅盾故鄉，一條車溪劃分了烏鎮、青鎮，它地處水陸要衝，爲江蘇、浙江兩省，湖州、嘉興、蘇州三府，烏程、歸安、崇德、桐鄉、秀水、吳江、震澤七縣交界之地。其歷史可上溯到七千年前，它被與豫、陝等地的仰韶文化同屬新石器中期的馬家濱文化所澤被，馬家濱文化分布在桐鄉石門鎮羅家角、晏城鄉吳家牆門、崇福鎮新橋以及茅盾的出生地烏鎮東三里許的譚家灣等地。譚家灣文化距今約六千餘年。據屬青銅器時代的《尚書·禹貢》載：「桐地在揚州之域。」進入鐵器時代的戰國史著載：烏鎮地區是吳越交兵之地。越壘石爲門以作疆界，故名石門鎮。吳戍烏鎮，故烏鎮古稱烏戍。越滅吳，此地歸越；楚滅越，此地歸楚。秦改郡縣，烏鎮屬會稽郡。東漢、隋、唐時

屬蘇州。宋至清屬嘉興。這一系列農業文化的衍進發展，留下了部分歷史遺跡。西林有晉謝靈運別墅遺址。烏鎮石坊有梁昭明太子讀書處。唐代僧人爲藏舍利子而建的古壽聖寺塔與白蓮寺塔東西相望。枝葉婆娑的唐代銀杏更是烏鎮古老歷史的見證。這悠久的歷史與文化，也在民間文學中留下投影。《中國民間文學集成・桐鄉縣卷》中有以下故事：大禹育稻、昭明求學、武則天吃魚、趙匡胤吃眚神（野雞）、朱元璋放鴨、乾隆訪麻溪。太平天國的故事更是成批地活在人民口頭。

秦漢以降，這裡又一直是陳吳之地。歷史上有四次戰爭，影響著茅盾的文化意識之形成。一是吳越之戰：那臥薪嘗膽、十年生聚、十年教訓的歷史韌性與復仇精神，與茅盾的謹言愼行、銳意進取、變革圖新之性格意志不無關係。直到晚年他在《關於歷史和歷史劇》中，還通過五十餘種《臥薪嘗膽》劇本，疏理出歷史意識與時代精神的親緣關係。二是宋金之戰：它使北宋南遷，黃河文化與長江文化匯流；北曲南漸則促進了文藝的崛起；經濟政治中心南移，更使浙江與烏鎮進一步繁榮，茅盾外祖父之祖先即那時由開封遷此。其母與父的婚姻，又使陳家儒醫傳世的中原文化傳統與沈家由農而儒而商而官的本土文化，結成親緣關係。茅盾性格中北人的厚重與南人的機靈，緣此而得到優化組合。三是明嘉靖以來的抗倭之戰：據縣志、鎮志載，自那以來直到清末民初，抗敵禦侮之戰彼伏此起，人民的抗敵傳統與清廷「寧贈友邦、勿予家奴」的媚態相對照，激發了茅盾愛國主義精神與反抗外侮的民族氣節。四是太平軍與清兵之戰：自一八六〇至一八六二年太平軍曾兩克杭州，李秀成親臨桐鄉指揮作戰。儘管此戰使烏鎮大半被毀，青鎮也嚴重破壞，但老百姓以大局爲重，《烏青鎮志》載有大量支持義軍之義舉。如董某率眾向太平軍獻「筷百雙，棗百斤，燈一千，雞五百」，實暗含勸天王「快早登基」之意。這一切大大陶冶了茅盾的精神與氣質；影響了其人生觀的形成。他早年參預創建共產黨，其寫農民的作品向太平天國尋根，筆下的多多頭被疑爲小長毛轉世；他還自稱自己的血液中保留著「鄉村的『泥土氣息』」；這一切都與歷史文化優秀傳統有血緣關係。

茅盾祖籍農村，後遷到充滿農業文化氛圍的烏鎮。其祖母出身農家，其養豬養桑遺風使少年茅盾獲得農桑體驗。他通過「丫姑老爺」結識了許多農民。從他們口裡知道一般農民所思所感與所痛。他自幼從蠶桑繭行葉市上目睹了大魚吃小魚的血淋淋關係。產生了濃厚的憂國憂民意識。烏鎮的物質文明、精神文明連結著古老文化傳統與時代精神、現代意識。這突破封閉、趨向開放的意識取向，形成了茅盾自己所表述的「鄉村的『泥土氣息』」與「都市人的氣質」兼而有之的性格基質。

二

茅盾的家庭與學校教育，有一條由資產階級改良主義、舊民主主義向新民主主義過渡的明顯的軌跡。這是他通向「五四」精神與革命思潮的橋樑，也留下若干舊文化烙印。

茅盾的父親沈永錫，中過秀才卻無意爲官，跟著岳父著名儒醫陳我如學醫。戊戌維新中他和表弟盧鑒泉等都是新派。他攻讀聲光化電、政治經濟與西醫西藥等書；還酷愛數學；特別留心鼓吹革命的新書刊。茅盾的母親自幼飽讀四書五經，兼及唐詩、古文觀止。婚後在丈夫指導下精讀《史鑒節要》與新學西著，遂成了學兼中西又善理家，既具新女性品格又具舊女性賢淑精幹道德情操的賢妻良母。

父親不願茅盾就讀私塾被納入學而優則仕的舊路。五歲起父母就教他學《字課圖識》、《天文歌略》、《地理歌略》等新學。母親據《史鑒節要》自編歷史課本教他以新的眼光看祖先的過去。父親還允許他讀三國、西遊、封神榜、紅樓夢等俚俗小說和漢譯文言西歐文學名著以擴展其視野，且認爲「看看閑書，也能把文理看通」。豈不知正是此舉和民間文學的薰陶一起，埋下一棵文學的胚芽。儘管他志趣在理工，也希望兒子能走實業救國，憑技術安身立命之路。然而生活中主觀上的良好願望，往往未必能按其預想實現。正如他望子成龍，給兒子鋪墊了一條新路；但環境的其它因素，卻把兒子的婚姻拖上舊路；而他自己不僅沒替兒子擋擋風、遮遮雨；卻由於自己婚姻過程中欠下的「情債」，事與願違地也把兒子推上這條路。從此使兒子在愛情婚姻家庭以至社會際遇上，幾乎一生都面臨著種種複雜的情感的折磨，道德操守的考驗。

這是因爲茅盾的命運，除了時代社會環境之外，還受著曾祖、祖父及父親三代人新舊交雜的種種意願與社會關係的制約。其包辦婚姻即是一例。

茅盾和他的夫人孔德沚，兩家是世交。彼此的祖父既是摯友，又有許多情趣愛好上的共鳴，茅盾的祖父沈恩培雖曾按曾祖的意願寒窗苦讀；然而他看淡功名，無意官場。屢試不中，全不在乎。反而詩酒書法自娛，備覺樂在其中。這就和孔乙己大異其趣，當然不會去研究「回」字有四種寫法；卻常爲人題匾額堂幅、樓堂館名、商店招牌以至輓聯對聯。他從來分文不取。或看到所題匾額店名爲人所注目，或過年過節見所題對聯龍飛鳳舞爲親朋友鄰添一些喜慶氣氛，就不禁捻鬚微笑，獲得了情感上的最大報酬。他又喜愛音樂，善吹洞簫。茶餘酒後，弄抑揚頓挫，聽清音繚繞，就飄飄然起來。這是一位活得相當瀟灑的老人。

孔德沚祖上原是勞動人。開始時挑一副豆腐擔走街串巷，小本經營。後來積少成多，就開起幾所蠟燭坊和專售香燭錫箔黃表等迷信用品的店鋪，漸成爲殷實之家；卻並非書香門第。到其祖父孔繁林，雖未臻斯文上層，卻也能比附風雅。他自號樂愚，自建花園則命名爲「庸園」。均暗含樂在愚庸、崇尙曠達、不慕名利之意。他亦愛書法，兼及花卉。所建庸園即「孔家花園」遠近馳名。

他仰慕沈家詩書傳家，也欽佩沈恩培超脫曠達，常請他來庸園賞花。也常同到訪盧閣品茗；赴西園聽曲。他倆談古論今，詩酒茶樂相娛。俗話說：接代不親隔代親。沈恩培頗喜長孫茅盾聰慧；孔繁林亦愛孫女乖覺。兩人外出，均常攜孫子孫女以助雅趣。

鎭上的錢隆盛雜貨店是唯一一家貨色齊全的南貨店。錢家是茅盾的四叔祖的親戚：四叔祖的續弦是錢店主的妹子。其子名凱松，是茅盾回憶錄中常提到的曾同過學的凱叔（後夭亡）。茅盾的母親和錢氏交好。所以沈錢兩家非一般關係。沈恩培常常抱著茅盾去錢家雜貨店買東西；孔繁林也常常抱著孔德沚去該店買東西。舊話有千里姻緣一線牽之說，那固然是宿命論之見。但客觀環境有時確實具有一定的決定性作用。這天說也湊巧。沈恩培抱著五歲的茅盾到錢隆盛，買罷東西，正隔著櫃台和錢店主閑談。孔繁林也抱著四歲的孫女來了。三個人見面，就放下一對兩小無猜的小兒女在旁邊玩耍，三個人山南海北地攀談起來。錢店主邊聽沈恩培、孔繁林談今論古，也注視著這一對小兒女咿咿呀呀說長道短，他忽然靈機觸發，就毛遂自薦爲兩個孩子作媒道：「你們兩家訂了親罷！你們本是世交，而且門當戶對。您二位又是摯友，結爲秦晉，豈不是親上加親？」沈、孔二位相視而笑，當即認同，遂說定各回家商議，換八字，看命相可對。若無生剋，即下庚帖。在三個老人，這番話不過是頃刻間事；但對這一雙四五歲的小兒女，卻是不能兒戲的終身大事！片言隻語定終身，遂繁衍出幾十年的酸甜苦辣的人生經歷。

這麼小的孩子，這麼輕率地決定其終身大事。茅盾的母親雖一向重舊理，自己的婚事也同樣是父母之命、媒妁之言敲定的，但她畢竟經歷過維新變法的洗禮，接受過新學的薰陶。她心裡很不情願，想取得丈夫的支持。遂道：「兩邊都小，長大了是好是歹，誰能預料？」丈夫的回答卻出乎她的預料：「正因爲年紀小，訂了親，我們可以做主：要女方不纏足，要她讀書受新式教育。」父親看妻子沉默不語，自己心裡其實也不無躊躇。但是他另有難言之隱，這時只好向妻子挑明：「在你我定親之前，孔繁林曾經打發媒人持女兒的庚帖來說親。父親請鎮上有名的星相家排八字，不料竟說女方剋夫，因此婚事未成。那時我已經中了秀才。孔家的女兒也十六、七歲了。她聽說自己命中剋夫，覺得永遠嫁不出去了。心頭悒結，不久成病，年輕輕的中途夭折。爲此父親一直覺得欠了孔家一筆親情債！這次他當面同意和孔家爲孫兒聯姻，恐怕出於這個考慮。」母親說：「如果這次排八字又是相剋，那怎麼辦？」父親說：「這事由我作主；排八字不對頭，也要定親！」母親看丈夫主意已定，只好不再爭了。

其實她並非相信什麼排八字，只是爲兒子的命運存一線希望。但她哪裡知道，凡事開明的丈夫，會如此固執地謹依父命，以兒子的婚姻償還他欠孔家的「情債」。她又哪裡知道那位星相家這次排八字，絕不會得出女方剋夫的結論。因爲孔家接受了上次的經驗教訓，把孔家各房女兒的八字都改過了。於是錢掌櫃的大媒終於當成了。五歲的茅盾與四歲的孔德沚的命運與婚姻關係，在當事人未諳世事，尙不曉得夫妻關係爲何物的情況下，就這麼確定下來了！

父親了卻一件心事；卻又添了另一件心事：爲不致使兒子將來的夫婦生活太不如意，他採取盡可能辦到的方法予以彌補。他請媒人告訴孔家：第一，不要給女兒纏足。第二，一定要教她識字。他哪裡料到文化層次低下，思想又守舊的親家公、親家母，根本把他的要求當耳邊風！

這時孔德沚已經纏足達半年之久。可憐孩子那一雙天足硬是要折成「三寸金蓮」！走一走痛入骨髓，小小年紀，既不能走，更不能跳跳蹦蹦，終日一瘸一拐，痛得又哭又叫。

她父親是個沒出息的角色。吃喝嫖賭，無所不爲。她母親雖然識字，但思想極其陳舊。唯其識字，才曉得「女子無才便是德」的古訓！既頑固地堅持讓女兒纏足；又整天病病懨懨。自己固然不肯教女兒認字，更不肯送她上學。何況當時鎮上並無女子小學。幸好寡居的大姨住在家裡照料常病且生了九胎的母親。這是個明大理、識大體、且心腸善而軟的長輩。她見外甥女實在可憐，就在晚間偷偷給孩子把裹腳布解掉。第二天母親見女兒沒有纏足，還以爲是她自己解的，訓斥之餘，又給纏上了。這樣纏了解，解了纏，大姨覺得並非久計。於是挺身而出，承認是自己解的。並且開導妹妹說：「婆家早就說過不要纏足，爲什麼咱們硬是要纏？萬一女婿長大了不要纏足的老婆，豈不害了咱的孩子？」妹妹也有妹妹的歪理：「女婿現在才五、六歲，誰知道他長大時是要纏足的老婆，還是要不纏足的老婆？」姐姐說：「人家那是知書達禮的開明人家；訂婚時明明提了不纏足、要識字的條件。這是親家公託媒人特地來提出的要求。女婿大了，只會更開明，又怎會要纏足的老婆？」姊妹倆吵了幾次，妹妹的歪理爭不過姐組的正理。加上她自己病體難支，自顧不暇，又怎拗得過姐姐和女兒？一賭氣索性不管了。這才解放了可憐巴巴的女孩兒！但是爲時已晚，纏足半年的結果，五個腳趾骨雖未折斷，足背骨卻已微彎，已與天足有別。幸而大姨庇護，足放得早。不然後來香港淪陷，步行脫險時，她又怎能身背包袱，尾隨茅盾左右，一步一步，晝夜兼程，靠那一雙半天足由香港步行去惠陽？

但是，由於孔家這獨特的家庭環境的困囿，上述對茅盾有重大影響的歷史的、現實的、政治的、經濟的、文化的種種促進思想發展、視野開闊、得以追隨時代的有利的環境條件，竟未能澤被孔德沚。她除了在大姨支持下爭取到一雙半天足，此外幾乎毫無所得！個人的主觀與主體的力量，與環境相較，畢竟是小得可憐！儘管後來鎮上有了私立敦本女塾，茅盾的父親又請媒人敦促親家送女兒上學；並且說將來嫁妝可隨便些，現在一定要捨得花錢送女兒上學。對方卻只是不理。於是處在相同大環境的小夫婦，其發展的方向，相距愈來愈大。茅盾一步大似一步地邁向其新文化巨人之路。他的夫人卻停滯在那個封建小市民的家庭裡！

個人往往難以超越環境的制約，在缺乏宏觀意識與透徹了解之前，人們往往相信命運二字。其實茅盾和孔德沚那童稚的命運，操縱在幾個長輩的手裡。幾位長輩操縱他們之命運的封建意識，又受那個幾千年沿襲下來的封建制度的制約。而後來他們的命運之所以能改變，靠的是更具力量的社會革命運動導致的大變革。只是茅盾這時並未意識到他已經先行了一步。孔德沚也未料到她後來也能夠跟上！

三

茅盾八歲時父親一病不起，遷延經年，多方延醫竟無起色。一九〇五年祖母許下大願，陽曆七月十五日出城隍會時，讓九歲的茅盾扮一「犯人」，以示「贖罪」為父消災。這當然不會有「效」，但茅盾卻獲得一次獨特體驗，愛玩耍的童心得到滿足。

父親自知不起，遂主動安排後事。他給兒子留下遺囑：「中國大勢，除非有第二次的變法維新，便要被列強瓜分，而兩者都要振興實業，需要理工人才；如果不願在國內做亡國奴，有了理工這個本領，國外到處可以謀生。」他出示茅盾以譚嗣同的《仁學》道：「這是一大奇書，……你一定要細讀。大丈夫要以天下為己任，你要有這個抱負啊！」是年秋父逝。母親在遺像前親書對聯：「幼誦孔孟之言，長學聲光化電，憂國憂民，斯人斯疾，奈何長才未展，死不瞑目；良人亦即良師，十年互勉互勵，雹碎春紅，百身莫贖，從今誓守遺言，等教雙趨。」

但仙逝的父，新寡的母，都無法料到，這「雙趨」成人之後均不以「齊家」為滿足，卻把父親「大丈夫要以天下為己任」的遺教，發展為治國安民的壯志，相繼成為共產黨的中堅。茅盾還馳騁文壇，成為中流砥柱；沈澤民投筆從戎，身殉革命！

時勢造英雄；看來人生歷程只能順乎歷史潮流。

在父親病倒的次年即一九〇四年夏，茅盾入烏鎮最早成立的立志小學。校長即對茅盾一生舉足輕重的表叔盧鑒泉。學校在鎮中心立志書院舊址。校門對聯為：「先立乎其大，有志者竟成。」這成了乍諳世事的茅盾的座右銘。他隨年齡被編入乙班，又因功課優秀而躍入甲班；是班上年紀最小的學生。一九〇六年冬畢業後，於一九〇七年春轉入位於道教供太上老君的北宮內的植材高等小學。這兩所小學的課程既有子曰詩云，也有聲光化電。植材還教英文，以極深的納氏文法為課本。這就超前地為茅盾打下深厚的英文根基。教師中既有思想守舊的冬烘先生；也有新派人物與留學日本的留學生，如沈聽蕉、張濟川等。茅盾品學兼優，尤善作文。進植材次年，童生會考，命題為《試論富國強兵之道》。茅盾作文以「大丈夫當以天下為己任」作結。主持會考的盧表叔在茅盾文章後批道：「十二歲小兒，能作此語，莫謂祖國無人也。」

一九〇九年夏，茅盾從植材小學畢業。十三周歲的他，這年秋隨著長他幾歲先在湖州求學的姓費的小表叔，到湖州中學插入二年級，開始了他的中學時代。趁他首次離家，從此除寒暑假外，均在外地之際，筆者交代一樁有關茅盾愛情傳說的「公案」：即所謂王會悟自幼愛他的離奇說法。王會悟是茅盾的表姑，他離家前她不過十歲左右。儘管兩家一度比鄰而居，但那是茅盾離家上學和工作後的事，何況她情竇未開。那時是辛亥革命前，怎會隔輩戀愛？何況她既知他與孔德沚已自幼訂婚，她本人又和孔德沚熟稔。於禮於理於情，都不會、實際上也並未動此戀情。他們再度相聚於上海是中共建黨前夕。經茅盾介紹，王會悟與黨的理論家李達結婚。那時婚後的孔德沚已抵上海。她們親密相處，直至永訣。

四

茅盾踏入湖州中學大門，正值辛亥革命前夕；全社會均處在山雨欲來風滿樓的時代。然學校仍給學生以封建禁錮主義的教育。茅盾也不得不「書不讀秦漢以下，文章以駢體爲正宗；詩要學建安七子，寫信擬六朝人的小札；舉止要風流瀟灑；氣度要清華疏曠。」茅盾說這只能把自己培養成「恂恂小丈夫。」〔註1〕但不久新潮衝擊到學校。校長沈琴譜是同盟會祕密會員。他請曾任外交官的湖州名流錢念劬代理校長進行改革。使新學漸滲入課堂教學，啓迪了茅盾的思想。茅盾也在自己命題爲《志在鴻鵠》的作文中，進一步抒發了「以天下爲己任」的抱負。錢念劬多處加圈並給批語道：「是將來能爲文者。」這可謂是天才的預言。從此，茅盾在這裡新學舊學兼攻。他讀了大量典籍。如先秦諸子特別是老、莊、荀、墨、韓非等的論著，《漢魏六朝百三家集》，左思、白居易等的詩，及《昭明文選》等。他還學會以駢體寫作。《記夢》一文即用駢體寫成。學校重視英文。茅盾在小學所學基礎上，進一步打下英文的深厚根基。

一九一一年秋茅盾轉入嘉興省立三中。在這裡他接受了辛亥革命的洗禮。教師中多爲名流與革命黨人：如校長方青箱、幾何教師計仰先、國文教師朱希祖、馬裕藻、朱逢仙等。茅盾也接受了嘉興先賢壯烈犧牲的革命元老陶煥卿，與尚健在的范古農的影響。他以飽滿的革命熱情迎接了辛亥革命，他天天步行到火車站買上海客人的報紙，如飢似渴地了解革命勝利的消息；對革命寄託了推翻舊制度的厚望。

〔註 1〕《茅盾全集》11 卷，第 84 頁。

革命精神的昂揚導致了反抗行動。嘉興光復後，新任學監以「整頓學風」名義壓制學生。茅盾後來回憶說：「革命雖已成功，而我們卻失去了以前曾經有過的自由。我們當然不服，就和學校搗亂。」遂被學監記過。茅盾等逕去質問學監，還打碎了布告牌。茅盾又抄《莊子・秋水》中莊子諷刺惠子的話：「南方有鳥，其名爲鵷鶵，……非梧桐不止，非練實不食，非醴泉不飲。於是鴟鷹得腐鼠，鵷鶵過之，仰而視之曰：『嚇』！今子欲以子之梁國嚇我邪！」連同一隻死老鼠裝在信封裡，當作考卷，送給學監。被諷刺的學監惱羞成怒，就把他們開除了。

對辛亥革命懷著熱望的茅盾，剪掉一條辮子，受到開除處分。他對資產階級舊民主主義革命徹底失望了。不過茅盾並未消沉。他說：「回憶是辛酸的罷，然而只有激起我們的奮發之心。」〔註 2〕當茅盾轉入杭州私立安定中學在一九一二年讀中學最後一年時，這時的社會革命氣氛完全消散，復舊之風越颳越厲。茅盾只能集中力量在求學上。這時他跟姓楊的國文老師系統地學了「中國文學發展變遷史」。從詩經、楚辭、漢賦、駢文、唐詩、宋詞、元雜劇、明前後七子、明傳奇，直到桐城派及晚清江西詩派。把以前所學，系統化地串起來了。這幫助他打下深厚的文學根基，並確立了對中國古代文學傳統溯本窮源的思維特徵。

五

中學畢業，面臨著升學與就業的選擇。長輩們本來連他升中學都不贊成，更反對他上大學了，但在盧表叔的支持下，母親把外祖母給的一千兩銀子估算一下：可供兩個兒子上三年專科的學費。茅盾遂於一九一三年考入了北京大學預科。茅盾沒遵父親學理工的遺囑，平生首次做出獨立抉擇：上預科第二類，將來進文科。這一抉擇，其意義可與魯迅棄醫就文相提並論。

茅盾所在的預科學生宿舍，一部分在沙灘，一部分在譯學館。茅盾住在譯學館。其前身是一九〇二年併入京師大學堂的外務部同文館，位於北河沿，大體上是今景山東街、北池子大街和五四大街三叉路口一帶。這是一所二層洋樓。今已蕩然無存。

在北大，茅盾首次踏進一個思想方式與生活方式均具嶄新時代內容的高

〔註 2〕《茅盾全集》12 卷，第 160～161 頁。

層次社會。那時蔡元培雖未長校，但北大仍領風氣之先。其內部也存在保留勢力，故形成政治與學術爭鳴對峙的局勢，頗利於促學生獨立思考。茅盾由此得益頗大。有三個方面影響著其人生道路與世界觀的定型：一是他對資產階級舊民主主義的侷限性和中國封建勢力根深柢固所決定的中國革命的艱巨性，有了深刻認識。他目睹了袁世凱稱帝及與日本簽訂喪權辱國的「廿一條」。其小學時代見諮議局選舉即為之激動，中學時代也對辛亥革命寄予厚望等幻想，此時已徹底破滅，他深沉地思考著中國眞正的出路。二是在北大呼吸到民主、自由、追求眞理的空氣，開始了人道主義與個性解放的追求。他還師從許多著名教授，鍛鑄了自己嚴謹紮實的治學道路。其中受沈尹默的影響最大。沈尹默是與陳獨秀、錢玄同等齊名的《新青年》創始人之一。他引導茅盾把握先秦諸子學說的精要。教會他從蕪雜的文章典籍中辨析眞僞。引導他系統地攻讀了自《典論論文》始，直至近人章實齋的《文史通義》等古代文論。幫助他弄通了尚不熟悉的江西詩派黃山谷詩。也教他初通了一點佛家思想。茅盾還進一步接受了西方民主主義文學的洗禮，師從許多西籍教授學英文版的司各特的《艾凡赫》、狄福的《魯賓遜飄流記》、莎士比亞的《麥克白》、《威尼斯商人》、《漢姆雷特》等。不論文學素養抑或英文的把握，都使茅盾如虎添翼。此外他還選修法文，用著名的《邁爾通史》爲教材學習了世界通史。茅盾後來能學貫中西，自幼至此，打下了牢固的根基。

北大時期最重要的事，是在表叔盧鑒泉幫助下實現了人生道路的選擇。當時盧表叔在北京任財政部公債司長。給茅盾提供了觀察他主持的國內公債抽籤還本大會的機會。這和後來寫《子夜》大有關係。當時商務印書館北京分館爲承印債券而巴結盧鑒泉，並提供了介紹茅盾進上海商務印書館的機會。這對茅盾後來的發展，是關鍵的一環。

六

茅盾晚年說自己「中年稍經憂患，雖有抱負，早成泡影。不得已而舞文弄墨。」〔註3〕這並非偶然，他自幼就有文學根基，埋下了創作的胚芽。

茅盾在植材小學時的同學沈志堅先生在四十年代的文章中回憶說：當時茅盾的國文成績「已爲全校冠軍。教師張之琴先生嘗撫其背道：『你將來是個

〔註3〕《我走過的道路》上冊，第1頁。

了不起的文學家呢！好好地用功吧！』他聽了……益加奮勉。以異日文豪自期，便對我說：『我能著作一種偉大的小說，成一名家於願足矣。』」〔註4〕

事實上前述其學業中，已經有一條把握中外文學以爲參照系的明顯線索，其文學素養與天才稟賦，兒童時代與學生時代均時有閃現。在三十年代所寫散文《天窗》中，他回憶兒時晚上被大人逼著上床而不能成眠時的情景：透過天窗看到的「一粒星，一朵雲，想像到無數閃閃爍爍可愛的星，無數像山似的，馬似的，巨人似的，奇幻的雲彩，你會從那小玻璃上面掠過的一條黑影想像到這也許是灰色的蝙蝠，也許是會唱歌的夜鶯，也許是惡霸似的貓頭鷹，——總之，美麗的神奇的夜的世界的一切，立刻會在你的想像中展開」。「發明這『天窗』的大人們，是應得感謝的。因爲活潑會想的孩子們會知道怎樣從『無』中看出『有』，從『虛』中看出『實』，比任憑他看到的更親切，更闊達，更複雜，更確實！」〔註5〕這段文字不僅記下了童年茅盾情感記憶中的審美感受力，也記下了他豐富與強烈的審美想像力。而且這不是孤例。許多文章都記有此類材料。如《冬天》一文記下的茅盾童年與野孩子們在荒郊「踏野火」的雄姿與感受，同樣是上述能力的實證。這種能力在小學作文《悲秋》中，在中學的作文《志在鴻鵠》與《說夢》中都有體現。《說夢》是駢體文。所寫夢境中的人物眾多，涉及典籍詩文極廣。篇末結語是寫夢醒：「檐頭鵲噪，遠寺晨鐘。同室學友，鼾聲方濃。」〔註6〕當時環境，點染數語，即令人如臨其境。這一切說明：那時茅盾已有極強的觀察感受、直覺體驗、情感記憶、想像虛構與提煉加工、審美表現等方面的能力。

這倒並非說他是與生俱來的天才。這有賴於他青少年時代的陶冶與刻苦學練。

千里之行，始於足下，當年的文學胚芽，後來的參天大樹。茅盾作爲偉大的文學家，其成長過程，是應該從童年、少年時代尋其根源蹤跡的。

而其人生觀的形成，首先取決其降生以來無法選擇、只能受其薰陶影響的歷史的、社會的、人文的客觀環境。

把握了這些，也就把握了茅盾成爲革命家、社會活動家、文學家、理論批評家這一人生道路必然性的最初契機。

這使他和未婚妻孔德沚之間，拉開了極大的距離。

〔註 4〕《中國當代文學研究資料‧茅盾專輯》1卷上冊：《懷茅盾》。
〔註 5〕《茅盾全集》11卷，第310～311頁。
〔註 6〕《我走過的道路》上，第80頁。

第二章　「我不要伊，別人要伊麼？」「解放了伊，做個『人』！」

北大預科畢業，離京赴滬就業，茅盾離即將爆發的「五四」運動策源地遠了，離他的未婚妻孔德沚，離他那璀璨輝煌的「革命家與文學家完美結合」的人生旅程卻近了。但其開場，充滿了世態炎涼的戲劇色彩。

一

一九一六年八月初，在上海河南路商務印書館發行所，來見總經理的茅盾，被一位職員攔住。他見茅盾年經輕輕，身材瘦小；淺竹布長衫，圓口千層底青布鞋，雖不寒酸，卻不像有身份者。就冷冷地說：「你等著罷！」當時的茅盾年輕氣盛；豈肯耐這種官腔冷遇？就說：「我不能等。這裡是孫伯恒的信。」一聽「孫伯恒」三字，那人觸電般站起來問：「可是北京分館的孫經理？」茅盾並不回答，只把介紹信一亮。那人滿面堆笑，立刻禮讓道：「請上三樓，那兒有人招呼。」

三樓那人也打官腔：「先登記！什麼姓名？」「沈德鴻。」「三點水共字的洪麼？」「不是，燕雀安知鴻鵠之志的鴻。」那人並不知此出典，也沒明白這是雙關語，只是搖頭。茅盾又說：「是翩若驚鴻的鴻。」那人更是茫然。旁邊也在候見的人說：「是江鳥的鴻。」管登記者瞪了茅盾一眼道：「江鳥鴻，人人都懂，你偏不說。登記！」茅盾拿出那個大信封。那人見上書「面陳總經理張　台啓　商務印書館北京分館孫」時，便霍地站起，滿面賠笑說：「我馬上去傳達。」便立即把已登記進去了的人帶出，躬身讓茅盾進去。茅盾暗覺好笑。初出校門踏上人生道路的他，上了世態炎涼的第一課！

張元濟倒沒有架子，甚至還相當客氣。他已有準備。當即打電話給英文部部長鄺富灼，並派自己的專車讓茶房頭目送茅盾到寶山路商務印書館編譯所。鄺富灼安排他在新設立的英文函授學校改學生的課卷。事後茅盾從先入館的同事處獲悉；館內幫派林立，裙帶關係嚴重，把人分成三六九等。茅盾是乘總經理的專車由茶房頭目送來的，工資也比同資歷的同事高些。遂被認爲與總經理沾親帶故，受到刮目相看。茅盾解釋不清，只有苦笑。他不勝感慨；在給母親的信中說：「儘管您再三囑盧表叔不要把我弄到官場。不料這個『知識之府』的商務印書館，也是變相的官場！」

茅盾後來處境的不斷改善，靠的卻不是關係，而是眞才實學。改課卷對茅盾來說是很輕鬆的。但他喜歡英文部同事多說英語的環境，他藉此彌補了以前閱讀能力強，會話能力不足的缺陷。工作遊刃有餘，茅盾也有精力關心別的事。他發現商務剛出版的《辭源》弊病不少。忍不住致函張元濟陳說己見。張元濟頗爲賞識，批轉編譯所長高夢旦核辦。

高夢旦雖也天天來這大家擠在一起的「蜂房」般的辦公室，卻首次和新來的茅盾接談：「你的信很好！總經理同我商量過，你在英文部用非其材，想請你同所裡孫毓修老先生合作譯書，你可願意！」孫毓修編譯過中國第一本兒童文學《無貓圖》，茅盾猜想他懂英文，當即表示同意。

孫毓修舉止矜持，一付名士派頭：「我是版本目錄學家，專門鑑別版本眞僞，有暇也譯點書。有部書我譯了三、四章，懶得再譯了。我的譯筆與眾不同，你可能續譯？」茅盾見此書是卡本脫的《人如何得衣》。所謂「譯筆與眾不同」是縮寫式的意譯；文字則用駢體。材琴南當時的譯法已離原著頗遠，但至少有百分之六十不失原貌。孫譯連此也難保持，但此書是科普讀物而非名著，茅盾覺得不妨一試。遂說：「先生文筆別具一格，我試譯一章，能不能用，還得先生定奪。」孫毓修自負地一笑：「試試看罷！」三天後茅盾送去一章。孫帶點輕視的口吻說：「到底年輕人精力充沛出手快。」但看了幾頁，面色嚴肅起來道：「眞虧你，居然也能仿我的駢體來譯，乍一看似出一人手筆。」茅盾謙虛地說：「慚愧得很，還請先生斧正」。孫毓修盤讀再三，只改得幾個字，就把稿子歸還：「你譯下去罷！」一個半月後孫毓修從茅盾手中接過全部譯文。他頗感意外。試探著問：「版權頁上是寫你我合譯，還是你譯我校？」茅盾說：「只用你一人的名字就好。」孫毓修又驚又喜，稍一沉吟道：「好，就這樣辦。」此後如法炮制，茅盾又譯了《人如何得食》、《人如何得住》。

有一次孫毓修發現茅盾在讀《困學紀聞》。大為驚異：「你還喜歡考據之學？」茅盾說：「談不上，我是個『雜』家，瀏覽而已。」孫毓修問：「你還讀過什麼書？」茅盾說：「我從中學到北京大學，涉獵所及，有十三經注疏、先秦諸子、史記、漢書、後漢書、三國志、漢魏六朝百三家集、資治通鑑、昭明文選也通讀過兩遍，至於九通、二十四史中其它各史，歷代名家詩文集，只是抽閱若干章節而已。」孫毓修倒抽了一口冷氣。從此在茅盾面前收斂了那名士派頭。

二

譯完這三本小書，孫毓修要茅盾編《中國寓言初編》，茅盾欣然同意。因為這可以趁機系統地讀先秦諸子和四庫全書的兩漢經史子部，當時預定還要編續編、三編。但實際只編輯出版了《初編》即為工作變動所打斷。

這當中茅盾利用一年中有一個月的額外休息機會，回烏鎮接母親出來到南京上海遊覽。回到單位後，他的工作發生了變化。原來，一個人主編《教育雜誌》、《學生雜誌》、《少年雜誌》三個刊物的朱元善賞識茅盾的才華，他向高夢旦要求並獲同意：調茅盾擔任《學生雜誌》的助編。但孫毓修藉口寓言的續編尚未進行，不肯放他。經協商把茅盾「一分為二」：半天當助編；半天編寓言。實際上孫毓修安排茅盾的工作不是寓言續編，而是據外國童話與中國傳奇用白話文改寫成兒童讀物。茅盾共編了二十七篇童話，分編為十七分冊出版。在少年兒童中產生了很大影響，所以茅盾關注兒童文學始自其青年時代。

茅盾擔任助編的這個《學生雜誌》，是以提供中學生課外知識為主的刊物。朱元善除安排茅盾審閱來稿外，還讓茅盾編科學小說。茅盾首先譯了一篇科幻小說《三百年後孵化之卵》刊於《學生雜誌》一九一七年正月號，這是他發表的第一篇譯作。接著和弟弟沈澤民合譯連載了八期的科學小說《兩月中之建築譚》。朱元善要求用駢文體編譯。茅盾此文是這樣開頭的：「疏林斜陽，數聲蟬唱，綠水青草，兩部蛙歌。」由此可見其當時文筆之一斑。此文的技術部分由讀河海工程專門學校、懂得技術術語的沈澤民譯出。兄弟倆配合得珠聯璧合。此後他倆又合譯了敘述科學知識的《理工學生在校記》。

茅盾不僅利用助編「學生雜誌」的機會向青少年普及科學知識，而且還對青少年進行啓蒙思想教育，灌輸民主主義意識。一九一八年他在《學生雜誌》上連載了他編寫的長篇文章《履人傳》與《縫工傳》。倡導的思想即《履人傳》序言中下面這段話：「夫芝草無根，醴泉無源，王侯將相無種，丈夫貴能自立，閥閱豈能限人哉。」「人在自樹，自暴自棄者天厭之。」

最能體現茅盾的民主主義意識與啓蒙主義教育傾向的，是其年十二月五日所刊《學生與社會》與一九一八年一月五日所刊《一九一八年之學生》兩篇社會論文。前者提出：「學生爲一國社會之種子，國勢之強弱，固以社會之良窳爲準，而社會之良窳，又以其種子之善否爲判，現社會良，而種子惡，國勢必衰。反之，現社會雖不良，而種子善，國勢必振。」因此茅盾要求學生「有擔當宇宙之志」，「有自主心，以造成高尚之人格，切用之學問，有奮鬥力以戰退惡運，以建設新業。」〔註 1〕他把「革新之望」寄託在青年身上，青年中，他又特別寄厚望於學生。這是有發展眼光的治本之見。他認爲青年是社會中最有活力的力量；而學生又是青年中首先覺悟的階層。因此，他在後一篇文章中，向學生提出「革新思想」、「創造文明」、「奮鬥主義」三大主張。他既認定「時勢造英雄」的唯物史觀，也認定「方今時勢，有需於生民之作爲，而別創歷史上之新紀元」的，發揮主觀能動作用的歷史唯物論。故而號召學生「振臂而起，副父老之望」，發揮奮鬥進取的「人生之天職」，把這看作「學生立身之第一事。」〔註 2〕

從一九一九年起茅盾「開始注意俄國文學」。這年的《學生雜誌》四、五號上，發表了他第一篇文學論文：「託爾斯泰與今日之俄羅斯」。此後又發表了一系列文學論文。從此一發而不可收，開始了他理論批評家的生涯。

茅盾這些論著、譯著發表的時間，是在「五四」運動前夕。既是對倡導新潮的《新青年》雜誌的響應與配合，又是在十月革命影響下，主動介入社會革命潮流的行動。他這時還是位革命民主主義者。他針對青年學生所做的一系列的多方位的思想啓蒙工作，以民主與科學爲主調，這與「五四」時代精神完全吻合。「五四」運動又是茅盾世界觀與人生道路發生質變的重要外部條件。晚年他回憶道：「『五四』運動的大功勞，是解放思想。我自己就解放了思想。我拋棄了從前的『書不讀秦漢以下，文章以駢體爲正宗』的信仰，把從前讀過的經、史、子、集統統束之高閣，開始學習馬克思主義，瀏覽歐

〔註 1〕《茅盾全集》14 卷，第 1～8 頁。
〔註 2〕《茅盾全集》14 卷，第 10～13 頁。

洲十九世紀各派的文藝思潮，並努力翻譯、介紹，確實受了『五四』時期在北京出版的《新青年》的影響」。〔註 3〕他認爲「五四」爲後來「目標鮮明的群眾運動奠定了基礎。兩年後，我自己也投入了這個洪流」。〔註 4〕這一切是指他一九一九年尾開始學習馬克思主義，一九二〇年加入共產主義小組，一九二一年成爲中國共產黨五十三位發起人與首批黨員之一而言。

這一切，是他自幼確立的「大丈夫要以天下爲己任」這種時代使命感、歷史責任感與社會參預意識的合乎規律、帶必然性的發展。

三

「五四」前夕，茅盾的生活中還有件大事：這就是日漸逼近的婚事。

這個終身大事，對茅盾，對孔德沚，都是頭等重要、日漸緊迫的。但兩個人的內心世界，卻情態迥異。

對孔德沚說來，生活的量變在內心世界的投影，近乎停滯。這時她漸漸脫離蒙昧未開的兒童、少年時代，步入青春期。少女懷春，是古今常理。自她懂得男女情愛婚姻之事起，她的命運與終身早已決定，對此她也是滿意的，而且企盼那佳期早日蒞臨。和她的祖父、父母同樣，對沈家和沈家的這位大公子，她也認爲是理想的婆家和夫婿。婚約既定，結婚是指日可待的事。但她心中也始終忐忑不安。其中除了未婚少女共性的層面外，她特有的是兩家和兩人之間存在種種差距，婚後她能否使婆家與夫婿滿意？腳是已經放了，文化水平卻沒有上去。更嚴重的是她和婆家的要求，夫婿的層次之間，究竟有多大差距？她如何在婚前做出努力，去消除這一切？對此，她都沒有底。她只有等待，等待！

她這種心態，是環境所致；她從無別的選擇，也從未作他想：這不能怪她。魯迅在孔德沚與茅盾結婚那年，發表了一篇自問世至而今均大名鼎鼎的長篇論文：《我之節烈觀》，其中有一段相當透徹的剖釋：

> 只有自己不顧別人的民情，又是女應守節男子卻可多妻的社會，造出如此畸形道德，而且日見精密嚴酷，本也毫不足怪。但主張的是男子，上當的是女子。女子本身，何以毫無異言呢？原來「婦

〔註 3〕《在「五四」時期老同志座談會上的發言》，《茅盾全集》17 卷，第 622 頁。
〔註 4〕《我走過的道路》上，第 150 頁。

者服也」〔註5〕，理應服事於人。教育固可不必，連開口也都犯法，他〔註6〕的精神，也同他的體質一樣，成了畸形。所以對於這畸形道德，實在無甚意見。即令有了異議，也沒有發表的機會。

——《魯迅全集》新版 1 卷，第 122 頁

這不僅說明了孔德沚的心態；也說明了其祖父、其父母，以及茅盾的祖父的心態。

但這不能說明茅盾的心態。他的心態要複雜得多；其心潮與思緒起落的振幅也要大得多。

他權衡此事，比孔德沚早。最初的思路是：那是將來的事，現在且奔自己的前程。所以他全力求學。但寒暑假回鄉省親，就日漸意識到，婚約的繩索愈束愈緊。他知道父母的婚事，是表叔盧學博的祖父盧小菊保的媒。父親同意自己和孔家結親；蓋因他婚前曾與孔小姐議婚，因爲命相不對憂鬱而死。所以他欠孔家的「親情」與「婚債」，這陰影籠罩著父親；也籠罩著自己。茅盾是個孝子。父死母寡，供他們弟兄倆升學就業已勉爲其難，自己若有悔婚之舉，定使寡母爲難。因此他從未提異議；持拖著看，走一步算一步的態度。他也深知自己人生道路愈順暢，文化層次愈升高，他和女方的距離就愈大。而且他置身「五四」大潮日漸迫近的北京、上海，時代新潮衝擊著他，使他不能不時時考慮社會，也不能不考慮自己的切身問題。愛情婚姻觀是人生觀的重要側面。他是個新派；而對舊式包辦婚姻，他需要尋求能使自己心理平衡的情感的支點，理論的解釋。對情感豐富、理性更強的熱血青年茅盾，兩者都極其必要。

這時婦女解放與反對封建婚姻制度已成爲「五四」前夕社會熱點之一。一九一七年二月起，《新青年》從二卷六號到五卷三號，幾乎每期或連續闢「女子問題」討論專欄，或設「易卜生」專號等，連篇累牘發表長短著譯，使婦女與婦女運動的輿論日益深入，偏偏在這前後，岳家和母親均催他完婚；商務出版的《婦女雜誌》，先是約他寫稿，後要求他助編。面對八面來風的茅盾的內心世界，究竟有何隱密？婚前迄今未留下文字或口頭的東西可供我們探索。但是，一九一八年初他結婚後，次年秋他開始發表婦女問題的論著，或

〔註 5〕《魯迅全集》原注：「語見《說文解字》卷 12：『婦，服也。』」

〔註 6〕魯迅當時寫文章時「他」字尚未按性別區分形態，以下引茅盾文章，也有此情況。

抒己見，或評價中外婦女運動理論；後來他又把自己的獨立思考所得凝成大批文章，僅目前收入《茅盾全集》的此類論文就以百計。我們從中可以尋覓他的心態。

在開始，他很有些觀點與眾不同。

在一九一九年論此問題，李大釗立足點最高：

> 我以為婦人問題徹底解決的方法，一方面要合婦人全體的力量去打破那男子專斷的社會制度，一方面還要全世界無產階級婦人的力量去打破那有產階級（包括男女）專斷的社會制度。
>
> ——《戰後之婦人問題》，一九一九年二月《新青年》六卷二號

這是從馬克思主義觀點出發，提出的無產階級婦女運動觀。

胡漢民認為：

> 女子解放，是女子自己解放。不能靠男子解放她的。第一要緊，就是教育。女子有了解放的覺悟，解放的要求，那解放的實現，自然會到來。第二要緊的問題，就是經濟獨立。
>
> ——一九一九年七月二十七日《星期評論》八號

這種自我解放意識導致解放自行到來的觀點，顯然是從資產階級民主主義觀點出發的改良主義婦女觀。

茅盾婚前思之再三的觀點，是在婚後發表的他最早的兩篇婦女問題論文《對於黃藹女士討論小組織問題一文的意見》和《「一個問題」的商榷》〔註7〕中才披露的，這些觀點頗具標新立異色彩，但見解確係發自肺腑。

一，他反對「對於父母前訂的婚姻一概廢約」的「多數主張」。他認為：「父母前訂的婚姻，除因特種情形（如確知該女性性情乖戾或伊父母不良、或因其他主見上之歧異等等）外，皆可以勉強不毀」。

二，他「不信有純粹的戀愛，也不信純粹的變愛有永久性」。他認為「戀愛這東西，發現的不見得定是素質，因此發現後也不能必其不變，所以結婚不應以戀愛為要素」。既然「打破戀愛的信仰，不以戀愛為結婚目的，則父母包辦的婚姻，就是可以承認的。」「這在男子一方自無人格問題。既不涉及戀愛，在男子精神上當然沒有痛苦。至於女子呢，我可以說中國大多數不出閨門的女子，心地空空洞洞沒有戀愛的影子，那麼自然也沒有精神上的痛苦可言了。」

〔註7〕分別見1919年7月25日、10月30日和11月1日《時事新報．學燈》；後收入《茅盾全集》第14卷。

茅盾上述兩點意見固然是務實的；但卻並非完全合理的。然而他的出發點，卻具有合理的因素，並且極具捨己爲人的自我犧牲精神與人道主義精神。他寫道：

> 我們解了父母訂的婚約了，在男子固然可以另想法；但是女子呢？我不要伊，別人要伊麼？伊從前不出來社交，現在一旦就「能」出來，父母也就一旦「許」他出來麼？恐怕有些固執的女子，反要誤會意思，弄出性命交關的事來呢！這豈不是爲好反成惡麼？所以我們要進一層想，該女子不社交無知識，是個可憐蟲，我娶了他來，便可以引伊到社會上，使伊有知識，解放了伊，做個「人」！這豈不是比單單解約，獨善其身好得多麼？
>
> 世間一切男女，莫非姊妹兄弟，我援手救自己的妹妹，難道也要忖量值得，也爲戀愛麼？我願我們青年人對於妻的觀察是如此：不是我的妻，也不是我父母的媳婦，——是一個「人」！也就是年長者的妹妹，年幼者的姊姊！
>
> 諸君是以自由戀愛看得很重，我是以利他主義看得很重。請君彷彿以破壞的手段改革，我是願以建設的手段改革。
>
> ——《茅盾全集》十四卷，第 58～61 頁
>
> （著重點係引者所加。）

行文至此，我們不僅會感到茅盾出語頗似石破天驚；而且也會把這番幾乎可視作他的夫子自道或結婚宣言式的話，和「五四」大潮的主調：人的發現、個性解放、人道主義精神、男女平等思想與利他主義的奉獻精神與自我犧牲精神聯繫起來。則這些「怪」論，難道不令人肅然起敬麼？

這裡還可以介紹介紹茅盾的另一番「怪」論：「不取小家庭制，主張廢家庭，因爲小家庭制尚不能使女子都到社會上做個生產者。」由此他認爲婦女解放「最宜先決者是兒童公育和公廚」。〔註 8〕茅盾自己承認，他這些觀點是有點無政府主義色彩的。

茅盾由此出發，取得了承認包辦婚姻後的情感與理性兩個方面的心理平衡。在當時像他這樣一度承認包辦婚姻者，帶很大的普遍性。魯迅、郭沫若、葉聖陶無不如此。但魯迅娶朱安，是爲母親娶的，終身不與她同房；後來和

〔註 8〕《致郭虞裳信》，1919 年 11 月 16 日，百花版《茅盾書信集》，第 99～100 頁。

許廣平由戀愛而結婚。郭沫若娶張瓊華，是受了當媒人的遠房嬸母的騙，存著「機會主義」心理。婚後他想起一句俗話：「隔著麻布口袋買貓子，交訂要白的，拿回家去才是黑的。」〔註9〕他婚後離家，和元配夫人再不相見，此後又和安娜、于立群等結婚。一個新派人物，卻成了一夫多妻制的舊派人物。葉聖陶卻和茅盾同樣承認了這包辦婚姻，他自述：「一九一六年夏結婚之日，余與墨林始睹面焉。」但「結婚以後兩情頗投合」。他和茅盾同樣，是先和妻結婚，後和妻戀愛的。但葉聖陶不同意茅盾的「結婚不應以戀愛為要素說」，婚後三年他在參預《新青年》「女子問題」討論時說：

> 男女結合最正當的條件，就是「戀愛」，兩相戀愛，便結合起來。這時間的態度，強要名它，就是「貞操」。倘有一方不復戀愛，那一方雖仍戀愛，也無可奈何，便應當分離開來。這等說法，果眞實現，絕沒有「貞操」的名詞發生。因為愛深必專，專了哪有分注之理？所以男女對待的態度，應只問戀愛不戀愛。那時兩方都是主動的，自由的，兩方果是戀愛深時，彼此互對，覺有一種美感，以為是精神所託，靈魂所寄的；便是「生死以之」，也不算奴性，無謂。
>
> ——《女子人格問題》，一九一九年二月《新青年》一卷二號。

葉聖陶和胡墨林先結婚後戀愛，以兩人畢生的相愛，證明了葉聖陶的上述理論。和魯迅、郭沫若不同，葉聖陶和茅盾代表著「五四」前驅者婚姻經歷的第三種類型。

不過茅盾和葉聖陶大同而小異。茅盾的理論，前後有許多改變；愛情婚姻經歷當中，也小有曲折，發生過短暫的逸軌而出的小插曲。但他在上述兩文中所談的觀點，這些觀點所體現的道理：自我完善、人道主義、捨己為人的精神及其眞誠，都無可置疑地令人欽佩。

正因為有了些做出發點，他才肯接受和孔德沚童年時代結下的婚約。婚後又全力幫她。

四

這件事母親曾屢次和他商議過。最早她把為什麼要訂這個婚約的原因、

〔註9〕《黑貓集》，《沫若文集》6卷，第277頁。

經過、其代父償情債的緣由等等，原原本本地告訴了茅盾，也把她的顧慮與難處向兒子交了底。

一九一六年茅盾入商務那年的十二月，他回家過春節。母親鄭重地問他：「你有女朋友麼」，茅盾說：「沒有。」母親說：「孔家又來催了，我打算明年春節給你辦喜事。」於是她把過去的事重述了一遍，也把未婚妻及其家庭現狀約略介紹了一下：「親家公是個敗家子，吃喝嫖賭，蕩窮了家產。既守舊又霸道。親家母本是大家閨秀，嫁過來時很有錢。但她滿腦子舊思想，性格又極軟弱。遇到這樣的丈夫，凡事只能順從。她體弱多病，先後生了九胎，雖只活了三個，身體卻徹底搞垮了！女孩子漸漸長大，非常懂事。但孔家並沒按咱家的要求讓她上學受教育。那樣的父母對她又有多少家教？幸賴她大姨帶她教她。她能幫大姨管管家，帶兩個弟弟。粗活能幹，細活就難說了。詳細情形我也不很清楚。」母親對兒子也相當交心。她說了心裡話：「從前我料想你出了學校以後，不過當個小學教員，至多當中學教員。一個不識字的老婆，也還將就。現在你進商務印書館不過半年，就受重用，今後大概會一帆風順，還要做許多事。這樣，一個不識字的老婆就不相稱了。所以我要問你，你跟媽媽說眞話：你如果一定不要，我只好託媒人去退親。不過孔家未必肯答應。尤其是那位霸道的親家公，說不定要打官司。那……我就爲難了！」

對母親這番話，茅盾當時的全部想法究竟是哪些，他又回答了哪些話，除了茅盾婚後的文章的自況性質和字裡行間露出的端倪外，就只有晚年茅盾回憶當時情景寫下的下面這些話：

> 我那時全神貫注在我的事業上，老婆識字問題，覺得無所謂，而且，嫁過來之後，孔家就不能再管她了，母親可以自己教她識字讀書，也可以進學校。
>
> ——《我走過的道路》（上），第 139 頁。

這些回答使母親多年來提著的心放下來了。她長吁一口氣。被兒子的通情達理，曲盡孝道，體諒母親的情意所感動。母子當即商定：下一年春節時辦這個喜事。

一年的時光一晃就過去了。一九一八年春節剛過，婚禮就按期舉行。張燈結綵，親朋盈門。沈家是大戶人家，書香門第。茅盾的社會地位又和他們拉開了檔次。男賓自然不好意思鬧房，敬敬酒，湊湊趣，大都適可而止。鬧房的是三家親戚中的女客。晚年在回憶錄中，茅盾對此作了描繪：

> 這三家女客中，陳家表嫂最美麗，當時鬧新房的三家女客和新娘子說說笑笑，新娘子並不拘束。黃家表嫂問智英，這房中誰最美麗，智英指新娘子，說她最美。新娘子笑道：「智英聰明，她見我穿紅掛綠，就說我美麗，其實是她的媽媽最美」。大家都笑了。此時母親進新房去，見新娘子不拘束，很高興。母親下樓來對我說：孔家長輩守舊，這個新娘子人倒靈活，教她識字讀書，大概她會高興受教的。
>
> ——《我走過的道路》(上)，第 140 頁

婆婆所作的性格判斷，其樂觀是有道理的。但新娘子的文化差距，卻使她大出意外：新娘子只認得「孔」字和一到十的數目字。基本上還是目不識丁。其知識也相當貧乏。她問婆婆：是丈夫讀書的北京離烏鎮遠，還是工作的上海離烏鎮遠。看來儘管母子倆對新娘子的文化水平低有思想準備，但竟低到這種程度，仍然不能不吃驚。新娘子的三天體驗，同樣發現了這巨大的反差。三朝回門，茅盾發現了妻子的長處：兩個小舅子打架，岳母制止不住。反倒是新娘子一聲斷喝，小傢伙乖乖地停下了。茅盾想：「看來這姊姊會管教。」臨到告別，卻發現在樓上和岳母說話的新娘子眼泡通紅：似乎哭過。問她跟誰拌嘴，她不肯說。回家後婆婆又再三問。才說出眞情，原來她和母親吵了架。她埋怨道：「沈家早就多次要我讀書，你們爲什麼不讓我讀書？女婿和婆婆都讀過許多書，我在沈家像個鄉下人，你們耽誤了我一生一世了！」說著又掉下淚來。婆婆笑了：「這麼一點事也値得哭？只要你肯學，我可以教你，也不怕年紀大。《三字經》裡不是說『蘇老泉，二十七，始發憤，讀書籍』麼？」新娘子這才破涕爲笑。婆婆問：「你名叫什麼？總不能老叫你新娘子啊！」新娘子不好意思地說：「我沒有名字，父母都叫我『阿三』。因爲連前邊死去的孩子在內，我排行老三。」母親就叫茅盾給妻子起個名字：「新娘子說我待她跟女兒一樣，我正少個女兒；我就把她當女兒。你按沈家辦法給她取名。」茅盾說：「我們沈家這輩是『德』字，下邊一字定要水旁，那就叫孔德沚罷。但照孔家排行，她是『令』字輩，她下一輩才是『德』字輩，她叫德沚，就比她兄弟小一輩！」母親說：「我們不管她孔家那一套！就叫德沚罷。」

至此，本書的女主人公才有了正式的名字：孔德沚。這名字恰與男主人公的名字沈德鴻相配。

從此，婆婆就擔起家庭教師的重擔，既教文化，又教家務。婆婆是遠近

聞名的治家能手和女學者，強將手下無弱兵。孔德沚既聰明，又要強。學得認眞，掌握得也快。只是儘管婆婆和丈夫不嫌棄，她對差距卻有強大的自我壓抑感，加之她生性剛直要強，這種情況下，更有緊迫感。她急於求成，有很大的急躁情緒。人的性格總是長短相伴的。孔德沚一生有所成，緣此；有所失，也緣此。茅盾對夫人則既喜其爽朗、剛強、上進心強，又對她有時急躁，脾氣暴烈，不很適應。然而正所謂一夜夫妻百日恩。恩恩愛愛伴著磕磕碰碰，茅盾和孔德沚從此攜手開始了其既偉大又平凡、艱難坎坷、相濡以沫，雖小有波折，終能白頭偕老的人生旅程。

蜜月期間，德沚跟丈夫認字。丈夫返滬，她跟婆婆學習。當時家有女僕，家務事不必操心。每天上下午識字寫字（描紅）各一小時，不到兩個月居然會讀會寫認了五、六百字。但她自己也說不清怎麼回事，總是心神不定，難以專注。爲此接受了茅盾二嬸的建議，到石門鎭豐子愷長姊所辦的振華女校住宿插入二年級。同學多是十一、二歲的小女孩，只有後來成了弟媳的張琴秋，和後來在武漢中央軍校女生隊當過茅盾的學生的譚琴仙，當時是十六、七歲的大姑娘。三個人彼此成了朋友；也和部分女教師成了朋友。久而久之，孔德沚能讀淺近的文言，寫大體達意的短信。然而好事多磨。上了一年半學後，她那病病懨懨的母親突然病重，非要女兒回家照料不可。孔德沚只好輟學，回家伺候病人。三個月後母親病逝。茅盾回來料理喪事。事畢孔德沚卻不肯再回振華女校。說是荒廢了四個月，跟不上課了，請她的朋友女教師褚明秀來勸了五六天。結果不僅沒勸動孔德沚，連褚明秀也說，不肯在振華教書了。原來跟不上課只是託詞。眞正的原因是她們對校長的作風不滿意。這次孔德沚在家，倒安心自修，還訂了學習計劃。婆婆重新執教。上午教一篇文言文，下午作一篇文，由婆婆面批。

茅盾回上海不久，孔德沚受茅盾表姑母王會悟的影響，又要跟她到湖州湖郡女塾讀書。湖州是茅盾上學的故地，對湖郡女塾的情況十分了解。就寫信告訴母親：該校以學英文爲主，所謂畢業後保送美國留學，只是招徠學生的門面話，學費膳宿費又貴，茅盾負擔覺得吃力。但孔德沚固執，打定主意，就不聽勸。婆婆又不便拿架子。只好讓她去試試。果然未等放暑假她就知難而退。她聽不懂英文，又不能忍受同學的輕視：她成了十足的鄉下人。她感到白費了半年時間，和六七十元錢，上了一次當！唯一的收穫是長了見識，學了點新名詞。這些變化與經歷，其實反應了孔德沚不肯安於現狀，又一時難以消滅夫妻間存在的差距時急躁的心態，和她性格上的弱點。但她的上進心，卻是她後來學有所成、事有所就的基因。婆婆的看法，是另一個角度：覺得新媳婦寂寞，不如跟兒子到上海去。但上海找房難，茅盾又忙於改革《小說月報》的編務，參預建黨和發起與參預領導文學研究會。遷滬之舉，直到一九二一年春才得以實現。

五

婚後的夫妻生活體驗，比婚前的預想豐富得多與實際得多。所以茅盾的婦女觀，如果說婚前的思考，凝成了前述的那些低層次、直感式、很大程度上是律己信條的夫子自道式的觀點，那麼，以一九二〇年爲界，他的認識有很大的改變和發展。這時他被商務所辦《小說月報》與《婦女雜誌》的主編王蓴農看中，邀他參預《小說月報》「小說新潮」欄的改革，並爲《婦女雜誌》撰稿。自身體驗的深化，與客觀需要導致的更深入的探討，使茅盾從一九一九到一九二一年間，集中發表了婦女問題著譯論文近百篇。

茅盾的婦女問題理論，和他的文藝理論同樣，都具「窮本溯源」性質。這也許是思考型、學者型的茅盾的思維方式的特質之一。一九二〇年及其前的前期，他疏理了西方婦女解放運動的發展歷史，對比了民國初與「五四」時期中國婦女運動內容與形式之異同。雖然他經過剔抉，也借鑑並介紹了西方婦女理論家愛倫凱的某些理論。但他更強調聯繫中國實際，反對「抄人家歷史上的老帳」，要從中國實際出發把握其「時時變遷」的特點。他宣布「我是極力主張婦女解放的一人」，這是「根據人類平等的思想來的」。因此「奴隸要解放，那些奴隸的婦女也應得解放」。他說的解放，是「要恢復這人的權利，使婦女和男人一樣，成個堂堂正正的人，並肩立在社會上」。〔註10〕

他爲婦女運動規劃了解放的四個境地：「（一）教育；（二）經濟生活；（三）結婚與家庭；（四）在社會或國家中的公共生活。」他又爲「解放的婦女」規定了四條標準：「（一），先求解放自己，確立高尚的人格與理想」；「（二）應該了解新思潮的意義：」「（三）盡力提高自己一邊的程度；」（四）其活動「不出於現社會生活能容許的範圍」。這些主張帶有脫離社會的解放，單純要求婦女運動「自我完善」的改良主義侷限性。因爲他當時把改變社會政治經濟制

〔註10〕《茅盾全集》14卷，第164頁。

度的難度，估計過大；又受到西方婦女運動中愛倫凱主義的消極影響。因此認爲應把文化意識與道德思想當作「一個最大的力」，「不必定要從經濟獨立做起。」這種主張，顯然是本末倒置、頭足倒立的。不可能解決根本問題。

也因此，他錯誤地規定了婦女運動的中堅力量，應該是「中等人家的太太和小姐」，而不應該把「闊太太貴小姐」與「貧苦人家靠勞工餬口的女子」視爲中堅。他把後者看成「群氓」，誇大了其文化愚昧意識，而忽視了由其經濟地位低下而形成的階級覺悟與渴求解放的能動作用。

一九二〇年底，茅盾的婦女觀發生了質變：其標誌是，一九二一年一月十五日他在《民鐸》二卷四號上發表的長篇論文《家庭改制的研究》。他系統地介紹了恩格斯的《家庭、私有制和國家的起源》、倍倍爾的《社會主義下的婦女》、英國社會主義作家加本特的《愛的成年》、《中性論》等書中反應社會主義者的婦女解放觀的論點。他表示放棄了自己受影響很大的愛倫凱的女子主義派觀點，正式宣布「我是相信社會主義的」。「我主張照社會主義者提出的解決辦法去解決中國的家庭問題。」即：一、經濟（特別是其中的生產力）對社會形勢起決定作用：「自從機器時代以來，舊家庭的基礎，已自然地動搖。」「這完全是社會經濟組織改變後不得不然的形勢。」二、經濟基礎對政治、法律以至道德等上層建築諸因素起決定作用：在城市，「社會經濟組織不許婦女有勞動的權利」；在農村，儘管婦女參加田間與家庭勞動，由於封建禮教作祟，她們卻沒有經濟支配權。而「什麼禮教等等，還是社會制度經濟組織的產兒；不把產生這產兒的社會制度和經濟組織改革過，而專從思想方面空論，效果很少」。因此「最先切要的事是改革現在的社會經濟組織。」〔註 11〕三、他確信「社會主義世界之必爲將來的世界」這一基本前提。表示接受社會主義者的主張，即認爲「婦女的解放」、「兒女的良善教養」和「私產繼承法的廢止」是「三位一體」的。四、他相應地端正了對婦女運動與政治運動之關係的認識；認爲要「努力從社會各階級各方面去找些覺悟的女性來，不要專注於太太小姐和嬌養的女學生們」。特別是要「快到民眾中間尋求覺悟的女性」。〔註 12〕至此，茅盾已放棄了把婦女運動與社會革命運動游離開來的觀點，完全從階級觀點出發，認定只有被壓迫階級的解放才能使受階級壓迫的婦女獲得徹底解放的婦女觀了。

〔註 11〕《婦女經濟獨立討論》，《茅盾全集》14 卷，第 246 頁。
〔註 12〕《新性道德的唯物史觀》，《茅盾全集》15 卷，第 255、179 頁。

茅盾的婦女觀及其變化，有一條鮮明的由民主主義到馬克思主義的衍變的線索；這是其世界觀發展變化的組成部分；也是其行爲規範及其變化的組成部分。這決定著他對婚姻愛情及處理家庭關係的態度；也決定著他的作品中婦女主題與時代女性形象系列之藝術塑造的審美原則。因此對今後幾十年茅盾的生活與創作，有血肉相連的關係。有了這些認識作基礎，在幫助與改造孔德沚及其思想認識過程中，其著重致力於教育之外，還特別注意引導她參預社會活動。

茅盾婚後與夫人孔德沚共同參預的第一件大事，是發起組織桐鄉青年社。時間是一九一九年下半年「五四」高潮尚在持續之際。參預發起的還有同鄉青年當時在中華書局任編輯的蕭覺先等。還有他弟弟沈澤民。開始時成員約十幾人。他們出版了同人刊物《新鄉人》。由茅盾主編。旨在提倡新思想、新文化、反對舊道德、舊文化。從目前僅存的《新鄉人》第二期可以看出其基調仍是圍繞「人」的解放這一中心，圍繞著「五四」時代的民主、科學、個性解放與人道主義精神。如茅盾在這期發表的《我們爲什麼讀書》一文就強調:「因爲我是一個『人』，」就應「盡『人』的責任去謀人類的共同幸福」。在這期上，茅盾還發表了一篇雜文:《驕傲》，據本期預告，第三期發表了茅盾《神奴兒》、《本鎮開辦電燈廠問題》、《人到底是什麼》等三篇文章。不過此社此刊當時的影響僅及本縣內。現在除第二期外，其餘各期包括改名後的各期都找不到了！

一九二二年春，茅盾邀集了李煥彬（嘉興）、楊朗垣（杭州）以及在上海等地工作的蕭覺先、曹辛漢、朱文叔、程志和等在嘉興開會。茅盾攜孔德沚由上海專程趕來。其弟沈澤民也來參加。這次會議擴大了組織，增加了新社員金仲華等，社員共達五十餘人。推選出理監事七人。會上決定把《新鄉人》改名《新桐鄉》並擴大發行。上海由茅盾集稿；杭州是楊朗垣；嘉興是李泳章與金仲華。由茅盾總其成。

一九二三年桐鄉青年社假桐鄉縣崇實小學辦桐鄉小學教師暑期演講會，茅盾講文學方面的問題。會後茅盾又到屠甸鎮的崇實小學和烏鎮他的母校植材小學，講發展桐鄉教育事業與關心兒童身心健康等問題。

桐鄉青年社在茅盾領導下一直活動到一九二四年江浙軍閥混戰才告停止。晚年茅盾在答翟同泰所問停止活動原因時說了三點：一是自己在上海很忙，無法再兼管此事，二是經費缺乏，三是社員思想發生分化。當時茅盾、孔德沚、沈澤民都先後成了共產黨員。社內的保守派擔心其政治上「過激」。這一分歧，使這個成立與活動達五、六年之久，出版的刊物也有一定影響的茅盾領導的第一個進步社團「無疾而終」。

這個團體是應「五四」運動而生的進步青年組織，隨著「五四」落潮，文化革命隊伍因政見歧異導致分化而不得不解體。這是當時合乎規律的現象。在這過程中，顯示了茅盾領導方面的與組織方面的才能，也顯示了他和夫人孔德沚政治傾向的一致，與社會活動各方面的親密配合。特別是他們先後入了黨，故各自參預自己的革命活動與共同搞活動，都十分契合。

六

也是在「五四」前夕，茅盾開始叩文學之門。如果說古代文學的學習與學生時代的習作，只是其文學生涯的準備，那麼商務時期對外國文學溯本窮源的研究，與側重俄國與東歐文學的介紹，則是茅盾有意識地以文學爲武器，促進社會政治改革的文學道路的開始。其實魯迅與郭沫若的棄醫從文，茅盾違背父願不學理工而學文科，以及在商務前期叩文學之門，與其說是受繆斯的吸引，毋寧說他們是適應了以文學爲武器改造中國社會之時代的需要。茅盾宣告：「新文學要拿新思潮做泉源。新思潮要藉新文學做宣傳。」可見茅盾自叩文學之門起，就確立了以文藝爲武器推動社會變革的政治參預意識。這是他美學觀的基石；也是他後來一系列創作所形成的創作個性的核心。

在《新青年》的啓示下，從一九一九年起，他開始注意搜求蘇俄文學的書籍資料，他從美國的伊文思圖書公司和日本丸善書店購求了大量英美出版的圖書雜誌與檢索目錄。他仍以《學生雜誌》爲陣地，發表了一大批文學論文。他指出：「俄人思想一躍而出……二十世紀後半期之局面，將受其影響，聽其支配。今俄之 Bolshevism（布爾什維主義），已彌漫於東歐，且將及於西歐。」這些言論發表於李大釗一九一八年十月發表的《庶民的勝利》與一九一九年五月發表的《我的馬克思主義觀》之間，說明茅盾與中共創始人同步，是自覺地擴大十月革命影響的中國具初步共產主義覺悟的那批知識精英中人。故其思想具啓蒙性與超前性。一九一九年末他開始接受馬克思主義；次年加入共產主義小組。一九二一年又成爲中共建立時最早的五十三位黨員之一。他的活動從文藝舞台到政治舞台，始終圍繞改造舊中國，建立新中國的大目標。

這使他略顯滯後的早期文藝觀，也具明確的政治傾向性。其基本內容有四：一是中國新文學本質論，他要求新文學具普遍性質。「是爲平民的非爲一般特殊階級的人的。」故「要注意思想」，「用語體來做。」二是「『美』、『好』是眞實」的美學觀：他認爲最新的不就是最美的最好的。「『美』、『好』是眞實。」「不因時代而改變。」三是要求作家有時代使命感。他要作家「表現一社會一民族的人生」，「宣傳新思想」。「辟邪去僞」。寫出充滿民主精神的作品，成爲社會化、平民化的，掃除貴族文學的，用血淚凝成的作品。四是重視文藝的特質。認爲「文學是思想一面的東西」，但其「構成，卻全靠藝術」。以上四點是其早期文藝觀的核心，也是他後來改革《小說月報》，參預發起與領導文學研究會，以及引導文藝新潮流的指導思想。

不過這時他還很不成熟。文藝觀點常具搖擺性。他先後倡導過自然主義、新浪漫主義，一年左右數易其主張。因此他和當時文壇同步，分不清自然主義、寫實主義的區別。這也客觀反應了他推進社會與文藝變革時所帶有的急躁情緒。

總體看，他的文藝觀這時還處在革命民主主義階段。滯後於他的政治思想。因爲他這時在政治上，已經信奉馬克思主義。這有其組織上與思想上兩個方面的標誌。

一九二二年茅盾在上海交通大學紀念「五四」的大會上發表的題爲《五四運動與青年底思想》的講演中，解剖了「五四」過後一度出現的時代苦悶：「改造與解放的思想」被舊勢力所遮沒，導致個人主義的抬頭，和「新村運動、人道主義、無政府主義」等思潮的泛濫。茅盾說他當時也是「這漩渦裡的一分子」，「感到很深的苦悶。」這是他繼辛亥革命失敗後又一次幻滅。他在西方各種社會思想中苦苦探索。他甚至也研究過尼采，寫了《尼采的學說》等論文，譯過尼采著《查拉圖斯忒拉如是說》一書的兩章：《新偶像》、《市場之蠅》。他贊成尼采的「把哲學上一切學說，社會上一切信條，一切人生觀道德觀，重新稱量過，重新把他們的價値估定〔註 13〕」的觀點與方法，但反對其站在「主者」立場，貶損「奴者」及其道德的尼采，他提醒人們處處留心，時時用批評的眼光看尼采。有比較才有鑑別，有鑑別才有擇取。經過充分研究，茅盾把目光集中到馬克思主義上來。一九一九年底開始，他大量閱讀了馬克思主義的書籍。他贊成馬克思的唯物史觀；但對其「經濟定運論」還有

〔註 13〕《尼采的學說》1920 年 1 月《學生雜誌》7 卷 1 號。

保留。〔註 14〕晚年茅盾總結了處在幼稚階段走的彎路。上述保留意見，我們在其婦女理論中已碰到過。

這時《新青年》編輯部圍繞對待馬克思主義與社會政治革命問題，陳獨秀、李大釗和胡適之間徹底決裂了。一九二〇年初，陳獨秀決定把《新青年》編輯部遷到上海。爲此他專程來滬，約陳望道、李漢俊、李達和茅盾等商談。五月間他們又籌備成立上海共產黨小組。正式成立的時間是七月。茅盾經李漢俊介紹，於十月正式加入共產黨小組，這是他站到無產階級立場上來的在組織上的標誌。

茅盾認爲：「凡是一種改革，一定要跟著時勢走；不能專靠思想方面的提倡。」〔註 15〕所以他入共產黨小組後，立即從理論宣傳與實際運動兩方面同時全身心投入。應最早的黨的地下刊物《共產黨》主編李達之約，他在一九二〇年十二月該刊第二號上，發表了四篇譯文：《共產主義是什麼意思——美國共產黨中央執委會宣布》、《美國共產黨綱領》、《共產國際聯盟對美國 IWW（世界工業勞動者同盟的簡稱）的懇請》、《美國共產黨宣言》。這當中他加深了對馬克思主義與共產黨理論主張的認識；爲指導中國的實際運動，他在一九二一年四月出版的《共產黨》第三號上，在發表了譯文《共產黨的出發點》之同時，又發表了第一篇宣傳其政治主張的長篇論文：「自治運動與社會革命」。和《家庭改制的研究》標誌著其婦女觀的質變同樣，此文標誌著茅盾的社會政治觀的質變。其基本精神包括以下五點：一、指出當時某些政客鼓吹的「省自治」和「聯省自治」運動，是打著「民主政治」幌子的縉紳運動。它和軍閥統治本質相同。二、縉紳運動鼓吹的民主政治，旨在「狐媚外國資本家」。他們所說的「趕走軍閥」並非眞意，而是逼軍閥分些賊贓。三、因此我們當務之急是揭穿他們，並立即實行「無產階級的革命」。四、「無產階級的革命便是要把一切生產工具都歸生產勞工所有，一切權力都歸勞工們執掌，直到盡滅一分一毫的掠奪制度，資本主義絕不能復活爲止。」五、茅盾對實現此理想充滿信心，因爲「這個制度現在俄國已經確定了」。因此在中國也一定能確立。他堅信「最終的勝利者一定在勞工，而且這勝利即在最近的將來，只要我們現在準備著」。〔註 16〕

〔註 14〕《尼采的學說》。

〔註 15〕《解放的婦女與婦女的解放》，《茅盾全集》14 卷，第 65 頁。

〔註 16〕《茅盾全集》14 卷，第 200～204 頁。

前面提到，茅盾在其後期的婦女論文中論述了馬克思主義的經濟基礎與上層建築、意識形態之間作用與反作用的辯證關係；這裡則論述了馬克思主義的無產階級革命與無產階級專政的學說。這個意義是重大的。這前後，茅盾還譯載了列寧的《國家與革命》之第一章。這一切說明他從前對馬克思的「經濟定運論」的保留態度，已經放棄了。這一切標誌著茅盾馬克思主義政治觀已經基本確立。

當然，這時他還存在兩個弱點：一是對中國與蘇俄國情的區別認識不足。他還沒看出在中國消滅民族資本主義的條件尚不成熟；發展民族資本主義則存在歷史必要性。二是他對中國革命的前景過於樂觀。存在著「革命速勝論」的「左」傾幼稚病。但是中國革命分兩步走、中國革命必須經歷長期奮鬥的過程等問題，只有在革命幾經失敗後，在毛澤東一九四〇年寫《新民主主義論》時，始做出科學論斷。此前如茅盾這種幼稚病問題，帶有普遍性。當時「五四」落潮，消極頹廢傾向與反動傾向嚴重存在。魯迅處在「兩間餘一卒，荷戟獨彷徨」階段。由於受到資本主義的反宣傳，「對十月革命還有些冷淡，並且懷疑。」〔註 17〕郭沫若雖然激進，但對無產階級的理解，尚處在《女神・序詩》的缺乏 ABC 知識的階段（他寫道：「我是個無產階級者，／因爲除了赤條條的我外，／什麼私有財產也沒有。／《女神》是我自己產生出來的，／或許可以說是我的私有，／但是，我願成個共產主義者，／所以我把她公開了。」）。這時瞿秋白也還沒有入黨。而茅盾卻發表了此文。並在《五四運動與青年底思想》中宣告：他找到了使「一切煩悶都煙消雲滅」的路子，並把自己「終極的希望，都放在紙上面」。這就是他「確信了一個馬克思底社會主義」。不論對中共黨史、中國現代革命史與中國現代文學史、及茅盾個人，其意義都是非常重大的！

〔註 17〕16 卷本《魯迅全集》16 卷，第 18 頁。

第三章 「創造」了一個愛人，也「創造」了一個同志

茅盾婚後立即實踐他的「理論」；孔德沚也憋足了勁努力上進。結果「創造」了一個愛人；也「創造」了一個同志。小說《創造》留下了他們的影子。

一

他們長年分處上海、烏鎮。茅盾夏冬兩次回家小住。夏天稍短，春節時間稍長。他倆像各占一條跑道的運動員；一前一後奔向目標。茅盾沿著政治文藝雙軌並進；孔德沚則想以最快的速度縮小自己和丈夫的距離。只是娘家提供的過分落後的起點，使她趕起來很吃力！

這場腳力賽沒有觀眾；卻有位裁判員：那就是他們的母親和婆婆。她把小夫妻婚後和諧與否，作爲裁判標準。這視野顯然太窄了！本來夫妻生活是恩恩愛愛，自然相處的。還要什麼裁判員。無奈母親總覺得，他們這樁包辦婚姻存在著的那些反差，在兒子心裡似乎有難言之隱。在婚婦內心，則既有壓抑感，要強的自尊心又因此而受到傷害。她這一切均以心神不定與急躁情緒表現出來。

這都使做母親和婆婆的老人心中不安。

於是就在三個人中間，時時產生不必有的疑慮。例如茅盾在《我走過的道路》中，就有下面這段戲劇色彩極濃的生動描述：

> 一九二〇年一月起，我寫的或譯的文章比上年多，我把這些刊登我的文章的報刊，照例寄給母親，同時也告訴她：我的月薪又加

了 10 元，亦即每月 60 元了。母親來信問我：每月 60 元的收入總夠花了，爲什麼還要寫那麼多文章「賺外快」？母親信中雖說她怕我弄壞身體（她知道我向各處的投稿都是熬夜寫成的），但言外之意懷疑我瞞著她有什麼活動，例如結交女朋友。這年十二月初，我接手主編《小說月報》，因爲事忙，我寫信告訴母親，春節不能回家了。以前是一定回家過春節的。這就更加深了母親的懷疑。她給我一封信，語氣之嚴厲從來沒有過；她要我馬上找房子，說是立刻要搬家來上海。那時候我正籌備革新《小說月報》，日夜很忙，哪裡有時間去找房子，但母親的命令又不能違，只好託付宿舍的「經理」福生代我找。我找房子的條件是：一、須在商務編譯所附近，二、這個房子除了灶披、亭子間，還必須有三間正房。因爲我算來，三間正房是最低限度。樓下一間作客室兼飯堂，樓上二間，一作母親臥室，一作我和德沚的臥室。福生找了十多天，還沒找到。……到一九二一年二三月之交，才找到這樣的房子，在寶山路鴻興坊。

——《我走過的道路》（上），第 171～172 頁。

作爲半新半舊的家庭主婦，老太太的視野算是新而開闊的。放到「五四」大潮中看社會前驅者的生活，她的視野又顯然狹窄。茅盾一邊在時代濤頭弄潮闖路；一邊身後有這種繩索羈絆的牽扯。他只能新道德舊道德擇其善者兼收並行；對母親的不當的嚴厲與誤解，並無怨尤。

其實這時他既無交女友、生外心的動機，也無此時間與精力。時代已經把重任放在他的雙肩。

他自幼開始的辛勤耕耘，不就爲要挑這副時代與歷史賦予的重擔麼？

二

「五四」運動前後，北京以《新青年》爲陣地推動著新文化與新文學革命運動。北大學生帶頭掀起的「五四」運動高潮，很快蔓延全國。然而現代大都會上海，卻相對落後。文壇也仍被鴛鴦蝴蝶派舊文人所把持。文化重鎭商務印書館的內部，趨新的力量或追求新潮，或追求利潤。但他們殊途同歸。都意識到改革圖新勢在必行。其實茅盾早就以個人介入方式站在新潮的濤頭。所以他不僅無形中成了館內新潮派的代表和核心，也爲商務當局所矚目。

事情以《小說月報》主編王蒓農邀茅盾主持該刊「小說新潮」欄開始。

他經館方授意，取得孫毓修、朱元善的同意，請茅盾在《四部叢刊》總校對與《學生雜誌》助編工作之同時，來主持此欄的革新。不過所謂革新，只不過闢此專欄登些西洋新小說劇本；其他欄目仍刊鴛鴦蝴蝶派的小說與「東方福爾摩斯探案」之類舊東西；這很使茅盾失望。當然他覺得千里之行，始於足下。所以仍精心策劃，使此欄頓時令人耳目一新。使這塊多年被舊派文人把持的陣地，打開一扇新窗。儘管此欄已促使此刊在潛移默化中發生變化；但對這種改良，新舊兩派從對立的立場出發都不買帳。印數仍日趨下降。這迫使館方不得不下決心背水一戰。處在兩難地位的王蒓農，也不得不提出《小說月報》與《婦女雜誌》兩主編的辭職書。

一九二〇年十一月初，張元濟、高夢旦同赴北京，拜訪胡適、蔣百里等名流以求良策。蔣百里是浙江海寧人，既是軍事教育家，又是文學素養很高的人。蔣百里當時正參預醞釀辦刊物，成立文學組織。遂推薦主持此事的鄭振鐸和他們面議。鄭振鐸等的意圖是由他們在京主辦一文學刊物由商務出版。張元濟、高夢旦卻只肯改組性質相近的《小說月報》，邀鄭振鐸來滬主持。鄭振鐸當時正在北京鐵路專科學校上學，且是北京新潮派的核心人物。他不肯赴滬，極力推薦茅盾擔此重任。他們自己則決定先發起成立文學研究會。〔註1〕

這月下旬，高夢旦約茅盾談話，面請茅盾接替王蒓農主編《小說月報》、《婦女雜誌》。茅盾表示只能主編《小說月報》，具體辦法待了解存稿情況後再議。這正是茅盾幼稟慈訓謹言慎行處。茅盾從王蒓農那裡了解到，已買下的鴛鴦蝴蝶派舊稿足夠一年刊用，林琴南的十多萬字譯稿尚不在內。若接下來又談何改革。於是茅盾提出改革的三個條件：現存稿均不用；改四號字為五號字；特別強調館方應授予全權辦事，不得干預編輯方針。高夢旦表示：三條都可接受，但明年一月號的稿子，四十天內必須全部發排，以保證改革後的刊物按原定日期出版。茅盾藝高人膽大，又正值二十五歲血氣方剛年齡。他當即一口答應。從此踏上了引導全國文藝新潮流的征程。

茅盾當即決定：論文、譯文自己搞，創作則寫信給曾向「小說新潮」投稿的北京的王劍三求援。回信的卻是鄭振鐸。他介紹了北京籌組文學研究會的情況，邀茅盾作發起人之一。並表示北京的同人都可供稿。事後茅盾才知道鄭振鐸和張元濟、高夢旦在京際遇及鄭推薦自己主持《小說月報》的原委；才發現王劍三即王統照。向鄭振鐸介紹自己的不僅是他，還有茅盾入商務後

〔註 1〕參看《文學研究會會務報告》（第一次）。

結識的商務辦尚公小學教員、現在北京大學旁聽的郭紹虞。由於他們雙搭鵲橋，導致京滬新潮文苑聯姻。不僅使改革後的《小說月報》於一九二一年一月十日按期發行，而且導致京滬合作發起的文學研究會，於一九二一年一月四日在北京中央公園來雨軒召開大會宣告成立，茅盾是十二位發起人之一。他唱獨角戲一人編輯的《小說月報》，得到文學研究會會員的廣泛支持。不僅周作人、冰心、葉聖陶、許地山、鄭振鐸、王統照等文學研究會元老經常在此發表作品，而且後來成了文學大師、當時僅是文壇新秀的巴金、老舍、丁玲的處女作，都是《小說月報》推出的。當然支持者還有魯迅。

茅盾主編的改革號一炮打響，不久《小說月報》就成爲蜚聲國內外文壇的大刊物。但茅盾卻無驕矜之情，反存更加兢兢業業之心。如一九二一年一月十日，他在致鄭振鐸的信（此信在改革後的第二號上公布）中寫道：

> 弟以爲《說報》現在發表創作，宜取極端的嚴格主義。差不多非可爲人模範者不登。這才可以表見我們創作一欄的精神。一面，我們要闢一欄《國內新作匯觀》批評別人的創作；則自己所登的創作，更不可以隨便。朋友中我們相識的，乃至極熟的，大家開誠相見，批評批評，弟敢信都是互助的精神，批評和藝術的進步，相激勵相攻錯而成；苟其完全脫離感情作用而用文學批評的眼光來批評的，雖其評爲失當，我們亦應認其有價值，極願聞之。所以弟意對於創作，應經三四人之商量推敲，而後決定其發表與否，絕非弟一人之見，可以決之；兄來信謂委弟一人選擇，弟實不敢苟同。……

話雖如此，然而京滬相距千里，稿件仍是茅盾獨編。有一事務員只是助其雜務。連校對都是茅盾親幹。他唱獨角戲所編《小說月報》共兩卷二十四期。筆者粗略統計，共刊論文（含譯著，下同）四十篇；內含茅盾所著《新文學研究者的責任與努力》、《社會背景與創作》、《自然主義與中國現代小說》等重要論文十五篇。文學史著三十三篇；含茅盾著譯各三篇。作家研究五十篇；僅含茅盾著四篇——反應出他不肯就自己編發的作品妄加議論，而請別人自由評說的謙虛態度。創作譯作六百四十七篇；作者包括魯迅在內，多係文壇中堅。共同體現出其爲人生的現實主義的主導文學傾向。國內文壇消息資料四十五篇，海外文壇消息一百九十二篇，全是爲引導文壇、溝通中外以啓迪作者之作，全由茅盾自寫。讀書雜記、書刊介紹五十九篇，名畫與插圖一百零九幅。此外還出版一期《俄國文學研究專號》，刊創作與研究五十八篇，所以此刊名爲《小說月報》，實爲綜合性大型刊物。

作爲共產黨員，入黨後茅盾有意識地藉推動文藝思潮以擴大中共領導下的反帝反封建的革命運動之影響。其影響遍及國內外，哺育了幾代作家。如冰心承認：茅盾刊發她所作的《超人》並爲其所作的注文，茅盾後來的大型論文《冰心論》，影響了她整個的創作道路。葉聖陶讀了茅盾給自己的小說所作附注後，感到「受寵若驚」，當即專程由蘇州趨滬拜訪。從此結成終生的摯友。當時尚在成都的文學青年巴金捧讀《小說月報》，覺得受益匪淺。他終生稱茅盾爲「沈先生」師禮以待。沙汀說他初期與文藝發生關係的媒介，就是《小說月報》。遠在法國留學的中共旅歐支部青年黨員傅鐘回首往事時說：「沈雁冰同志的編著提高了我們的思想，啓發了我們的興趣，使我們更加認識到革命文學的重要作用」。傅鐘還說，《小說月報》的改革，還引起法國共產黨的注意，在茅盾的提示下，傅鐘等訪問了巴比塞，受到很大教益。

《小說月報》給予舊勢力的衝擊，遠不止從他們手中奪取了這塊重要陣地。因此他們全力反撲。後來趁高夢旦辭職，舊勢力代表王雲五任編譯所長之機，竟干涉編輯方針。茅盾爲抗議館方違約，憤而辭職，由這時已來商務工作的鄭振鐸接替。茅盾則像鄭振鐸支持自己那樣，全力支持鄭振鐸，使此刊能繼續發生重大影響。

文學研究會是個鬆散的組織。能體現其主張者，是《文學研究會宣言》、《文學研究會簡章》。茅盾在改革後的《小說月報》十二卷一號上全文發表了這兩份文章。宣言提出了聯絡感情、增進知識、建立著作工會的基礎三條宗旨。並以下邊這句話表示了他們共同的「爲人生」的文學主張：「將文藝當作高興時的遊戲或失意時的消遣的時候，現在已經過去了。我們相信文學是一種工作，而且又是於人生很切要的一種工作。」該會還發表過一份會務報告和三則記事，此外什麼文字材料也沒有了。但文學研究會是以茅盾、鄭振鐸的理論批評代表其基本主張，以葉聖陶、冰心、許地山、王統照等的創作代表其創作傾向的。茅盾的理論與批評，是該會最大的凝聚力。他以《小說月報》，集合了該會主要作家最優秀的作品。這種重實踐、輕宣傳的實幹作風，使文學研究會成爲顯示「五四」文學革命實績的最大的、貢獻最突出的團體。茅盾之於文學研究會諸作家及團結在《小說月報》周圍的文學新人，有如十九世紀俄羅斯文壇上別林斯基、柬爾尼雪夫斯基、杜勃羅留波夫之於果戈理、奧斯託洛夫斯基、岡察洛夫等大作家那樣。他們群星薈萃，以理論促創作，推動著新文學的發展。

通過文學研究會的發起，茅盾和魯迅建立了密切聯繫，魯迅沒列名發起人，是因他正任教育部僉事，受禁止官員參加社會團體的文官法的制約。但是他是該會最大的支柱。周作人起草的文學研究會宣言，就是經魯迅改定的。魯迅經常和茅盾通信聯繫。給予《小說月報》以最大的支持。這一會一刊的重大問題，無不經魯迅、茅盾、鄭振鐸充分協商。傾注集體智慧。僅據一九二一年四月十一日起至當年年底的《魯迅日記》載，魯迅致茅盾信二十五封；茅盾致魯迅二十三封。共四十八封，平均每日書信往來五六封。此外茅盾還常通過與周作人的書信往來，間接和魯迅交換意見。兩位文化巨人自建立聯繫起，就在「爲人生」與現實主義的文學大旗與反帝反封建的政治大纛下，畢生配合默契，結下深厚的友誼。他們精誠合作，奠定了中國現代文學史的牢固基石。

三

正當茅盾緊鑼密鼓，通過改革《小說月報》，發起文學研究會，推動文學新潮流之際，母親一再催促他在上海找房子搬家。這時遷滬問題有了緊迫性：因爲一九二〇年夏孔德沚已經懷孕。眼看腹部隆起，行動開始不便。不僅老太太，連孔德沚也著急起來。

茅盾被即將做父親的責任感所驅使，儘管日夜兼程趕，手頭的工作還是堆積如山，但他仍抽出時間多方設法。一九二一年二、三月間，還是在福生的幫助下，在寶山路鴻興坊找到了合乎茅盾所提條件的房子。這是一樓一底帶亭子間和帶一間跨街而過的「過街樓」的房子，這過街樓南北兩面有窗，光線充足，空氣對流，夏天特別涼快。但原房客要求付一筆一百五十元左右的「頂費」才肯出讓。因爲此房電燈電線係他所裝修。這時母親催促更急。茅盾只好如數照付。經過清掃裝飾，添置家具，居然也煥然一新。

諸事齊備，母親就攜孔德沚起程赴滬。茅盾請福生幫自己一起到上海戴生昌內河小輪船碼頭去迎接她們。並提取行李。母親踏進兒子精心布置的洋房，看了添置的新家具，很覺滿意，當她發現兒子的兩只大書架上滿滿地排著洋裝書，不由地一笑：「怪不得你錢不夠花，要賺外快！」老人心中頗感寬慰，以前的疑慮，頓時冰釋。但又心痛兒子，叮囑說：「現在你當了主編，月薪百元；家庭開銷和買書也足夠了。還是少開夜車，保重身體。而且你很快要當爸爸了，也該分些精力籌劃籌劃；現在不比你一個人在上海，吃飽了一家不飢！」她當即責成媳婦監督丈夫少開夜車。孔德沚這時正沉醉在新生活伊始的喜悅裡，雖然連連點頭，但對如何安排未來的生活，還來不及思考。

茅盾覺得母親剛到上海，對時代環境的了解，對自己的生活節奏的適應，都要有個過程。因此他只微笑答應，並不申辯。白天他照舊上班，忙他永遠忙不完的事。晚飯後先陪母親和德沚聊聊天，然後回房，照樣開夜車，寫他的文章。母親從家鄉把自己那個名叫友珍的隨身丫頭帶到上海，負責洗衣買菜等家務。自己仍親身下廚燒飯。有餘暇雖仍照料媳婦的學習，但這時媳婦已經臨產，倆人都要爲即將蒞臨的家庭新成員積極做準備。

這年四月，一個小女孩呱呱墜地。這就是小名亞男、學名沈霞的第三代長女。小生命給全家帶來了無限的樂趣，也添了無數的雜務。小傢伙胖胖的小臉，大大的眼睛，整個是孔德沚的縮影！好在母女都健壯，滿月後孔德沚健壯如產前。因爲有友珍和婆婆照料嬰兒，她沒有後顧之憂，於是又急著登上她的「跑道」。暑假剛過，她就插入離家很遠的愛國女校文科。這個學校比桐鄉的程度高。孔德沚這時只有小學程度。但她爲新的生活節奏所鼓舞，每天往返於學校與寓所之間兩次。整天聽講，下午六點以後才能回到家。晚上又要趕作業，還要照顧小女兒的飲食睡眠。但她仍能趕上功課。學得相當帶勁！只是一天緊張生活下來，晚上抗不過睡魔的侵擾。九點過後就哈欠連連。頭一沾枕，就呼呼入睡，茅盾開夜車常過十二點。有時孔德沚醒來，含糊地說一句：「你還沒睡？」就又翻身睡熟了。有時還得起來照料小女兒。次晨照例得早起。匆匆吃口飯就往學校趕了。

茅盾對夫人的教育，首先是潛移默化地從時代的脈搏，嶄新的意識等方面開拓其視野，提高她的思想。但在學習上，有時也得具體指導，甚至「幫忙」。例如德沚在學校是上的文科。作文是重要的一課。但她文字表達能力尚有差距，生活體驗面又過窄。常常因寫不出文章，回來向丈夫訴苦。茅盾覺得她短期內很難縮短這個距離。但仍然用通俗的語言，給她講解提高寫作水平的辦法。爲解她交不出作文卷的燃眉之急，他又越俎代庖，仿著她的語氣爲她代筆。這對茅盾說來只不過小菜一碟，但拿到孔德沚班上，卻是出類拔萃之作。因此老師頗爲讚賞。常把「她」的作文當眾朗讀以茲示範。同學們也以羨慕的目光看孔德沚；於是她的「文名」在全校傳開了。但孔德沚不僅不敢高興，反而心慌意亂，擔心一旦露了馬腳，當眾出醜。一年半的學習，每逢作文課，她都提心吊膽。一九二二年她又懷了孕。秋季開學後腹部漸隆。

每天跑兩個往返，已感吃力。於是她趁機於期末輟學。那顆時時提著的心，才放下來了！

一九二三年一月，她生了個男孩。這是沈家新一代的長男，烏鎮、上海，喜慶氣氛，互相感染。故鄉的長輩按沈家的族例：此輩是「學」字輩；名字應是「木」字旁。於是給這個男嬰取了個女氣十足的名字：學梅。但此名從未用過，本人也不知道，他只知乳名叫桑男。上小學時學名叫沈霜。直到一九三二年曾祖母逝世，他隨父奔喪時，二曾祖沈恩俊摸著他的頭說：「這是學梅吧？長這麼大了！」他問父親後，才知道自己還有這麼個女孩子式的名字。對此他採取不承認主義；而且他後來也不喜歡叫「沈霜」，而再次改過。這是後話，按下不提。但茅盾日記和信中所稱的阿桑、阿霜，就是指他。對這愛稱，他倒是認可的！

四

母親和夫人來滬之後，茅盾雖然能以滲透方式向她們灌輸社會主義思想，使之對黨有一定的認識，但不能暴露自己的黨員身份。配合茅盾提高婆媳二人覺悟的，還有表姑母王會悟。她經茅盾介紹和李達結婚後，幫丈夫辦了一件大事：黨的「一大」在上海召開後會址暴露，遂決定由上海遷到嘉興南湖召開，主要是王會悟去安排的。來滬前她和德沚是比鄰而居的親戚和女友。現在也時常來往。她也給德沚和母親以革命影響。然而茅盾隱瞞其黨員身份，深夜外出開會，仍引起頗具戲劇色彩的疑竇。先是中央讓茅盾利用其獨編《小說月報》，經常處理來稿接待作者之便，擔任中共中央聯絡員。全國各地基層組織來信或來人，均經茅盾中介。來人對過暗號，茅盾安排其住下，再和中央聯繫接見。來信則外封寫沈雁冰名字；內封寫「鍾英（「中央」二字諧音）小姐」。或乾脆寫沈雁冰轉鍾英小姐。每日由茅盾匯總送到中央。久之這事引起了同事們的猜疑。以爲這「鍾英小姐」是茅盾的「第三者」。這時鄭振鋒已來編譯所工作，常幫茅盾處理《小說月報》事務。他們是親密無間的好朋友。爲好奇心驅使，有一次鄭振鐸拆開看了，這使他大吃一驚！但這時鄭振鐸已是同情與支持共產黨的進步人士，當然要代茅盾保守這個祕密而不去澄清那些流言和猜疑。因此茅盾把主編移交鄭振鐸後，本想辭去商務的職務。陳獨秀爲保持此工作的連續性不肯同意。此後的聯絡員工作，茅盾就得到鄭振鐸很大的幫助。

時間久了，這「鍾英小姐」的神祕傳說，當然會傳到老太太和孔德沚耳朵裡。而且他參加黨的會議也引起懷疑。作為中央聯絡員，茅盾被編入中央直屬的黨支部。這時由於第三國際代表堅持，陳獨秀已回上海負起黨的總書記的責任。中直支部會就在法租界環龍路漁陽里二號陳獨秀寓所舉行。會議常常由晚八時開到十一時。茅盾乘車經過大半個上海，回到閘北自己的寓所，最早也要過十二點，遲則深夜一時才能回到家。這又引起母親和孔德沚的懷疑。如果假託在朋友家商談編務，總不能常常如此，也不可能這麼晚罷？但婆媳倆逐漸有了革命覺悟。徵得組織上的同意之後，茅盾就向她們公開了自己的身份：「我已經加入了中國共產黨。關於共產黨是幹什麼的，平時我大體介紹過了。我入黨也是為國為民。黨是要過組織生活、開會和組織學習的。我常常深夜才歸，就是因此。我擔任中央聯絡員的工作，常收到『鍾英小姐』信的事也是一種掩護，『鍾英』是『中央』的諧音。並沒有這麼一位『小姐』。這事對外絕不能說破。所以我只好由他們去猜疑！」婆媳倆這才恍然大悟。她們都是深明大義的人，對茅盾入黨和擔任這工作，當然表示支持。但母親總擔心兒子累垮了。就說：「你們的會為什麼不到咱們家開？」茅盾說：「若那樣別的同志就都得像我那樣跑。這也包括黨的總書記陳獨秀同志。」陳獨秀的大名，老太太早就從《新青年》上知道了。遂放棄了自己的想法。從此茅盾深夜不歸，母親寧肯自己晚睡為兒子守門。她體貼兒媳，又要學習，又要帶孩子，十分辛苦，所以也安排讓她早睡。

一九二一年冬，陳獨秀寓所被法租界捕房查抄。陳氏夫婦也被拘留，不久雖先後獲釋，黨的會議卻不能不換地點了。有時就在茅盾寓所舉行，如後來沈澤民的入黨宣誓會，就在沈寓召開。每逢這時，孔德沚和婆婆就充當會議的「警衛員」。

這一切逐漸把孔德沚捲入茅盾全力以赴從事的政治運動中去。一九二一年茅盾在黨辦的由李達任校長的平民女校教英文。沈澤民是該校的創辦人之一。該校任務是培養婦運工作者，孔德沚就很羨慕茅盾所教的那些學生，如後來成了瞿秋白夫人的王劍虹，她的摯友蔣冰之（即丁玲）等。但自己當時文化程度相去較遠，只能在振華女校趕她的功課。一九二三年五月，茅盾到上海大學任教。據《上海大學史料》所收課任教師名單：他在中文系教《歐州文學史》和《小說作法》；在英文系教《希臘神話》。據當時《民國日報》載，茅盾以教職員代表身份，當選為該校最高機構行政委員會委員。上海大學名義上是由國民黨元老於右任任校長。實際上是黨所辦。主要職務都是共產黨員負責，如鄧中夏任總務長主持校務。瞿秋白任教務長兼社會學系主任。茅盾正是這時和他建立起深厚的友誼。這時王劍虹已經去世，瞿秋白和在上大學習的楊之華結了婚。上海大學當時在閘北青雲路青雲里，離沈寓很近。瞿寓在沈寓隔壁。這時孔德沚已經輟學，也結識了瞿秋白和楊之華，得到楊之華的很大幫助。在她的引導下，孔德沚從一九二三年起參加了革命活動，和丈夫並肩作戰。沈澤民和張琴秋也對她幫助很大。張琴秋和孔德沚最早是在愛華女校成了同窗摯友。一九二三年春，在茅盾夫婦幫助下，來上海入了愛國女校文科插班，兩人再度同學。從此認識了沈澤民。這時沈澤民早經茅盾介紹加入了中國共產黨。一九二一年和一九二三年他和哥哥同在上海平民女校、上海大學執教。是他幫助張琴秋入了上海大學。張琴秋借住沈家，與孔德沚朝夕相處，後來又一起參加革命活動，一九二四年四月張琴秋先入了共青團；同年十一月轉爲中共黨員。這年冬她和沈澤民結了婚。新房就在茅盾隔壁的二樓。於是兩個老同學成了妯娌和同志。瞿秋白和楊之華夫婦住沈家隔壁：順泰里十二號。三個革命家庭來往密切。在楊之華帶領下和張琴秋的促進下，孔德沚的革命覺悟與勁頭大爲提高。開頭她僅是茅盾那個革命圈子的外圍成員，現在正式加入了戰鬥隊伍。最早她介入的是婦女運動。工作對象是女學生和少數資產階級家庭中的小姐、少奶奶，後來工作範圍不斷擴大。通過教職工夜校結識了許多女工，並深入到工人運動中去了。她又把比鄰而居的葉聖陶的夫人胡墨林拉去做女工工作。一起教女工們認字，宣傳革命道理。一九二五年經楊之華介紹，孔德沚入了黨。胡墨林又經孔德沚介紹，也入了黨。這樣沈家弟兄妯娌和瞿、葉幾家朋友相聚，談論起革命和工運婦運時，幾乎就是開黨的會議。作爲最早的共產黨員之一的茅盾，成了這個革命集體的核心人物。葉、沈兩家的孩子，也成了親密的小朋友。當時葉聖陶有三個男孩。葉至善是大哥，也是小哥們的頭頭。老二葉至美和沈霜同歲，兩個人比較契合。老三葉至誠最小，也最淘氣，有一次胡墨林實在氣不過，把他綁在桌子腿上，幸好沈霜去他家玩，聽得他哇哇直叫，他就向胡墨林阿姨求情，葉至誠才得「獲釋」！

孔德沚從事婦運工運活動，結識許多各階層時代女性，都常來找她談話議事。因此也和茅盾熟稔。這提供給茅盾兩個極好的機會。一是使他有把自己的婦運理論付諸實踐的可能；二是有了充分的機會觀察、體驗、了解各種類型的時代女性，為他後來的創作積累了大量素材；為他後來塑造時代女性形象把握了不少原型。例如，據《胡蘭畦回憶錄》記：她一九二四年六月衝出夔門奔赴上海出席全國學代會時，就肩負著調查了解上海女子工業社情況，借鑑經驗，為四川婦女公會開展活動，為婦女解放謀求新出路的任務。到滬後她直奔地處法租界辣斐德路福康里的上海女子工業社並住在那裡。因此結識了該社的股東陳望道的夫人吳庶五和茅盾的夫人孔德沚。她向她們介紹了自己的身世和四川婦運的情況，她們向她講很多女權的道理和上海婦運以及上海女子工業社的情況與經驗。因此茅盾在日本所寫長篇《虹》，主人公梅行素以胡蘭畦為原型。其情況，茅盾早在一九二四年就從孔德沚那兒有所了解了。他成為先經驗人生而後創作的「託爾斯泰方式」的大作家，在其成功的基礎中，也有孔德沚的一份功勞。

當然更多情況下，還是茅盾幫助孔德沚。不僅幫她，也幫她安置和教育她兩個弟弟。先是把她的小弟弟孔令俊接到上海安排到商務辦的尚公學校讀書。孔令傑天真活潑，能歌善舞。畢業後當了小學教員，成長為品學兼憂的人才。上海大學開辦不久，孔德沚的大弟弟孔令俊（即後來改了名的孔另境）也從烏鎮來到上海投奔茅盾。原來他中學畢業後，接替了其父親經營的那家紙馬店。但其父吃喝嫖賭，無所不為。紙馬店也因其父欠債深受其害。後來其父跟一個私娼相好，偷偷跑到上海，從此下落不明。令俊一氣把紙馬店盤給別人，還了欠債，下決心不再認這個父親，也不要烏鎮這個家了。就來投靠姐姐姐夫，孔德沚當然為難。茅盾看他比以前大有長進，做事也果斷，就跟夫人商量，把他送到上海大學中文系學習。於是小舅子也成了姐夫的學生。據孔另境後來的回憶文章，他當時也住姐夫家。每天早上和姐夫一起到上海大學上學和教課。這樣因為幫助孔德沚的關係，家裡多了張琴秋和孔氏弟兄三個人，就相當擠了。

經過文化上的家務的和政治的各方面的學習闖練，茅盾在母親幫助下，終於把自己早年形成的對待包辦婚姻的理論，和把包辦婚姻娶來的妻引到社會上使之成為一個「人」的理論，順利地在孔德沚身上充分體現出來。孔德沚少女時代就要強自尊，這時更鍛煉得敢衝敢闖，頗具男子氣概。茅盾很喜歡她這種陽剛之氣，和追求獨立人格的精神。他後來塑造的慧女士型與靜女士型這兩類時代女性中，他顯然更喜歡前者。其實在《虹》的主人公梅女士性格的塑造中，不僅汲取了胡蘭畦這個原型，也借用了孔德沚的部分性格特徵。從梅那不顧一切往前衝的性格基質中，也能看得到孔德沚的影子。

在長期生活、共同戰鬥中，茅盾對孔德沚產生了深深的愛。他終於成功了。他爲自己既「創造」了一個愛人，也「創作」了一個同志。他在後來的短篇小說《創造》中，寄託了自己許多內心隱密。看來他不希望自己成爲君實：把夫人的發展，侷限在自己設定的圈子裡，他很讚賞嫻嫻衝出君實設定的模式，大膽地按自己的性格走人生之路。在這裡他固然揭示的是人生哲理，但也寄託了他對孔德沚的無限期冀。

五

孔德沚的婦運工作，其實和茅盾的革命活動也密切配合著。

中共「一大」之後，茅盾不僅擔任中央聯絡員，還擔負著在商務印書館建黨與發動工人運動的任務。這年冬天，黨派杭州的排字工人出身的黨員幹部徐梅坤到商務印書館印刷所，和茅盾配合發展黨員。他們在工作中結下了深厚友誼。接替友珍來沈家幫工帶桑男的梅姑娘，就是徐梅坤介紹的。她替出了孔德沚參加婦運；也解除了茅盾的後顧之憂。茅盾經常到印刷所排印《小說月報》，利用接觸工人的機會，發展了不少黨團員，並建立了黨支部。一九二二年他們在印刷所附近北四川路尙賢堂對面空地，召開了紀念「五一節」群眾大會。到會三百餘人，大都是工人。茅盾在大會上講「『五一』勞動節的由來及其意義」。大會後來雖被巡捕沖散，卻在工人群眾中擴大了影響。

一九二三年七月，中共召開上海全體黨員大會，貫徹全國第三代黨代會決議：實行國共合作，共產黨員以個人身份加入國民黨。並成立了上海兼區執行委員會，除管上海外，還領導江、浙兩省。以此取代原僅領導上海黨組織的上海地方委員會。當選執行委員者是鄧中夏、徐梅坤、茅盾等五人。候補委員是張國燾等三人。鄧中夏爲委員長。徐梅坤爲秘書兼會計。茅盾爲國民運動委員兼下設的國民運動委員會委員長；負責領導與國民黨合作、發動社會各階層進步力量參加革命等等統戰工作，茅盾領導下的委員有林伯渠、張太雷、張國燾、楊賢江、董亦湘等八人。執委會本是一週開會一次，但事繁時天天開會；又要廣泛開展統戰工作。茅盾就相當忙了。過去是白天搞文學，晚上搞政治；現在白天也要搞政治了。在八月五日第六次執委會上，茅盾結識了代表黨中央出席會議的毛澤東同志。這次會議決定，茅盾除負責國民運動委員會外，還要參加黨內的勞委會和工運的勞動組合書記處合併後的統一機構。毛澤東還派茅盾代表中央做因對陳獨秀家長作風不滿準備退黨的中共發起人陳望道、邵力子等人的工作。一九二三年九月執委會改組，茅盾任秘書兼會計。國民運動委員會則擴大爲統管工農商學婦各方面的運動。茅盾還以婦運理論家身份和向警予共同負責婦運工作，所以孔德沚參預的婦運、女工工運工作，也歸茅盾分管，從此她又結識了向警予同志。據執委會《記事錄》，八月十二日第七次會議議決：茅盾一度代理執委會委員長工作。一九二四年一月改選第二屆執委會時，茅盾以最高票數重新當選。足見他深孚眾望。他仍任秘書兼會計。除領導日常工作外，還參預領導紀念「二七」、列寧追悼會、組織黨員以個人身份加入黃炎培領導的平民教育促進會等工作。直到春夏之交，他接編《民國日報》副刊《社會寫眞》（後改《杭育》）時辭去此職止，茅盾在相當於建國後中共中央華東局書記的黨的領導崗位上，做出了突出貢獻。

一九二四年十一月，茅盾遷居閘北順泰里十一號，與住十二號的瞿秋白夫婦比鄰而居。共同迎接了一九二五年的革命高潮。

一九二五年孔德沚和茅盾並肩走上南京路，直接參加了「五卅」運動。其實早在一九二四年，他們就各從自己的崗位介入了工運。上海工運焦點，是日紗廠以反帝愛國爲主調的工人罷工鬥爭。黨中央和茅盾也在其中參預領導的勞動組合書記處、婦運委員會等機構，做了充分的部署與發動。鄧中夏、向警予等同志以上海大學學生爲骨幹發動工人。通過工人夜校起宣傳動員組織作用。茅盾從一九二四年十月起任民校工人運動委員會組織部指導委員。他從他參預的幾個領導機構中，起推動作用。孔德沚則跟著楊之華、張琴秋參預基層工運的發動工作。「五卅」的序曲是一九二四年六月閘北十餘家工廠的罷工，和一九二五年二月全市日商內外棉各廠總同盟罷工所取得的兩次勝利。孔德沚隨領導這兩次罷工的楊之華、張琴秋等參加宣傳鼓動工作。正是在這期間，她經楊之華介紹，加入了共產黨。那幹勁就更足了。她整天在外跑，回家匆匆吃了飯，餵餵孩子，就又走了。

一九二五年五月一日，在廣州召開的第二次全國勞動大會上，成立了中華全國總工會，推動著上海各級工會的成立。日本紡織同業會不予承認，串通租界工部局與中國軍警予以取締。工人舉行抗議罷工。資方則關廠並大量逮捕工人。衝突很快激化。遂發生了槍殺工人顧正紅事件。這如乾柴烈火，很快釀成全市工人總罷工、學生總罷課高潮。「五卅」當天，茅盾和孔德沚、楊之華一起，隨上海大學宣傳隊參加了分幾路齊集南京路的工人、學生隊伍。他們邊遊行，邊喊口號，還不時停下來作街頭演講。南京路老閘捕房開了排槍，死傷群眾十多名：鮮血染紅了南京路！當時茅盾和孔德沚、楊之華正遊行到先施公司門口。退下的人流使他們難以立足。在楊之華熟悉的先施公司職員孫某幫助下，他們從其後門撤出。

當晚茅盾正寫紀實散文《五月三十日的下午》描繪「五卅」壯劇時獲悉：黨中央和上海兼區執委會的領導人在閘北寶興里連夜開會。決定：立即成立上海總工會，並與上海市學聯、上海總商會聯合組成上海工商學聯合會作為核心，領導全市總罷市罷工罷課，並且次日要舉行規模更大的示威遊行。深夜，茅盾也接到次日「十二點出發，齊集南京路」的緊急通知。次日中午，楊之華來約他們一起山發，茅盾開玩笑說：「今天要挨水龍掃射了，得穿了雨衣去，免得穿濕衣服發散了血的熱度！」兩位女士齊聲反對：「偏不穿雨衣！也不帶雨傘！顯示我們什麼都不怕的精神！」他們來到南京路時，先施公司的大鐘正指十二點三十分。水龍還沒掃射，暴風雨驟然襲來。他們淋著雨加入了一堆堆攢聚的工人學生隊伍，孔德沚和楊之華立即加入演講隊慷慨演說，揭露帝國主義的罪行。這時幾輛自行車叮鈴鈴飛馳而過，散發的傳單在雨中飛舞：這是聚合出發的信號。茅盾和孔、楊兩位加入了上海大學的隊伍。「三道頭」和紅布纏頭的印度巡捕拔出手槍，揮舞木棍，驅逐群眾。他們三人喊著口號，奮勇前衝，不肯後退半步。巡捕終於搶起水龍掃射群眾了。他們身上的雨水和自來水淋在一起。孔德沚的頭髮上的水像雨注般流下。她們鼓漲著血紅的臉，高喊「打倒日本帝國主義」口號，奮勇前進。這對夫婦當時一個二十九歲，一個二十八歲，血氣方剛，加上民族義憤，以堅定的步伐，並肩在鮮血淋漓的南京路上，留下了歷史性的足跡！

下午三點左右，他們被沖散了。茅盾遍覓同伴而不得，只好返回。孔德沚卻按「婦女隊伍去衝總商會促其總罷市」的指示，隨著人群奔向天后宮。裡邊是李立三率市總工會、市學聯的代表和總商會的頭頭激烈地辯論；外邊是德沚匯入的婦女隊伍呼喊口號：「全面實行『三罷』！」「你們不罷市，我們不回家！」女學生牢牢把住所有門口，只准進不准出。如此堅持到天黑。總商會副會長在內外交困中，只好簽字，同意總罷市。孔德沚濕淋淋地趕回家，已是深夜。茅盾聽她說和楊之華也失散了，很不放心；立即到隔壁探望。幸好她和瞿秋白都安全返回。瞿秋白介紹了中央的新部署：六月一日起，「三罷」大規模持續進行。第二天兩對夫婦又分頭繼續行動起來。

當夜茅盾繼《五月三十日的下午》之後，又寫了《「暴風雨」——五月三十一日——》。隨後又寫了《街角的一幕》。前兩篇生動描繪了「五卅」、「五月三十一日」這兩天他們親歷目睹的時代壯劇；後者剖析了種種不同的社會情態。三篇紀實散是茅盾早期散文的代表作，留下了眞實的時代剪影，和他與孔德沚等並肩奮鬥的生動經歷。

六月二日起茅盾作為上海大學教職工代表連續出席了有七十三校百餘名代表參加的集會。會上宣布成立上海各校教職員聯合會，並參加市工商學聯合會。但此會很快被右翼勢力所控制。茅盾和侯紹裘、董亦湘、楊賢江等三十餘人又發起成立了以共產黨員為核心的上海教職員救國大會。六月六日，茅盾和侯、楊聯名發表成立該會的六點主張，並由茅盾、侯紹裘執筆起草了該會宣言，刊於六月十五日《民國日報》。他們還組織演講團，奔赴各校廣泛宣傳。茅盾的講題是《「五卅」事件的外交背景》。這時瞿秋白主辦的《熱血日報》已經發行，茅盾則參預以文學研究會商務印書館的會員為中心、上海十一個學術團體組成的《公理日報》的工作。編輯部就設在鄭振鐸寓所：寶山路寶興里十九號，他們自己辦發行工作。商務的王伯祥每天在鄭寓門前和報童打交道。

「總罷」運動因買辦資產階級、民族資產階級的妥協，帝國主義也做出一定讓步而收束。經過這次體驗，大家對資產階級的本質有了進一步的認識。茅盾也為後來寫《子夜》體驗了激烈複雜的鬥爭生活。瞿秋白與楊之華、茅盾與孔德沚兩對夫婦聯手投身「五卅」運動的佳話，也在文壇和工運中傳開。

接著黨中央為改變「五卅」落潮，工運低落的現狀，重振工運的雄風，派徐梅坤和茅盾合作，在商務印書館內組成臨時黨團，成立商務印書館工會，領導因商務當局裁減職員激起的罷工。八月十九日起，先由廖陳雲（即後來中共中央領導人之一的陳雲同志）負責，在發行所先行發動。很快推開，蔓延為全館總罷工。並成立十三人組成的罷工執行委員會。茅盾以委員身份負責撰稿發布消息。他還是與資方談判的代表。由於軍閥派兵插手。資方怕把事鬧大，遂做出讓步，基本上接受了職工要求達成復工協議。復工條件由茅盾起草。這位手稿完整地保存到現在。那清秀的筆跡，是茅盾當年參預領導工人運動的歷史遺跡。

六

從建黨到「五卅」，茅盾把文學與政治交錯起來的人生道路，有個從以文學爲主到以政治爲主的過程。所以他這期間的文學建樹，也以前半爲大。主要表現爲以下幾點。

他發表了一批相當有分量的理論文章：如《藝術的人生觀》、《〈小說月報〉改革宣言》、《新文學研究者的責任與努力》、《文學與人生》，《文學和人的關係及中國古來對於文學者身份的誤認》、《社會背景與創作》、《獨創與因襲》、《自然主義與中國現代小說》、《文學上多種新派興起的原因》、《「左拉主義」的危險性》、《什麼是文學》、《雜感・讀代英的〈八股〉》、《「大轉變時期」何時來呢？》等等，他發表了一大批評介中外作家作品與文學流派的文章。如對魯迅、冰心、許地山等現實主義作家，郭沫若等浪漫主義作家的評論；如對司各特、大仲馬、泰戈爾等東西方外國作家的評論；對自然派、寫實派、現代派和新浪漫派等各種文學流派的研究文章等。一九二四年爲紀念歐戰十年他還有一部《歐洲大戰與文學》的專著在《小說月報》發表。當然，他仍繼續研究中國文學和中國神話，選注了《莊子》、《淮南子》、《楚辭》，出版了節本《紅樓夢》。並爲這幾部著作寫了長篇序言。

這一切展現了他學貫中西、博古通今的才華造詣，也揭示了他較完整的文藝觀與美學思想。主要是：一、以反應現實生活、時代與時代精神爲中心的文學本源論，形成了著名的「鏡子」說。二，以「文學爲人生」且要改造人生爲中心的革命功利主義的文學本質論。他從寬泛的爲人生，逐步發展到有鮮明階級傾向性的同情與支持「被侮辱與被損害者」。提出了「革命的人一定做革命的文學」，「創作須有個性」，「個性是作家的人格體現」等影響很大具指導性的論斷。三，以「眞」爲核心的審美本質論，與以「意緒說」爲核心的審美本體論。後來他又從形神兼備、情思並重的「意緒說」，發展到「醇酒說」：他認爲文學審美的最高境界如「上口溫醇」，後發致人的「醇酒」。這一切精闢地形成了其眞善美相統一的審美觀。

茅盾還放棄了他早年倡導過的新浪漫主義，轉而倡導自然主義：以「實地觀察」、「客觀描寫」爲精髓，以救正舊文學和部分新文學脫離現實、憑主觀意識隨意歪曲生活眞實之弊。他又對自然主義做出分析。他拋棄了左拉、龔古爾兄弟所代表的消極頹廢的人生觀的自然主義；他倡導的是以實地觀察、客觀描寫爲基質的創作方法上的自然主義。不過這時他仍像國內外文壇那樣，未能區分寫實主義與自然主義的界限，而他所倡導的自然主義，實際上是充分體現人民大眾之人生的，介於批判現實主義與社會主義現實主義之間、屬於中介性質的魯迅般的清醒的現實主義。對這種中介形態，雖有馮雪峰等作過初步論述，但迄今文藝理論上還未被做出明確界定與解說。

由於倡導爲人生的文學，批判爲藝術而藝術的文學；倡導自然主義實則爲現實主義，揚棄了新浪漫主義；這就從文藝思想上和標榜「爲藝術的藝術」，以積極浪漫主義美學觀爲指導進行創作的創造社，產生了重大分歧，再加上幫派思想、文人相輕思想作怪，遂爆發了文學研究會與創造社之間爲時兩年多的論戰。當時茅盾正和魯迅一起配合作戰，批判封建復古派文學。創造社不僅未來助戰，反而橫插一杠子，茅盾和鄭振鐸分身無術，本不願應戰。何況此前他們曾以書信和面商等形式，邀郭沫若等參加文學研究會，以期以聯合的力量推進新文學。郭沫若等不僅未參加，而且組成創造社，並發動論爭。這迫使茅盾等不得不應戰。論爭集中在四個問題上：文學創作的目的與思想藝術傾向；文學批評與文學批評之態度；介紹外國文學的原則與方法；翻譯中的錯譯、誤譯。對這種「兄弟鬩於牆」的論爭，郭沫若後來承認：「我們當時的主張，現在看來自然是錯誤。」後來他還曾宣布他羞於再談浪漫主義，而改用現實主義。但他們那種派性與文人相輕情緒，並未因其由「右」轉向極「左」而隨之消失，一九二八年發展到把魯迅、茅盾、葉聖陶以及其本派的元老郁達夫，都打成資產階級文人。但這場論爭也有好處：促使各方認眞學習理論，總結經驗教訓，故促進了大家文藝思想水平的提高。論爭以茅盾、鄭振鐸宣布掛免戰牌，於一九二四年七月暫告結束。

這場論爭使茅盾思考了許多問題，更重要的是，從「二七」到「五卅」，革命運動的高漲與實際工作的鍛煉，使他的思考得到昇華，結果促使他的文藝觀由資產階級民主主義發展爲無產階級的馬克思主義的文藝觀，使其文藝觀與其政治觀由相對滯後，到合二而一；從而導致整個人生觀、哲學觀都達到無產階級的馬克思主義的新高度。這一質變發生在一九二五年，其標誌是《論無產階級藝術》、《告有志研究文學者》、《文學者的新使命》這三篇在一九二五年集中發表的論文。其中《論無產階級藝術》這一長篇論文寫作與連載的時間，是在「五卅」運動前後。它是參考了蘇俄早期理論家波格丹諾夫的《無產階級藝術的批評》加以揚棄的一個編著，它拋棄了波文的不妥之見，有自己的許多突破與發展。它與其他兩文一起，代表著茅盾馬克思主義文藝觀的正式確立。

茅盾文藝觀的質變，關鍵在於以馬克思主義觀點與階級分析方法，清理他早年受影響很深的西方資產階級民主主義美學觀，清除其人性論的影響，把階級社會的文學當作階級社會上層建築、意識形態現象來對待。這三篇文章的以下幾點，說明他比較徹底地完成了這個質變：一，對作家、批評家，提出了明確階級立場的要求；對作品中的人物典型內涵，提出了階級性要求。二，放棄了早年的文學「爲人生」、「爲民眾」等模糊提法；「換了一個頭角崢嶸，鬚眉畢露的名兒——這便是『無產階級藝術』」，並認爲高爾基所代表的無產階級藝術，是一種「完全新的藝術」。三，規定了無產階級文藝之特質，不在其寫什麼題材；而在於作家作品寫各種題材時，體現的無產階級傾向性。四，區別了無產階級藝術與「農民藝術」、「革命的藝術」的本質差異。五，放棄了其從一般反應論出發，所提出的文學的「鏡子」說；代之以從辯證唯物論的反應論出發，提出的「指南針」說：即文學應指導讀者奔向光明的前途。後來他又把「指南針」說發展爲「斧子」說：即不僅要求文學指示理想的光明的未來，而且還要發揮「斧子」般的戰鬥作用和改造生活的作用。六，他既不單純強調文學的思想性，也不過分強調其藝術性。而是強調思想與藝術、內容與形式的辯證統一。由此他還指出：要批判繼承過去一切文藝遺產之精華，剔除其糟粕，使無產階級文藝能在人類全部遺產基礎上創造，而不是憑空地創造。

茅盾的文藝觀轉變的時間，滯後於其政治觀。這提供了一個較爲複雜的意識形態現象，它說明：整體質變並非都是一次性完成，也具有另外的形態：各個分體質變的次第完成，最終導致整體質變的完成。茅盾正屬於後者。他的世界觀的確立與發展，具有以下特徵：一，自然觀的唯物論特徵與社會觀的愛國主義、人民功利主義特徵的有機結合。二，以政治觀的突進爲先導，帶動其它層面次第突進；其各層面發展之間，是呈不平衡漸趨平衡的情態。三，因此世界觀的形成與質變期較長；各質變點呈歷時性分散狀態，故以時間作標界十分困難，但大體上可以一九二五年爲界。這些特點和他學貫中西，博古通今，所受影響既廣且雜大有關係。因此，茅盾的思想與思維方式，具有揮灑開闊、取精用宏的總體特徵。

第四章　革命洪流中並肩前進
形勢逆轉時相互庇護

婚後五年在丈夫幫助下，孔德沚成長爲嶄新的女性。從一九二六年起他們在大革命洪流中，有分有合，並肩戰鬥，經受著時代的嚴峻考驗。

一

一九二五年「西山會議派」（國民黨右派）乘孫中山逝世之機，與共產黨公開決裂。他們控制的國民黨上海市黨部，開除了所有以個人身份加入國民黨的共產黨員。茅盾是第二批被開除的。中共中央針鋒相對，指令茅盾和惲代英立即籌組共產黨和國民黨左派繼續合作的國民黨上海特別市黨部執行委員會。一九二五年十二月，國民黨上海市執委會成立。由惲代英任主任委員兼組織部長，茅盾任宣傳部長。不久他和惲代英等當選爲上海出席在廣州召開的國民黨第二次全國代表大會的代表。孔德沚陪茅盾事先看了他們赴廣州將乘的醒獅號客輪。一九二六年元旦之夜，她又把丈夫送上此船，當夜啓航離滬。六日抵廣州。茅盾隨惲代英當即會晤了中共廣東區委書記陳延年，和這次大會的秘書長吳玉章。明確了中共團結國民黨左派與中間派打擊右派的方針。由於會議代表中中共黨員約占三分之二，保證了上述方針之執行，使國共合作、繼續革命、揮師北伐的路線得到貫徹；會議還通過了「彈劾西山會議派決議案」。

會後陳延年通知茅盾：中央決定調他留廣州任國民黨中宣部秘書。當時部長是汪精衛，因他任國民政府主席，故中宣部長一職，由毛澤東代理。茅盾任他的主要副手，是他提請國民黨中央執委會常委會第三次會議通過的。儘管茅盾家眷在滬，事前對此毫無準備，他仍然服從了組織決定，留下加強國共合作的宣傳工作。他辦公的地點和住處在東山廟前街三十八號。毛澤東攜夫人楊開慧和岸英、岸青兩個孩子住在二樓。茅盾和同事蕭楚女（實際上他是五大三粗的男子漢）同住一樓辦公室。

茅盾接手原由毛澤東主編的國民黨政治委員會機關報《政治週報》。爲該報《反攻》專欄寫了《國家主義者的「左排」與「右排」》、《國家主義——帝國主義最新式的工具》、《國家主義與假革命不革命》等文章，對充當英、日、美帝國主義工具，專幹反蘇反共勾當的曾琦、左舜生等以《醒獅週刊》爲基地的國家主義者——他們和「西山會議派」都是國民黨右派——的本質予以揭露。茅盾還寫了長達九節的《蘇俄「十月革命」紀念日》的文章，和蕭楚女合作起草了國民黨第二次代表大會宣傳大綱等文件。前者是茅盾本時期論述十月革命與社會主義蘇聯及其對中國之指導作用的最系統，影響也最大的論文。

據國民黨中常委會議二月十六日決議案載：「宣傳部代部長毛澤東同志因病請假兩週，部務由沈雁冰同志代理」。這就保證了毛澤東假託有病，實際去視察湘粵邊界農民運動，爲其後來的名著《湖南農民運動考察報告》積累了材料。國民黨中宣部不設副部長，茅盾當時在部裡的實際地位，相當於國民黨中宣部常務副部長。

公務之餘，茅盾還到廣州中學演講，以普羅米修斯偷天火以助人類，比喻孫中山的新三民主義。在青年中播撒革命種子，抵制右派的影響。他還多次和文學研究會廣東分會青年同仁劉思慕、梁宗岱、葉啓芳、湯澄波等經常會見，給他們講話，幫他們潤色稿子。茅盾逝世後，劉思慕在悼念文章中說：「茅公可說是我的引路人。」

不久蔣介石發動的旨在反共的「中共艦事件」爆發，形勢急劇逆轉。毛澤東的強硬態度被持右傾態度的蘇聯駐華軍事代表所否定。他對茅盾說：「我本是代理汪精衛的中宣部長，看來他要下台。我也不用代理了。你回上海罷。惲代英同志一時回不去，你代理他擔任的交通局長，並且想法在上海辦一份黨報，和國民黨右派的《民國日報》抗衡。」茅盾接受任務後，立即起程。臨行前又接受把一包機密文件帶交黨中央的任務。

二

茅盾返滬後，立即赴中央機關找陳獨秀。恰逢到彭述之正發表他那右傾論調。茅盾覺得不便，便把文件交給陳獨秀，匯報了自己所領的任務並取得認可，即退出來返回寓所。他看到母親、妻子和兩個孩子平安無事，一家團聚，洋洋喜氣。他跟妻子大略介紹了「中山艦事件」和形勢逆轉的危局。孔德沚則介紹了他走後近兩個多月上海也日趨複雜的情況。但夫妻信心十足，相互鼓勵，要以最大的努力繼續推動革命向正確方向走。他們決定遷居，以適應新的形勢與工作。三月底他們遷到虹口區東橫濱路景雲里 11 號半。

茅盾返滬次日，鄭振鐸聞訊趕來探望。暢敘別情後，鄭振鐸欲言又止。茅盾覺得他似有話難以啓齒，就請他直言。鄭振鐸只好開門見山：「當地駐軍看到香港報紙刊登你是赤化分子的詳細報導後，派人到編譯所來過好幾次。我們答以原曾在此工作，早已到廣東去了！」說到館方對此事的態度，鄭振鐸又吞吞吐吐起來。茅盾理解鄭振鐸的人品。他們又是多年的摯友。但這時他已是高夢旦的女婿，當然難以直言。於是痛快而又諒解地說：「你不必爲難！我早就不想在商務幹了，現在我就辭職。」鄭振鐸心情複雜，但又無可奈何。第二天他又來見茅盾，交出商務作爲退職金的一張九百元支票。另有一張商務的票面百元的股票。說是館方說，這是對茅盾多年爲館幹事的回報，市場價值則超過一倍呢！鄭振鐸關心老朋友今後生活無著，要介紹他去編幾家報紙的副刊。茅盾說：「請你不必擔心，也謝謝老朋友的好意。我正要辦一張報紙，生活當不成問題。」

茅盾十年前入商務時，是以感受到世態炎涼的戲劇化場面開始的。沒想到苦幹了十年，又以悲劇色彩極濃的戲劇化結局告終。他心裡當然感慨萬分！

茅盾所任代局長的上海交通局，是國民黨中宣部屬駐上海的祕密機構。地點在閘北公興路仁興坊 45、46 號。職權是翻印茅盾在廣州接手毛澤東、自己也一度主編過的那份《政治週報》，和中宣部發的各種文件與宣傳大綱。由於孫傳芳治下的上海當局派人常駐上海郵局，專截這些材料，故廣州方面有專人「跑交通」，常年往來於穗、港、滬之間專送文件。茅盾收下翻印後轉發北方及長江一帶各省國民黨部。局內僅四、五個工作人員，但全是共產黨員。因此名爲國民黨機構，實爲共產黨的祕密機關。除這些常務工作外，茅盾立即著手籌辦命名爲《國民日報》的黨報，以便抗衡國民黨右派的《民國日報》。他擔任副主筆，並和正主筆柳亞子、副刊主編孫伏園多次開會措商，確定了方針，並向法租界提出申請，但不久被駁回。計劃遂告吹！但他幫毛澤東籌劃的「國民運動叢書」卻有一定進展。原計劃共分五輯。其中有不少選題是正面宣傳馬克思主義與蘇聯的，茅盾是駐滬編纂幹事。一九二六年五月底，因交通局的經費遲遲不發，茅盾遂致函廣州要求辭職。結果卻被委任爲正式的交通局主任，並規定月經費千元。茅盾有了經費，就進一步擴大工作範圍。這年八月，他派員視察北方各省及四川至江蘇沿長江各省黨務、工農運動情況，並提出書面報告。

茅盾回滬後，又接手不少黨內的職務。首先是國民黨上海特別市黨部的主任委員。四月三日、四日召開了國民黨上海特別市代表大會，茅盾作了國民黨第二次全國代表大會的報告。其第四部分講：「大會對於革命之敵人即帝國主義及其工具軍閥、買辦階級、土豪等，認識極爲清楚。」第五部分講：「聯合各階級共同努力於國民革命，但會議認爲聯合戰線之主力軍應爲工農階級，故發展工運、農運，實爲當前最重要之任務。」第六部分是：「嚴申紀律，使參預西山會議之黨員皆受紀律制裁，爲此大會做了決議。」這些精神都體現了共產黨的主張，也是回滬後茅盾開展工作的基本指針。

一九二五年八月，中共中央宣布了把中共上海兼區執委會改組爲中共上海區委員會（仍兼江浙區委）的決議。一九二六年四月，茅盾任中共上海區委地方政治委員會委員。這月下旬又委任他爲上海區委委員分管「民校」工作。六月十八日，茅盾改任中共上海區委候補委員兼「民校」主任（「民校」是當時國民黨的代稱），實際是分管黨內的統戰工作，這時茅盾的領導工作又和孔德沚參加的婦運、工人夜校工作發生關係。茅盾黨內任職的辦公地點，在中共閘北區委的聯絡處：閘北區通天庵路榮慶坊16號。據兩度和茅盾在黨內共事的鄭超麟說：一九二六年下半年茅盾還擔任過中共中央宣傳部消息科長，負責從英文報刊上蒐集材料。〔註1〕於是，成爲職業革命家的茅盾，整天奔波於虹口區寓所和中共閘北區委聯絡處和上海交通局之間。據葉聖陶長子葉至善回憶：茅盾經常借他家開黨的會議。因中共機關、交通局機關都是保密的，不宜開多人會議，仁餘里葉寓門口釘有藍底白字的「文學研究會」搪瓷牌子，可以起掩護作用。而葉聖陶是茅盾的摯友，既是黨外人士，卻又是堅定的左派；其夫人胡墨林又是孔德沚發展的中共黨員；在此開會是極可靠的。葉至善寫道：「會場設在客堂後間的樓梯底下。我父親從不問他們開什麼

〔註1〕《鄭超麟談沈雁冰》，《新文學史料》1991年2期。

會，總是在晚飯以後，先從後門進來一個我父親認得的人，我父親把把門的大權交給了他，管自上樓做自己的工作了。」〔註2〕

儘管這麼緊張，茅盾仍不放棄文學，他在回憶錄中寫道：「這年〔註3〕的秋季，我白天開會忙，晚上則閱希臘、北歐神話及中國古典詩詞。德沚笑我白天和晚上是兩個人。她那時社會活動很多，在社會活動中，她結交不少女朋友。這些女朋友有我本就認識的，也有由德沚介紹而認識的，她們常來我家玩。由於這些『新女性』的思想意識，聲音笑貌，各有特點，也可以說她們之間，同中有異，異中有同。我和她們處久了，就發生了描寫她們的意思。」那時團中央負責人之一梅電龍追求一位唐小姐達到發瘋的程度，求愛所得的答覆是：「又愛又不愛。」他乘人力車一路想，此話究竟何意，竟把一包文件忘在車上。發現後追悔莫及。「我聽到這個事件後，覺得情節曲折，竟是極好的小說材料。我想寫小說的願望因此更加強烈。有一次，開完一個小會，正逢大雨，我帶有傘，而在會上遇見的極熟悉的一位女同志卻沒有傘。於是我送他回家，兩人共持一傘，此時，各種形象，特別是女性的形象在我的想像中紛紛出現，忽來忽往，或隱或顯，好像是電影的斷片。這時，聽不到雨打傘的聲音，忘記了還有個同伴，寫作的衝動，異常強烈，如果可能，我會在大雨之下，撐一把傘，就動筆的。」〔註4〕當晚茅盾「計劃了那小說的第一次大綱」。「就是後來那《幻滅》的前半部材料。」〔註5〕

這番話記錄了他的創作題材和他特別集中地刻劃時代女性，是同樣的兩個來源：一是得力於夫人孔德沚之社會活動給他提供的條件；一是得力於自己研究婦女問題和直接領導婦運、工作中又接觸、觀察、研究了許多時代女性。兩者集中於一點：他是先經驗了人生而後開始創作的；其創作伊始，就堅持寫熟悉的生活與熟悉的人物的原則。因此他的創作準備，早於其寫作好幾年。

不過這時茅盾的精神狀態和他想寫的那些時代女性的精神狀態，都是昂揚向上的。若眞能命筆成章，其作品的基調也一定是昂揚向上的。然而時代不作美；茅盾緊張的工作，使他沒有創作的條件。及至大革命失敗後，有了

〔註 2〕《「賦別寄哀思」》，《新文學史料》1982 年第 4 期。

〔註 3〕指 1926 年。

〔註 4〕《我走過的道路》（上），第 315 頁。

〔註 5〕《幾句舊話》，《茅盾論創作》，第 4 頁。

創作條件，提筆創作時，時代與他本人以及筆下的人物，其情態基調都發生了重大變化。因此《蝕》三部曲的基調，失去了一九二六年的基調；換成了一九二七年的基調！

三

一九二六年七月一日國民革命軍誓師北伐，正式揭開大革命的帷幕。十月十日攻克武昌，幾天後浙江宣布獨立。形勢的變化導致茅盾工作的變化。他先是被內定任浙江省政府（主席沈鈞儒）秘書長。因不久孫傳芳部重占浙江而作罷。黨中央又於十二月派茅盾赴武漢任中央軍事政治學校武漢分校政治教官。儘管一九二七年一月一日中央國民政府已由廣州遷到武漢，但鑒於武漢局勢仍然動蕩，全家遷去當然不妥。但孔德沚又不放心茅盾隻身赴任，就和母親商量：她陪丈夫同去照料一切；請婆婆帶兩個孩子暫留上海。婆婆是位深明大義甘挑重擔的老人，自無不應之理。她哪裡知道放他們一去，轉過年二、三月間上海工人第二、三兩次起義時，形勢緊張，生活困難。幸虧身邊有梅姑娘幫助，有時她還冒生命危險，爬過鐵路，購買食品給老太太和兩個孩子。

茅盾正要起程，武漢兩次來電：要他在滬招生、聘教官。茅盾就聘商務的同事吳文祺、樊仲雲、陶希聖（都是跨黨的共產黨員）爲教員，幫助他招生閱卷。

爲防孫傳芳軍隊阻難，茅盾夫婦乘英輪赴武漢。他們在船上過的陽曆年。抵武漢後住在軍校代安排的武昌閱馬廠福壽里 26 號；離軍校校址（原兩湖書院舊址）不遠。軍校實際負責人是校務委員兼總教官惲代英和教育長鄧演達。對茅盾的任命相當鄭重，發了第七十一項委任令：「委任沈雁冰爲本校政治教官，支中校二級薪，此令」。從此，茅盾身著軍裝，皮帶，裹腿；文弱書生成了英姿勃勃的軍官。學校分軍事政治兩科，課程也是軍事政治並重。茅盾不僅要分頭到兩科講課，還要到女生隊講課。茅盾還爲她們專門準備了講課題目，如婦女運動等。女生隊學員中就有後來成了茅盾的長篇小說女主人公梅女士的原型的胡蘭畦。她從上海返四川後，又從四川考入軍校。惲代英是胡蘭畦當年在瀘州師範時的領導和革命引路人，對她的身世非常了解。茅盾和老朋友惲代英這次是第二次共事，惲代英也是繼孔德沚之後第二個向茅盾提供胡蘭畦情況的人。武漢軍校女生隊是茅盾了解時代女性，積累創作素材，並見過胡蘭畦的最直接的渠道。這就為後來寫《虹》獲得了寶貴的形象的與情感的記憶。

一九二七年四月初，茅盾調任「漢口民國日報」總主筆。此報名義上是國民黨湖北省委機關報，實際完全由共產黨員控制著。社長是董必武，總經理是毛澤東的弟弟毛澤民。編報方針則由中共中央宣傳部定。因部長彭述之還在上海，實際工作由瞿秋白分管，茅盾有事就找瞿秋白。這也是他們第二次合作。茅盾寓所遷到漢口歆生路德安里1號報社編輯部的樓上。孔德沚則在農政部工作。這時她雖已懷有幾個月的身孕，但交往朋友接觸社會面很寬。

編輯部沒有記者。消息由黨政機關、工農青婦等群眾團體供給；此外還得到人民社、血光社、一德社等通訊社的支持。茅盾的工作，是把編輯們編好的稿子選擇、審定、加標題、排好版面。每天還要自己寫篇千字文社論：或鼓吹革命，或罵蔣介石。特別是在「四一二」反革命政變前後，湖北各省反革命事變層出不窮，茅盾頗寫了一些引導政治方向、揭露帝國主義插手鎮壓中國革命、抨擊蔣介石及一切反革命勢力的重要文章。如：《袁世凱與蔣介石》、《蔣逆敗象畢露了》、《築固後方》、《英帝國主義又挑釁》、《築固農工群眾與工商業者的革命同盟》、《工商業者工農群眾的革命同盟與民主政權》、《夏斗寅失敗的結果》、《我們的出路》、《整理革命勢力》、《撲滅本省各屬的白色恐怖》、《長沙事件》、《肅清各縣的土豪劣紳》等等。

這些文章值得特別注意的，一是旗幟鮮明地聲討蔣介石叛變革命、鎮壓共產黨與工農群眾的罪行。歷來人們都知道郭沫若曾有聲討文章《請看今日之蔣介石》；卻很少知茅盾更早，而且非常集中地以集束手榴彈方式聲討蔣介石。後來他受蔣介石的通緝，與此有密切關係。二是堅決貫徹黨的正確方針路線和政策；支持工農革命運動；聲討把農民運動誣蔑為「痞子運動」的論調。同時又既反對右傾，也反對「左」傾。

三是努力鼓吹統一戰線政策；力爭團結更廣泛的社會革命力量；孤立和打擊極少數的敵人。這些文章政策水平很高，也能緊密聯繫實踐。這和茅盾長期擔任黨內高級領導職務，負責和國民黨的統戰工作與深入實際有關，也和他的理論水平與分析能力有關。不過他仍過分樂觀。始自早期論文《自治運動與社會革命》的「革命速勝論」，至今仍然存在。例如「四二一」政變後，他在《蔣逆敗象畢露了》中仍斷定：「凡此種種，都證明蔣的勢力已至末日」，「我們再努力一點，早些把他完完全全送進墳墓去呀！」這顯然是不切實際的幻想，因爲不僅蔣的勢力這時還在發展；就連一九二七年四月從蘇聯回國就任國民政府主席的汪精衛，表面上雖說反蔣，蔣也被他主持的國民黨中央做出決定開除黨籍，撤銷一切職務，並通電拿辦；但實際上汪精衛也在暗中集結力量，做向右轉和搞政變的準備。

和國民黨內、政府內左右分化、重新組合的複雜情態相似，共產黨內，也明顯發生左右分化的劇變。陳獨秀的右傾機會主義路線日益發展。他步步退讓，甚至找茅盾談話，批評《民國日報》「太紅」。要他少登工運農運婦運消息，以避敵人所造的「共產共妻」等謠言的風頭。茅盾勸他不要相信國民黨右派的話，陳獨秀都置之不理。茅盾把這情況轉告董必武，董必武說：「不要理他，我們照樣登！」國民黨右派也常干預「緊要新聞」專欄。不僅要登其黨國要人講話和中央文件，還要茅盾寫社論配合。茅盾問瞿秋白怎麼辦，並把陳獨秀的意見轉告他。瞿秋白堅持按共產黨第五次代表大會決議辦，他也主張不理陳獨秀那一套。對國民黨右派的干預，瞿秋白提出了把報交給他們，另辦一張共產黨的報紙，仍要茅盾當總編輯的構想。可惜此時已晚，不久時局更加迅速逆轉，使這個計劃成爲泡影。

這時的武漢，茅盾說是「一大漩渦，一大矛盾」。又說這裡「除了熱烈緊張的革命工作，也還有很濃的浪漫氣氛。茅盾不到子夜之後一兩點鐘，不能發完稿子。因此甚至經常整夜不眠，孔德沚常常等他，也到深夜，始能就寢。在其隔街相對的女單身房間，夜夜也是燈火通明。這裡住著已離婚的漢口市婦女部長黃慕蘭和新寡的在海外部工作的范志超。許多單身男子就天天晚上在她們宿舍糾纏。其中瞿秋白的弟弟瞿景白變著法子糾纏范志超，使她實在受不了，就常到沈寓躲避，因而和孔德沚也非常熟。這時孔德沚的朋友唐棣華等也在武漢，她們也常常來往。所以茅盾有繼續觀察她們的機會。茅盾說「那時我的工作使我每天一定要接觸許多人，而且一定要有許多時間花在路上」，「我偶然也有『寫點小說罷』那樣的念頭閃過」。但因爲忙，也因爲「身體也不像半年前那麼健康」。〔註6〕這念頭也只是閃閃而已，實際上難以動筆。

而且這時形勢已很危急，蔣介石右派勢力和奉系軍閥，南北配合，鎮壓共產黨，四月六日奉系軍閥在北京搜查蘇聯大使館。逮捕了在此避難的李大釗等六十餘名共產黨員。並於月底把李大釗等同志祕密殺害。蔣介石在上海發動「四一二」政變後，另成立南京國民政府與武漢政府相對抗，使得許多

〔註 6〕《幾句舊話》，《茅盾論創作》，第 4～5 頁。

新軍閥倒戈相向。五月十七日夏斗寅聯合四川的劉湘進攻武漢，剛被葉挺率部擊潰；二十一日又發生許克祥發動的「馬日事變」。六月二十日馮玉祥在徐州和蔣介石開會決定：「寧漢合作，共同反共。」陳獨秀卻於三十日召開中共中央擴大會議，決定以「投降式的讓步拉攏汪精衛」，進一步對右派妥協。儘管七月十二日根據共產國際指示，改組了中共中央，陳獨秀被停職，成立了由周恩來、李立三、李維漢、張太雷、張國燾等五人組成的臨時中央，並發表宣言，揭露武漢政府叛變革命的罪行。但已難挽狂瀾於即倒。七月十五日汪精衛召開反共會議，公開背叛孫中山的國共合作精神。他步蔣介石的後塵，立即實行對共產黨與工農群眾的大屠殺，至此，歷時一年的大革命完全失敗了！這種結局，是一向樂觀的茅盾夫婦沒有足夠思想準備的！

不過嚴峻的形勢迫使他們不得不做應變準備。因爲孔德沚已快臨產，留在武漢極不安全。經廖承志的岳父經亨頤老先生託他的朋友范老先生照顧孔德沚，帶上他們的大部分行李，仍乘英國輪船先行返滬。七月八日茅盾寫完最後一篇社論：《討蔣與團結革命勢力》後，給汪精衛寫了辭職書。就和毛澤民、宋雲彬等報社同事一起，仍在經亨頤老先生幫助下，躲到法租界一家棧房暫住。汪精衛託人轉給茅盾一封信，假惺惺地表示挽留。其實幾天後他就舉起屠刀屠殺共產黨！這就是著名的「七一五」反革命政變！

四

茅盾懷著極端沉重的心情隱蔽了半個月。七月二十三日他接到黨關於他下一步行動的指令：立即到九江接頭，並把一張「抬頭支票」交給黨組織。這時武漢危急，船票難買。費了很大勁，才購得日本輪船襄陽丸當日船票。遂和宋雲彬、宋敬卿當日離武漢。二宋是返滬的。茅盾此時並不知將接受什麼任務。他當然更未料到：此行的經歷，幾十年後竟成爲受種種政治攻訐的政治歷史問題；直到他仙逝之後，還有人說三道四，所幸他曾留下兩篇紀實散文：因爲他在武漢和孫伏園等組織上游社，出版了《上游週刊》。孫伏園又主編《中央日報》副刊「星期日特別號」。走前他答應爲孫伏園寫稿。一九三三年他還寫了中篇紀實小說《牯嶺之秋——一九二七年大風暴時代一斷片》。這些文章留下了他這段經歷的眞實記錄。寫這些文章時，他無法預料身後會受到政治誹謗。但若沒有這些文章，豈不成了死無對證？

船上的乘客多半是熟人，而且多半是離開武漢向外地轉移的共產黨員。

其中就有孔德沚的好朋友：陽翰笙的夫人唐棣華。到九江後，在一個小客棧住下，茅盾就按通知的地點去接頭。這是一家小店鋪。進去一看，原來是自己報社的領導人董必武，另一位是譚平山。茅盾說明來意，並交出支票。董必武說：「你的目的地是南昌，支票也帶到南昌。但今天早上聽說去南昌的火車不通了，鐵路中間有一段被切斷了。你現在先去買火車票，萬一南昌去不了，你就回上海。我們也要轉移，你不必再來了。」去南昌幹什麼，董必武也沒作交代。黨內地下工作的紀律，茅盾當然懂得，他不便多問。

茅盾去買票，果然火車已經不通。碰到同船的熟人也要去南昌而買不到票。他們說：「可以從牯嶺翻山走小路去南昌，惲代英昨天已經翻山過去了，郭沫若也上了牯嶺翻山去南昌。」於是茅盾決定立即上山。宋雲彬聽說茅盾要上廬山，就要跟著去遊山。下午上了山頂，住在僅有十多個房間的所謂廬山大旅社。住下之後，茅盾立即去打聽翻山的小路；在牯嶺大街巧遇著名的共產黨人夏曦。他告訴茅盾：「昨天路還通，惲代英已翻山去了南昌。今天卻被封鎖了。此地不宜久住，你還是回去罷。我也馬上要走。」茅盾心情沉重，再加上失望和懊喪，拖著鉛塊重的腿，回到旅館。沉重鬱悶的心情，卻通過調侃基調的遊戲筆墨，傾注在當晚所寫的紀實散文《雲少爺的草帽——致武漢的朋友們（一）》裡。這種情調的反差，貫穿著茅盾在廬山的全部寫作；這也許和悲極反而大笑相類似罷？雲少爺就是宋雲彬。從他名字取個「雲」字以名之，有事就實、人就虛之意。文末署七月二十五日，即他們上山的當天。文中所說「我們的冰瑩」是指唐隸華，「另一位女同志」則是范志超。文中所記，是他們旅途的眞實經歷。文中有這樣一段話：「一個人當閒卻的時候，在『幻滅』的時候，在孤身寂寞的時候，不期然而然的總想記他的好友，他的愛妻，他的兒女」。這是他第一次提到他這時已懷著「幻滅」的情緒。文中還說：「孔三姑說我是理性的人」，這孔三姑就是他的妻、排行老三的孔德沚。七月二十六日，茅盾突患急性腸炎，一夜瀉了七八次。俗話曰：好漢難經三泡屎。第二天他就躺倒起不了床。山上無醫。小藥店也沒有止瀉藥，只有八卦丹。他只好吃八卦丹救急！宋雲彬見茅盾三五天內不能行動，就撇下他，自管下山回上海了。撇下茅盾的宋雲彬回滬後，卻硬要住在茅盾家，而且讓已快臨產的孔德沚給他掛蚊帳。結果孔德沚摔了一跤，住進醫院。流產的是個女孩！母親實在氣不過，就說宋雲彬：「從來沒有見過你這樣的共產黨！你讓一個大肚子的孕婦給你掛蚊帳，你卻坐在旁邊看！你家裡很有錢（宋家有

「宋半城」之稱。故茅盾戲稱其「雲少爺」），你爲什麼不自己找個房子住？」這才把他趕走了！

其實這時孔德沚不僅承受流產失女之痛，而且也承受著巨大的政治壓力。而今我們從一九二七年八月三十一日的《新聞報》，八月十四日、十五日的《申報》，都可見到正題爲「清黨委員會披露共產黨操縱本黨幹部之眞憑實據」，副題爲「在沈雁冰日記簿中檢出」的連篇報導。上海《民國日報・黨務》八月十三日、二十日、二十三日、二十四日，則連續披露了「在沈雁冰宅中搜得」的文件、書刊目錄。其所謂「沈雁冰宅」，指閘北公興路仁興坊45、46號交通局所在地。他們故意說是沈宅，旨在加強其所謂「共產黨操縱本黨幹部」的誣陷效果。所公布的材料中，支票存根四冊記錄了茅盾領導下，我們黨開展工作的開支情況。書刊目錄起碼反應了茅盾等學習研究黨報黨刊和馬克思主義的視野。書信則反應了茅盾開展黨的工作與統戰工作的廣泛活動。而所謂「沈雁冰日記」，其實是黨內和交通局內工作會議的摘要記錄。特別是有關一九二五年十一月五日和一九二六年六月二十一日中共國民黨上海特別市閘北區黨部兩次黨團會議的部分，詳細記錄了黨的政策、策略、工作部署、黨內分工等重要史料。這是我們黨和茅盾光榮歷史的記錄，不是什麼罪證。但所公布的這些材料，對孔德沚壓力之大，可想而知！何況他們還到眞正的沈寓景雲里追查茅盾的行跡。因爲這時蔣介石的南京政府通緝令名單上列有沈雁冰。孔德沚只好謊稱：「他已經到日本去了！」即便如此，孔德沚仍按黨的部署開展地下活動。

五

吃了幾天八卦丹，茅盾漸漸恢復，能起來走動了。他聽茶房們交頭接耳，說南昌出事了！茅盾原不知讓他到南昌去幹啥。聽到這消息，覺得和讓自己去南昌似有關係。就邁著像踏棉花一樣的腳步，出去打聽確鑿消息。可巧碰見范志超。她一見茅盾就吃一驚：「你怎麼還在這裡？」茅盾告以簡況；就急著問南昌情況，范志超說，這不是談話之所，就一起回廬山大旅社。她倒了解內情，說：「八月一日我們在南昌發動暴動，繳了朱培德部隊的槍，由葉挺、賀龍的部隊控制南昌。詳情我也沒聽說。」茅盾這才恍然大悟，原來讓自己去南昌是參加起義。所帶支票自然是暴動經費了。他心裡很著急。但范志超又囑咐他：「這幾天千萬不要露面。因爲汪精衛、于右任、張發奎等都來山上開會。認識你的人很多。要防止意外，有消息我會來告訴你。我在山上沒有任務，過幾天就要回上海。」茅盾問：「你住在哪裡？」范志超說：「我住在廬山管理局石局長家裡，比較安全，回程船票可以託他買。」茅盾想：去南昌既無意義，也無可能。只好按董必武指示的第二方案行動：「萬一南昌去不了，你就回上海。」於是對范志超說：「我也要回上海，買回程票的事，你能不能一塊請石局長幫忙？」范志超答應了。

茅盾隱身在旅館，是假託度假的教員。這期間他無所事事，夏日苦長，只好把隨身帶的西班牙作家柴瑪薩斯的英文版中篇小說《他們的兒子》譯成中文聊以消磨時間。但時局陰霾，前景渺茫，心事鬱積，不吐不快。茅盾遂繼《雲少爺的草帽》和《牯嶺的臭蟲——致武漢的朋友們（二）》兩篇紀實散文〔註 7〕之後，又寫了兩首紀實性自由詩和打油詩。第一首是：

我們在月光底下緩步

我們在月光底下緩步，
你怕草間多露。

我們在月光底下緩步，
你如何懶懶地不說話？

我們在月光底下緩步，
你脈脈雙眸若有深情難訴！

終於你說一句：明日如何……
我們在月光底下緩步。

——1927 年 8 月 9 日

第二首是：

留別雲妹

雲妹，半磅的紅茶已經泡完，
五百支的香煙已經吸完，
四萬字的小說已經譯完，
白玉霜、司丹康、利索爾、哇度爾、考爾辨、班度拉、硼酸粉、白棉花都已用完，
信封、信箋、稿紙，也都寫完，
矮克髮也都拍完，

〔註 7〕分別刊於孫伏園編 1927 年 7 月 29 日、8 月 1 日《中央日報》副刊。

暑季亦已快完，
遊興是已消完，
路也都走完，
話也都說完，
錢快要用完，
一切都完了，完了，
可以走了！

此來別無所得，
但只飲過半盞「瓊漿」，
看過幾道飛瀑，
走過幾條亂山，
但也深深的領受了幻滅的悲哀！
後會何時？
我如何敢說！
後會何處？
在春申江畔？
在西子湖邊？
在天津橋畔？

——1927 年 8 月 12 日

俗話說：詩無定解。因爲有人或穿鑿附會；或微言大義；或定要坐實；當然會仁者見仁，智者見智。若能作總體把握，看其敘事抒情基調，仍能八九不離十。這是古今中外皆然的事。

對茅盾這兩首詩，亦應作如是觀。前者茅盾自己帶回上海，刊於一九二七年十二月四日《文學週報》五卷十六期，署名玄珠。後者仍寄孫伏園，刊於一九二七年八月十九日《中央日報》副刊，署名亦爲玄珠。兩詩半實半虛，格調亦略有別。前者與兩篇散文的調侃基調不同，以深沉憂鬱的基調，寄託「明日如何」的前景渺茫無著之情。後者則與兩篇散文的調侃基調相同，是以打油詩形式寫留別之意，但全詩的抒情脈絡，由油滑的調侃漸趨嚴肅，體現出深沉的苦悶：「此來別無所得」，只「領受了幻滅的悲哀」！「一切都完了，可以走了！」兩詩的主題有內在統一性：都或淡或濃地體現出對現狀的幻滅迷惘，對前景的渺茫無著的抑鬱苦悶。透過個人的情感體驗，揭櫫出當時大革命失敗導致的普遍存在的時代苦悶。

有人撇開《我們在月光底下緩步》，單純突出《留別雲妹》，而且拋開其半實半虛的特徵，當成純象徵詩解。說「雲妹」象徵革命，「留別」則是茅盾「脫離政治激流的一份自白書」，甚至是叛黨或脫黨的宣言書。這種解釋離本詩何啻十萬八千里？茅盾在牯嶺和許多時代女性有多次際遇。一同上山的唐棣華、范志超等，既是他的戰友，也是孔德沚的摯友。他和范志超在緊張的政治形勢下，保持著密切聯繫已如上述。「雲妹」當然是虛構，未必是實指。但也不是沒有實實在在的生活與人物作基礎。正如「雲少爺」是寫宋雲彬，但又隱其名同。「雲妹」之「雲」字，其實是從「雲少爺」之「雲」字生發出來的。茅盾用類似的方法，在多處提及眞實的人物，如《幾句舊話》中說：「那時還有兩位相識者留在山上。都是女子，一位住在醫院裡，我去訪過她一次，只談了不多幾句，她就低聲說：『這裡不便說話。』又一位住在『管理局』，權充了那邊的林太太的『清客』；從她那裡，我知道了山上世界一個大概。」〔註 8〕這段文字提及兩位女性。後者顯然是范志超。前者是誰？茅盾在《從牯嶺到東京》中說：他「也時時找尚留在牯嶺或新近來的幾個相識的人談話。其中有一位是『肺病第二期』的雲小姐。『肺病第二期』對於這位雲小姐是很重要的；不是爲的『病』確已損害她的健康，而是爲的這『病』的黑影的威脅使得雲小姐發生了時而消極時而興奮的動搖的心情。她又談起她自己的生活經驗，這在我聽來，彷彿就是中古的 romance——並不是說它不好，而是太好。對於這位『多愁多病』的雲小姐——人家這樣稱呼她——我發生了研究的興味；她說她的生活可以作小說。那當然是。但我不得不聲明，我的已作的三部小說——《幻滅》、《動搖》、《追求》中間，絕對沒有雲小姐在內；或許有像她那樣性格的人，但沒有她本人。因爲許多人在那裡猜度小說中的女子誰是雲小姐，所以我不得不在此作一負責的聲明，然而也是多麼無聊的事！」〔註 9〕這番話幾乎可以當作上述對《留別雲妹》一詩作穿鑿附會之解釋的預作的回答。其實詩和小說同樣，也許純屬虛構，也許半虛半實。《留別雲妹》一詩，是茅盾行將離開牯嶺時對朋友的一種告別，也是當時他和留下的朋友的情感的交流。「雲妹」只是抒發情感假託的「符號」。從上述引文可以看出：那位雲小姐的「『病』的黑影的威脅使得雲小姐發生了時而消極時而興奮的動搖的心情」，已經是生理之病之外的「時

〔註 8〕《茅盾論創作》，第 6 頁。
〔註 9〕《茅盾論創作》，第 29～30 頁。

代病」。這和茅盾的「幻滅」情緒一事兩面，都是時代曲折導致廣泛存在的時代苦悶的不同形態的反應。因此雲妹是否雲小姐，這並不重要，重要的是《我們在月光底下緩步》與《留別雲妹》這兩首詩大同小異的抒情基調，都是從不同側面，抒發大革命失敗後的時代苦悶與前景渺茫的困惑情緒。詩人對人物之間情況不同的相互關係（前者是愛情傾注，後者是別時的心態的展示）的規定，都是人物情感共鳴的一種交流對象。前者既不是卿卿我我的談情說愛，後者也不是生離死別的留戀之情，它是幻滅情緒的個體狀態的展現，其時代內涵，遠大於個人情感的內涵。

這「幻滅」情緒能不能說是「脫離政治激流的一份自白書」和「脫離共產黨的宣言」。這要看茅盾所破滅的「幻想」究竟是什麼。大革命失敗後，茅盾的全部言行表明：他所破滅的「幻想」，是從一九二一年《自治運動與社會革命》一文始所斷定的「最終的勝利一定在勞工者，而且這勝利即在最近的將來」，到一九二七年《蔣逆敗象畢露了》所斷定的「蔣的勢力已至末日」，「我們再努力一點，早些把他完完全全送進墳墓去呀！」兩者所述都是茅盾保持了六七年的「革命速勝論」的不切實際的「幻想」。從「四一二」到「七一五」，反革命政變把革命成果毀於一旦。南昌起義的勝利又曇花一現。「革命速勝論」的幻想於是破滅！這就是茅盾的「幻滅」的本質內涵。茅盾破滅了這種幻想，怎能說成是脫離共產黨與脫離政治的自白書或宣言書？茅盾自一九二〇年起所確立的，通過實現無產階級專政建立社會主義，通過消滅階級，最終實現共產主義的理想與信念，不僅這時，就是亡命日本時也絲毫沒有動搖。這就是茅盾的自白「我有點幻滅」，「倒沒有動搖過」〔註 10〕的基本內涵。晚年他自己總結道：「共產主義的理論我深信不移，蘇聯的榜樣也無可非議，但是中國革命的道路該怎樣走？在以前我以為已經清楚了，然而，在一九二七年的夏季，我發現自己並沒有弄清楚！」「我對於大革命失敗後的形勢感到迷茫，我需要時間思考、觀察分析。自從離開家庭進入社會以來，我逐漸養成了這樣一種習慣，遇事好尋根究底，好獨立思考，不願意隨聲附和。」「不像有些人那樣緊緊跟上。」〔註 11〕所以茅盾從牯嶺受阻起，就開始了「幻滅」後又不肯動搖，只好停下來究根尋底的思考。

〔註 10〕《從牯嶺到東京》、《茅盾論創作》，第 32 頁。
〔註 11〕《我走過的道路》（中），第 1 頁。

六

直到八月中旬，上山開會的汪精衛等散會離山。范志超也託人購到船票。他們乘的是日本輪船。路上茅盾了解了范志超愛情婚姻曲折的歷史；從而了解到一種特殊的時代女性的情感世界。爲避免在上海碼頭遇見熟人，茅盾把行李託給范志超帶到上海；自己在鎮江換乘火車。不料鎮江碼頭上有軍警搜查。茅盾那張兩千元的「抬頭支票」引起懷疑。他急中生智，把那張支票送了該軍警始得脫身。火車上熟人也多，特別是聽到原和茅盾一起赴廣州開會的代表，現已叛變的吳開先的聲音；茅盾就不敢進車廂。車到無錫他又下車在旅館住了一夜，次日換乘夜車返滬。

茅盾見只有母親和孩子在家，才知道孔德沚因照顧宋雲彬跌了一跤流了產，現仍住院。范志超已把行李送來。茅盾當即到醫院探視。孔德沚向他詳細介紹了他被通緝，機關被抄等情況。夫妻商定：景雲里寓所在華界，同一條弄堂的鄰居中商務印書館的熟人頗多。通緝茅盾的消息幾乎盡人皆知。他只好隱居家中不出門，對外仍說已去了日本。茅盾把孔德沚接回家中。並立即找黨組織匯報自己的情況，處理「抬頭支票」問題。所謂「抬頭支票」，即支票上有受款人姓名或別號，受款人得此支票，仍須經過商店保證，或他本人有錢存別家銀行，才可由此銀行轉帳。地下黨聽了茅盾的匯報後，先向銀行掛了失。然後由蔡紹敏（共產黨員）開設的紹敦電器公司擔保，提取了這兩千元款。茅盾這才一塊石頭落了地。後來有人說茅盾「攜公款潛逃」，說他這時已經脫黨，都是無稽之談！

茅盾隱居在家未被發現，和他的居室結構有關。這景雲里 11 號半，是個有前後門且經常從後門出入的三層小樓。底樓後門旁是灶披間，前頭是大廳並從中隔出一小間與廚房相連。一、二樓之間是亭子間，從前茅盾常在此寫作。二樓是老太太和孩子們的臥室，二、三樓之間也有個亭子間。三樓比較矮小，是茅盾夫婦的臥室。孔德沚出院後，茅盾就在三樓她的病榻旁，一邊照料，一邊開始小說創作。就這樣足不出戶，蟄居了十個月。

他的隱居，對住隔壁的老朋友葉聖陶沒有保密。茅盾不在時，家裡經常得到葉聖陶夫婦的照料。這時鄭振鐸怕被看作親共人物，已避到英國去了。《小說月報》由葉聖陶代編。茅盾對住在葉聖陶隔壁的周建人也沒有保密，而且十月三日魯迅攜夫人許廣平由廣州返上海後，在周建人幫助下，十月八日也住到景雲里。魯迅的寓所是 23 號；和茅盾等比鄰而居。茅盾和魯迅雖然從辦

《小說月報》時就經常通信，首次見面卻是一九二六年八月魯迅赴廈門講學途經上海時，鄭振鐸設宴為魯迅接風，茅盾、葉聖陶出席作陪時，短暫的一聚。現在雖和魯迅比鄰，卻不能去拜訪。十日晚，魯迅由周建人陪同來看茅盾。欣喜的寒暄過後，茅盾立即道歉：「因為通緝令在身，雖然知道你回來並住在隔壁，也沒能拜會！」魯迅幽默地一笑：「這也算是一種『官身』不自由，所以我來看你！」「四一二」前後，這三位偉人分處上海、武漢和廣州，正是三個風暴中心。所以話題就集中在互通情況上。周建人介紹了上海三次工人起義的壯劇，和「四一二」清黨大屠殺的慘狀。茅盾介紹了寧漢分流又合流時，武漢的大動蕩、大分化、大改組的起起伏伏。魯迅則暢談了廣州半年的種種見聞和體驗。魯迅聽茅盾講他的幻滅、困惑的心情和目前仍有「左」傾高調等情況之後說：「我也對革命低潮中的這種高調感到費解！」他關心地問茅盾今後的打算。茅盾說：「正因為『官身』不自由，也只好暫且賣文為生了！」

茅盾九月初動手寫處女作中篇小說《幻滅》，大約四週寫完。《幻滅》的前半本是「五卅」潮中在時時產生的創作衝動中醞釀了大綱的。但那時他見的和寫的時代女性，多是對革命存在不切實際的種種幻想，精神狀態昂揚向上，帶極濃的浪漫色彩者。在武漢的大漩渦、大矛盾中，他目睹「許多人出乖露醜」，「許多『時代女性』發狂頹廢，悲觀消沉」。在牯嶺，在途中，他所熟悉的女性，多和自己同處「幻滅」的情態中。於是他把小說題目就訂為《幻滅》。其中心人物就是靜女士和慧女士。從此建構了他的時代女性群的兩種基本典型。其基本題旨是：「革命前夕的亢昂興奮，和革命既到時的幻滅」。這題旨借靜女士在革命與愛情兩方面的「追求——動搖——幻滅」的複調三部曲得到充分展示。同時也一定程度上解剖了自己某一層面的情懷。寫《幻滅》時孔德沚出院不久，仍臥床休息。丈夫在病榻旁寫作，自然和她談論。孔德沚這時雖然文化程度提高不少，但對創作還很陌生。可是茅盾所寫的人物她很熟悉。題材中有許多還是她提供的。所以她實際上是《幻滅》的第一個讀者。

第二個讀者是葉聖陶：小說寫到一半，送給葉聖陶徵求意見。因處被通緝地位，常用的筆名不能再用。所以署筆名為「矛盾」。關於這筆名茅盾有關說明：

> 「五四」以後，我接觸的人和事一天一天多而複雜，同時也逐漸理解到那時漸成為流行語的「矛盾」一詞的實際；一九二七年上

> 半年我在武漢又經歷了較前更深更廣的生活，不但看到了更多的革命與反革命的矛盾，也看到了革命陣營內部的矛盾，尤其清楚地認識到小資產階級知識分子在這大變動時代的矛盾，而且，自然也不會不看到我自己生活上、思想中也有很大的矛盾。但是，那時候，我又看到有不少人們思想上實在有矛盾，甚至言行也有矛盾，卻又總是以爲自己沒有矛盾，常常侃侃而談，教訓別人——我對這種人就不大能夠理解，也有點覺得這也是「掩耳盜鈴」之一種表現。大概是帶點諷刺別人也嘲笑自己的文人積習罷，於是我取了「矛盾」二字作爲筆名。但後來還是帶了草頭出現，那是我所料不到的。
>
> ——一九五七年《蝕》新版後記

這草字頭是葉聖陶加的。葉聖陶看完前半的原稿，第二天就來找茅盾。他說：「這部小說寫得好！《小說月報》正缺這種稿件！今天就發稿，從九月號起連載。不過這『矛盾』一看就知道是假名。當局來查問作者是誰，我就爲難了。加個草頭姓『茅』，卻是常見的，不會惹人注意。」

寫完《幻滅》，茅盾開始構思《動搖》。雖然都是反應大革命題材，《幻滅》是側面落筆；《動搖》卻是正筆直書。其情節時間和《幻滅》後半交叉。中心題旨是寫「革命鬥爭劇烈時的動搖」。主要主人公已不是時代女性，而是國民黨部要員方羅蘭，和混進革命隊伍中的土豪劣紳以極「左」面目出現使革命向右轉的胡國光。茅盾動用了他在武漢辦報、參預基層鬥爭掌握的第一手材料。也塑造了分屬慧和靜兩型的時代女性：孫舞陽和方太太。《動搖》是迄今爲止唯一的一部正面寫大革命的中篇。在三部曲《蝕》中，它也是最好的一部。《動搖》殺青時候，母親和孔德沚已經在準備過年的什物。

《動搖》之後，插入了一篇極爲重要的作品。對茅盾說來是其第一篇象徵性抒情散文。這就是一九二八年一月十二日所寫的《嚴霜下的夢》。除開頭三段論「夢」的文字外，主體部分是寫三個夢：第一個夢寫大革命的壯劇。第二個夢寫「四一二」的慘劇。第三個夢寫大革命失敗後的幻滅、頹廢與「左」傾盲動的悲劇。在這裡，「夢」就是「幻想」，「夢」的失落也就是「幻滅」。但值得注意的是：《動搖》和《嚴霜下的夢》批判「左」傾的政治意向非常鮮明。如果說茅盾和魯迅晤面時，相互交流的對「左」傾空話的繼續泛濫，僅僅表示了困惑與懷疑；那麼《嚴霜下的夢》和《動搖》，則透出鮮明的批判的光芒。這時孔德沚身體康復，她仍和地下黨保持組織聯繫，準確地說，她這時也是一個地下黨員。「八七」會議以後，貫徹了糾正陳獨秀右傾錯誤路線，和改變政策繼續鬥爭的精神。但是批「右」的同時，沒有防「左」。黨中央在一個時期內推行的「左」傾盲動主義，孔德沚在黨內固有所感；通過孔德沚和黨組織保持聯繫的茅盾，亦有所聞。在《動搖》和《嚴霜下的夢》中，茅盾的積極批評「左」傾盲動的態度，比較鮮明地得到了體現；但他也存在很大的糾正錯誤傾向繼續推進革命的渴望。

這種期冀與渴望，結晶在茅盾一九二八年二月二十三日寫的第一個短篇《創造》裡。《創造》是個複雜的作品。其給人的直觀審美印象，是寫由舊女性被丈夫君實改造成新女性的嫻嫻，突破了丈夫預定的框框，一旦獲得個性解放的她，不甘心僅做「性解放」後滿足丈夫情欲的玩偶，於是她走出家庭，大膽闖入社會走新的路。如前所說，這裡有茅盾和孔德沚婚後生活的某些投影；通過兩個人物，茅盾也寄託了對孔德沚的期望；和對自身的自律甚嚴的態度。但茅盾更深一層的用意是政治的：「革命既經發動，……它的前進是任何力量阻攔不住的。被壓迫者的覺醒也是如此。」〔註 12〕這一點卻因形象表現很不充分，極難爲讀者把握和體會。此作也有回答責難《幻滅》過分悲觀的意思。但這用意也收效甚微。因爲此後一九二八年四至六月又寫了更加悲觀、更加幻滅的《追求》。它把茅盾當時思想的消極面暴露無遺！對此作茅盾一直持自我批評的態度。

這時茅盾不僅了解了「八七」會議的基本精神，而且「從德沚以及幾個舊友那裡聽到了愈來愈多的外面的遲到的消息」，它「使人悲痛，使人苦悶，使人失望」。「這就是在不斷高漲的口號下推行的『左』傾盲動主義所造成的各種可悲的損失。一些熟悉的朋友，莫名其妙地被捕了，犧牲了。」〔註 13〕這是指從一九二七年十一月九至十日中共中央臨時政治局擴大會議起，到一九二八年二月二十五日共產國際通過了批評中國「左」傾盲動主義錯誤的決議案，和四月三十日中共中央政治局發出《關於共產國際決議案的通告》止，第一次「左」傾路線泛濫導致的惡果。總的看，茅盾對「左」傾盲動主義的批評與保留態度是正確的。對他的悲觀失望苦悶情緒，後來他自己作過追敘：「我的思想在片刻之間會有好幾次往復的衝突，我的情緒忽而高亢灼熱，忽而跌下去，冰一般冷。」「這使得我的作品有一層極厚的悲觀色彩。並且使我

〔註 12〕《我走過的道路》（中），第 11 頁。
〔註 13〕《我走過的道路》（中），第 14 頁。

的作品有纏綿幽怨和激昂奮發的調子同時並在。《追求》就是這麼一件狂亂的混合物。」但這悲觀失望，也並非是革命理想與信念的動搖。他回答那些指責者時理直氣壯地說：「我想來我倒並沒有動搖過，我實在是自始就不贊成一年來許多人呼號吶喊的『出路』。這出路之差不多成爲『絕路』，現在不是已經證明得很明白？」〔註 14〕

《追求》是《蝕》三部曲中情調最低沉的一部。它既打上時代的烙印，也打上茅盾繼辛亥革命、「五四」運動失敗時產生的兩次思想苦悶期之後，第三次思想苦悶期的個人思想意識與情感的烙印。今天看這種歷史現象，容易做出較客觀的估計：既承認其反「左」態度的政治敏銳性與歷史預見性的正確性及其歷史的與現實借鑑的意義；又應該指出：這又是其小資產階級脆弱情感與搖擺性的一種反應。

對這兩點，茅盾寫完《追求》後不久，就有即時而清醒的自我批評。當時的這種自省自剖，在國內時已經開始，赴日後仍在繼續。思考所得，大都寫在赴日本後不幾天寫成的《從牯嶺到東京》這篇長文裡。

〔註 14〕1928 年 7 月 16 日《從牯嶺到東京》、《茅盾論創作》，第 36 頁。

第五章　「同是天涯淪落人
相逢何必曾相識」

寫完《追求》，茅盾身心俱疲憊不堪！他感到他必須當機立斷：這樣的生活，這樣的精神狀態，都該結束了。正反兩方面的結論，在停下來思考和《幻滅》、《動搖》、《追求》的創作過程中，整理得也差不多了。恰在這時，客觀環境中又出現了兩個有利於他實現此決斷的因素。於是，以一九二八年六、七月爲界，茅盾的生活有個大轉折。

一

六月下旬，當年共同參預發起共產黨，因不滿陳獨秀的家長作風而退黨的著名語言學家陳望道來看茅盾。他見茅盾身體虛弱，三樓的蝸居，在上海的酷暑中特別鬱悶燥熱，茅盾的情緒也有如這燥熱的天氣。遂向茅盾建議:「你這樣隱居，不是久計。現在知道你藏在家裡的人越來越多，難保不發生意外；你的身體和情緒，在這種環境裡也會日益惡化。既然你早已放出空氣說你已經去了日本，爲什麼不眞地去日本換換空氣？」「這種念頭我也曾有過。魯迅問我下一步打算怎麼辦時，我也曾說，也許眞的會去日本，但是眞要去日本，也並非易事。第一，我不懂日語，又人地生疏，去了怎麼安置。第二，我拖家帶口，若一個人去，家裡人又怎麼安置？」陳望道覺得這都是實情。就熱情地出主意:「第二層我不好說，若說在日本的安置，我和庶五可以幫忙。」吳庶五是他的夫人，現正在日本研究繪畫已有半年，也算是日本通了。給他安排住處，介紹情況，當不成問題。購船票、兌日元等事，陳望道也包下了。剩下的是第二個問題。茅盾當即致謝，說和母親商議後再定。

母親早就擔心兒子「窩」在家裡會慦出病來。有了這個有利條件她自然贊成。孔德沚一向有男子氣，更容易當機立斷：「看來你眞該『弄假成眞』去日本避避。家裡你可以放心。我的工作有地下黨領導。生活上有困難，墨林和葉先生會幫忙。再說還有周家大先生呢！你放心走就是」。千錘打鑼，一錘定音。茅盾當即給陳望道回話，請他著手安排。茅盾和孔德沚也立即準備書籍資料和隨身衣物。

這時已是六月底，那天晚上卻來了位不速之客：陳獨秀。他閉口不談政治。其實滿肚子裝的正是政治話題。自從今春決定在蘇聯召開中共第六次代表大會，被撤銷黨內職務的陳獨秀仍被確定為六大代表。但他和他的搭檔彭述之都拒絕出席。瞿秋白、王若飛、任弼時等或面談，或找人規勸，他都拒絕。這時蘇聯正批判託洛斯基，難怪他不肯出席。即便不是這樣，會上還能不涉及他的問題？這時他一邊研究聲韻學消愁解悶；一邊在醞釀另謀路子。那就是後來成立的託陳取消派。現在他坐下後開門見山，說他正搜羅方言中所保存的古音。希望茅盾能告訴他上海方言保存古音的情況。茅盾對此雖感意外，也不便多問，他說：「我的上海話還不如德沚地道。」陳獨秀當即寫了許多字，請孔德沚照「上海白」讀，他以音標記錄。茅盾建議他找上海方言最純的浦東人調查。然後又把話題轉向政局。陳獨秀略抒己見，便馬上打住，說：「我現在不問政治。以上所談，是以前的情況，不足為據。」說罷就站起來告別。

茅盾見他不肯多談，就放下自己想多了解些情況，以彌補自己隱居太久消息閉塞的意願。孔德沚說：「現在已經深夜十一時了，各家又都在門前乘涼，您這時出去，格外惹眼。不如在這裡過夜，明早再走。要安全些。」陳獨秀一笑說：「無妨！」但走到客廳後間，又改變主意說：「小心點也好。」就住下了。次晨茅盾還未起床，他卻不辭而別。後來他那部《文字學注釋》完成於獄中。一九四二年四月病逝前卻未能出版。一九四六年才由商務印書館付梓，這時他逝去已四年！

陳望道買妥船票，安排茅盾於七月初動身，並和秦德君同行。她此前住在陳家，要經日本赴蘇聯。陳望道把他倆送上日輪，日本那頭由吳庶五接應。

現在本書第三主人公已經登場。趁他們旅途相聚之際，筆者有必要向讀者交代秦德君的身世。關於她的身世及其與茅盾關係的史料，很難找到文字依據，較詳者只是茅盾逝後秦德君發表的四篇文章：一九八五年四月六日香港《廣角鏡》一五一期：《我與茅盾的一段情》；一九八七年四川人民出版社《龍門陣》第一輯：《暮雲深——》；一九八八年日本《野草》雜誌第四一、四二號：《櫻蜃》（此文是《我與茅盾的一段情》的擴充）；《一位曾給茅盾的生活與創作以很大影響的女性——秦德君對話錄》，這是她和沈衛威的談話，由沈衛威用對話體方式整理成文，連載在《許昌師專學報》一九九〇年二、三期，一九九一年一、二、三期（未刊完）。發表這些文章之前，秦德君曾散發過一篇很長的打印稿。這些文章與對話雖刪去打印稿中很多不實或不得體的話，但仍瑕瑜兼俱，眞僞互見，自相矛盾處亦多。對此，本書力求謹慎地實事求是地加以辨析，力求盡可能的眞實與公正。

秦德君一九〇五年仲秋之夜生於四川忠縣的長江之濱，是明末抗清女將秦良玉的後裔。其父爲紈絝子弟。其母本農家女，秦家選美時被選進秦府。但懷秦德君後，被其父拋棄驅逐，在野地裡生下秦德君。母女寄食在縣城一位大娘家。一九一八年她在二哥秦仲幫助下，到萬縣讀了半年初級師範。暑假後轉入成都省立女子實業學校。一九一九年「五四」運動爆發時，她僅十四歲，是第一位剪髮和參加罷課遊行的女孩子。這時她結識了學運領袖、她哥哥的結拜兄弟劉伯堅，和長她十歲的《新蜀報》編輯穆濟波。「五四」過後，她曾寫信給北大校長蔡元培，要求入北大讀書。不幸蔡元培的回信被學校查獲，故此她被開除。幸賴吳玉章資助她一百元大洋，讓她赴重慶投奔《新蜀報》創始人陳愚生並隨他去北京。一九二〇年冬她抵重慶，住在陳愚生家中。這時穆濟波也在此。就在吳玉章等爲陳愚生等餞行的送別宴後，穆濟波趁秦德君酒醉之機姦污了她！這時她才十五歲。酒醒後她發現已經失身，既羞於說出，又屈辱難平，遂憤而投身陳寓門前的水井！獲救後仍羞於出口。從此她的性格遭到嚴重損傷與扭曲。以後她隨陳愚生分別在武漢、上海、北京認識了惲代英、鄧中夏和李大釗及李夫人、高君宇，成了他們的小「勤務員」，開會時多半負責勤務工作。他們安排她在女師大附中學習，和趙世炎的妹妹趙君陶同學。不久轉赴上海參加平民女校的籌辦工作。據秦德君說：這時穆濟波「一直跟著我，纏著我，我便成了他的情人」。〔註 1〕苦出身的秦德君，十四歲就置身「五四」大潮，這是個壯劇。十五歲被穆濟波所玷污甚至憤而自殺，這是個令人同情的悲劇。但她這時爲什麼竟又肯做這個流氓的情人，演了一齣鬧劇，卻令人難以理解！也許這不幸的遭際使她在兩性關係上扭曲

〔註 1〕《對話錄》（一），《許昌師專學報》90 年第 2 期，第 50 頁。

了性格與性心理，產生了自暴自棄的態度。否則如何理解她一生際遇並與之同居者有許多男性；而且其態度與處理關係的方法之反常，往往出人意料？平民女校籌備期間，陳愚生邀鄧中夏、惲代英、蕭楚女、王德熙等赴重慶做宣傳工作。川南地方軍閥、駐瀘州的師長楊森（又名楊子惠，被人稱爲惠師長）爲擴充勢力，聘王德熙任瀘州川南師範校長，惲代英任教務長。秦德君和穆濟波也隨去。秦教小學，穆教中學。並於一九二一年冬生了個女孩。在川南師範，秦德君和由成都逃婚出來，也在校任教的胡蘭畦結爲摯友。互相講述了自己的身世，也都在惲代英的影響下，進一步提高了革命覺悟。在此工作約三個月。這時惲代英向楊森建議保送一百名青年去歐洲留學。並要楊森提前撥給秦德君一千元去法國留學。穆濟波怕她離他而去，遂以正需餵奶的小女兒相要挾。秦德君把這一千元給了穆濟波，讓他把女兒送回老家請人代養。自己於一九二二年春到黨辦的旨在培養婦運幹部的上海平民女校工作部任部長。這時她僅十七歲。她和沈澤民一起工作，也認識了文學部的教師陳望道、施存統、沈雁冰。秦德君和他們年紀地位相差懸殊。她自己也承認「交往不多」。但她說她從沈澤民那裡知道了茅盾一家和兄嫂的婚姻情況。這也許是有可能的。但茅盾對秦德君是否留有印象，迄今沒有材料證實。半年之後，平民女校因經濟原因停辦。秦德君隨少年中國學會領導人鄧中夏到杭州開會。穆濟波由四川追到杭州，兩人又第二次同居。經鄧中夏幫助，穆濟波在南京東南大學附中教書，秦德君則考入東南大學教育系體育科，穆濟波所教學生中有位叫張光人的，就是後來成爲鼎鼎大名的理論批評家的胡風，秦德君也是這時與胡風結識。

一九二三年春，秦德君經鄧中夏介紹加入中國共產黨。不久她因生下第二個孩子（男孩）而輟學。她的同學常來看她。其中有位特別俊美的要好同學，因生病暫住她家。好色的穆濟波故技重施，乘機又姦污了她。該女同學忍辱離去，在一個官僚家當家庭教師，不幸她再次遭到此官僚的姦污，遂飲恨自殺。這促使秦德君下決心和穆濟波決裂。一九二五年冬鄧中夏派秦德君赴西安，以教書爲掩護做黨的地下工作。穆濟波也帶著孩子追到西安。恰巧她在「五四」運動中結識的劉伯堅也到了西安。這時正值北洋軍閥吳佩孚以十二萬大軍包圍西安。劉伯堅、鄧小平等紅色青年自莫斯科回國，幫助打出國民革命軍第二集團軍旗號的馮玉祥整頓西北軍，解了西安之圍。秦德君說：「劉伯堅原在成都時就很喜歡我，他到西安後我們是久別重逢，當他得知我已是兩個孩子的母親時，顯得有些悵然若失。」這時劉伯堅任第二集團軍總政治部部長。後來成爲秦德君的丈夫的郭春濤任組織部長。秦德君則任西安市婦女協會主席，西安市黨部婦女部長，陝西省立女子模範學校校長。秦德君說：「劉伯堅的到來，我和『聾子』（穆的外號）正式分居。」劉伯堅「一方面介紹『聾子』入黨，一方面要與我結婚。恰在這時我的一位要好的女友愛上了劉伯堅，並且非劉不嫁，若劉不娶她，她就要輕生，並極力央求我促成她和劉的結合。這下可難爲了我。爲了成人之美，同時也因爲我又是兩個孩子的母親之故，我決定促成她與劉伯堅的婚事。因爲不這樣做，我的這位女友殉情自殺，結果會影響劉伯堅的政治聲譽。我和劉伯堅商量，覺得別無良策，只好忍痛割愛。一九二六年寒冬，劉伯堅找到我，說不忍心如此互相折磨，於是我們便決計暗中在一起。因爲一般人都知道我有丈夫，有孩子，劉伯堅正與我的女友訂婚。」他「有幾天晚上就不走了」。「因爲這時我們已彼此都有自己的婚姻作外衣，不會有差錯的。」但「和劉伯堅的愛情生活很快就結束了」。「因爲東征馬上開始了，我讓他與我的女友盡快結婚。劉伯堅在前線，我率女子宣傳隊緊跟其後，次年開春，……我發現自己已懷上了劉伯堅的孩子。」因「行動不便，郭春濤就扶我上馬，不料烈馬被眾人激怒，狂奔起來，竟將我摔壞了腿，好在孩子沒有出事。」一九二七年蔣介石叛變革命時，馮玉祥卻與蔣介石「聯合」。劉伯堅、秦德君等共產黨員被驅逐出西北軍。劉伯堅隨周恩來赴南昌參加起義，秦德君因腿傷暫住武漢施存統家中將養。但施存統夫婦很快登報聲明脫離共產黨。秦德君只好另尋住處。一九二七年十一月，她生下劉伯堅的女兒，這時她失掉了黨的組織關係。她輾轉南昌、南京。住在東南大學時的老師、哲學院院長湯用彤家中。一九二八年春，秦德君把女兒託給湯師母。自己化名徐航，隻身赴滬去找黨組織。這時她住在陳望道家中。〔註2〕這次她和茅盾同船赴日本，目的是轉道去蘇聯。

二

茅盾和秦德君搭乘的是由上海開神戶的小船。乘客也不過十多人。船無

〔註 2〕以上材料據秦德君自述。見《對話錄》（一）、《許昌師專學報》90 年第 2 期，第 49～52 頁。但據梅志著《胡風傳》載：1927 年穆濟波與施存統在武昌衛中街比鄰而居。秦德君這年秋來武漢仍和穆濟波同居，當時他們有一子一女，子四、五歲，女三、四歲，「算是一家四口團聚了。」不久（當年秋）又生一孩子，這才是她和劉伯堅的孩子，參看《新文學史料》1994 年第 3 期，第 187 頁。

包間，十多人全住統艙。所以他們常常站在甲板上，迎著海風，拉起閒話。茅盾穿一身筆挺的淺灰色西裝，領帶打得周周正正。黃皮鞋擦得錚亮，江浙人清瘦的身材，數十年的文化素質自然形成的儒雅風度，再加上博學多識的談吐，在秦德君眼裡，和她被迫失身和另一個甘心委身事之的兩個男人相比，茅盾給她的感受，別有一番滋味在心頭。秦德君肉紅色印度綢連衣裙被海風撩起，露出光挺的長統絲襪和肉色高跟尖皮鞋。雖然和茅盾多年相處的許多時代女性相比，秦君德貌不出眾。但青春的健美和浪漫氣質中透出的英氣，和六年前上海平民女校時期被稱爲「黃毛丫頭部長」的小女孩比，畢竟判若兩人。眼前這個少女，也令茅盾刮目相看。

同是天涯淪落人，相逢何必曾相識。過去雖未深處，畢竟是同事。何況這時他們都因革命形勢逆轉，離家去國亡命日本，又失掉了黨組織作依託，對前景又並非都心中有數。特殊的環境，經歷中程度不同的失落感，是共同的。客中旅伴不愁沒有共同的話題。但所談最多者，還是當前的政治形勢及對前景的估計，彼此也略略介紹了各自的身世。不過上海神戶間一衣帶水，除去食宿，時間也有限，不可能涉獵很多話題。彼此交談留下的印象，也只是淺層次的。儘管秦德君性格外向，茅盾卻性格內向。他自幼稟母慈訓，謹言愼行，讓他在並不熟稔的女性面前，天把時間就打開心扉，無話不談，根本是不可能的。正所謂江山易改，稟性難移。因此同船航行的共同經歷，只爲後來的深知，打下個初基。更深的相處是日後的事。

船到神戶。必須過夜，換乘次日的早車。由神戶轉乘火車抵東京，不過兩個小時。但這兩個小時卻遇到了麻煩。開車不久，就有一個穿西裝的日本人主動來攀談。他見茅盾不懂日語，就改用英語詢問姓名。茅盾把預先準備的化名方保宗的名片遞上。那人卻又問東京可有朋友，打算遊覽何處，簡直像個查戶口的。茅盾因不知對方身分，自己又是化名入境。只得以「是」、「否等簡單言語虛與周旋。秦德君並不插話，卻也在猜測此是何人。據秦德君回憶錄說，還有另一個插曲。就是棄舟登岸受檢查時被海關人員誤以爲夫婦。而他們爲安全計則將錯就錯。在火車上也就扮演同樣角色。亡命異國，一切得小心。若眞有此事，也是出於安全考慮，很難說別有用意。

抵東京後，自有吳庶五接應。她安排秦德君住在中國留學女生住的白山御佃町中華女生寄宿舍，並立即幫助她入東亞預備學校學日文，每天有半天要上課。茅盾則被安排住東京一家中等旅館「本鄉館」。但剛剛住下，車上遇見的那個日本人又來「拜訪」。剛好茅盾在武漢相熟的陳啓修也聞訊來訪。他和那個日本人用日語談了幾句。那人笑笑，恭恭敬敬地道聲「打擾」，便揚長而去。陳啓修本是共產黨員。在武漢卻任國民黨右派的《中央日報》總編輯。這時已經脫黨。他說此人是日本警視廳特高科的便衣。茅盾奇怪爲什麼會盯上用了化名祕密來日的自己。陳啓修說：「你老兄鼎鼎大名，中山艦事件時你在廣州，香港就有報導，說你是赤色分子。去年你在武漢辦報，更是共產黨的風雲人物。日本人的情報何等深入，會不發現你是化名入境？」茅盾奇怪：「你認識他？」陳啓修說：「我雖不認識，剛來日本時，他們也來『拜訪』過我。被我點破，他只好承認其便衣身份。不過日本警視廳起碼目前的態度是，只要你不搞活動，他就只監視，不動你。看他對你如此客氣，不會有過分行動，你盡可放心。」陳啓修也住本鄉館。房間裡席子上堆著許多日文書。他來日本已有半年，出版了一本題爲《醬色的心》的小說集子。茅盾翻開，見首篇也題爲《醬色的心》。陳啓修解釋說：「我在武漢時，共產黨認爲我投降了國民黨，心是黑的；國民黨認爲我是忠實的共產黨員，心是紅的。我介於紅黑之間，心豈不是醬色的？」他的署名是陳豹隱，言外之意是說豹子要隱居了，既不做共產黨，也不做國民黨。

茅盾拿回《醬色的心》，心裡頗不平靜。崢嶸歲月和肅殺現狀的反差令他不安。他邊讀邊想：「『五四』以來的思想解放運動，喚醒了許多向來不知『人生爲什麼』的青年，但其所走道路又各自不同。自己在《創造》中所寫的嫻嫻，那是剛強的繼續前進的女性，但性格軟弱者卻是多數。寫這些軟弱的『平凡』者的悲劇或黯淡的結局促人猛醒，催人振奮，應當有意義。」靈感既動，落筆爲快。七月八日，茅盾盤腿坐在「榻榻米」上寫下體現上述主題的他第二個短篇《自殺》。從《創造》到《自殺》以及此後的《一個女性》、《詩與散文》、《縣》：收入第一個短篇集《野薔薇》中的這五個短篇，是從「五四」落潮，隊伍分化，人生道路迴異的角度，考察時代女性，勾勒其性格心態之作。和把時代女性推到大革命潮中「帶熱地」作橫向考察的《蝕》不同，《野薔薇》比較冷靜。它從大潮過後，人生走向歧異的縱向視角考察。比《蝕》帶更濃的「停下來思考」的冷諦人生的作家心態痕跡，與更鮮明的革命低潮期的時代烙印。《宿莽》集裡的《色盲》、《陀螺》亦屬此類。寫《自殺》時，茅盾抵日本不過四五天，看來他並未因去國易地而影響其創作心態的連續性。

三

這時他的生活中出現了第二個有利因素，他大體了解了六月十八日至七月十一日在蘇聯召開的中共第六次代表大會的基本精神。此會開始於他動身前，結束於其抵東京後。會的情況在國內他斷斷續續聽到了一點。抵日本後才了解其基本內容。他知道「六大」是在共產國際和蘇共中央幫助下，以近一個月的時間，參照蘇聯成功經驗，總結建黨七年來特別是「八七」會議以來正反兩方面的經驗教訓，這才進一步明確了中國現階段革命的資產階級民主主義的性質不變，革命處於低潮，中心任務是深入發動群眾，而不是連續舉行總暴動。這些都幫助茅盾把停下來思考所得，作理性的昇華。使他把「六大」和東渡日本作轉折點，消除了悲觀幻滅情緒，振作精神繼續奮進。這當然是比較初步的，但作為轉折點，也是可喜的。這些思緒，大都凝聚在其長篇論文《從牯嶺到東京》裡。此文是七月八日寫完《自殺》後動筆，七月十六日完成。兩篇東西共兩萬餘字。十天左右時間，在熟悉環境、安置生活、接待朋友之餘，竟能寫這麼多東西，足見茅盾生活之緊張與精神之振奮。

《從牯嶺到東京》最可珍貴的內容，一是茅盾對《幻滅》、《動搖》、《追求》的悲觀幻滅消極情調的自我批判。一是在清理自己幻滅情緒後，對振奮向上繼續追求的基本態度的表白。在自我批判的嚴厲言辭之後，他滿懷激情地寫道：

> 我決計改換一下環境，把我的精神甦醒過來。
>
> 我已經這麼做了，我希望以後能夠振作，不再頹唐；我相信我一定能的，我看見北歐運命女神中間的一個很莊嚴地在我面前，督促我引導我向前！她的永遠奮鬥的精神將我吸引著向前！
>
> 悲觀頹喪的色彩應該消滅了，一味的狂喊口號也大可不必再繼續下去了，我們要有甦生的精神，堅定的勇敢的看定了現實，大踏步往前走，然而也不流於魯莽暴躁。
>
> 我自己是決定要試走這一條路：《追求》中間的悲觀苦悶是被海風吹得乾乾淨淨了，現在是北歐的勇敢的運命女神做我精神上的前導。
>
> ——《小說月報》一九二八年十月十九卷第十期

既然「北歐運命女神」作為象徵，能起引導新方向新道路之作用，則其象徵內涵是什麼，就成了當時的讀者和今天的文壇一直關注的中心問題。一九二九年五月九日，茅盾在《寫在〈野薔薇〉的前面》中，解釋其具體涵義道：「在北歐神話，運命女神也是姊妹三個。Verdandi 是中間的一位，盛年，活潑，勇敢，直視前途；她是象徵了『現在』的。」茅盾又解釋其抽象寓意道：「眞的勇者是敢於凝視現實的，是從現實的醜惡中體認出將來的必然。」茅盾表示他要從頭開始有效地工作，這「眞的有效的工作是要使人們透過現實的醜惡而自己去認識人類偉大的將來，從而發生信賴」。他要求自己從此「既不依戀感傷於『過去』，亦不冥想『未來』」，而「是緊緊抓住現在」，踏實地前進。〔註3〕一九六一年六月十五日，他在答莊鍾慶問的信中，又解釋其政治寓意道：「北歐的運命女神見北歐神話。當時用這個洋典故，寓意蓋在蘇聯也。這也有點『順手牽羊』，因按歐洲人習慣，北歐實指斯坎的納維亞半島。」〔註4〕茅盾把蘇聯當作執著現在引導自己向前進的指路神，顯然實指在中國實現社會主義的理想。這和他了解中共「六大」確定了新的路線，使自己消除了幻滅情緒、重新振作、繼續奮進是一事兩面。它符合當時的歷史情況與茅盾那時的思想與心態。當然是眞實可信的。

茅盾仙逝之後，一九八五年四月十六日發表的秦德君《我與茅盾的一段情》中有這樣的記錄：「寫完《從牯嶺到東京》後，茅盾還解釋說：『北歐命運女神中的北歐，就是象徵蘇聯。沈澤民夫婦都在蘇聯』。」但在同文中她又說：茅盾寫完《從牯嶺到東京》後拿著文章來找她：「這一次茅盾顯示了他氣質上突發的熱情的一面，他不顧旁人嬉笑，擁抱著我，管我叫做他的救星，是挽救他的北歐命運女神。」「啊，阿姐，北歐命運女神中間最莊嚴的那一個，指的就是你啊！」一九八八年發表的《櫻蜃》中秦德君又寫道：「當其時，茅盾崇拜浙江幫政權，讚美得口沫四濺地表示平生志願，就是能夠做到蔣介石的秘書，就心滿意足了。」因此他總想去找邵力子，通過他實現此目的。「我每每聽到茅盾的消極，頹唐，悲觀，絕望的呻吟時，我都耐心地一而再、再而三地婉勸他，鼓勵他勇敢些，朝前看。那時茅盾信任我對他的關切，他很聽我的話。他說他好比沉淪在大風大浪、洶湧奔騰的海浪裡，好不容易抓到了我這樣一根救生藤。」他「簡直換了一個人，很快活的寫好一篇文章《從牯嶺到東京》」。「歡欣鼓舞地送到女生寄宿舍來給我看。」以下秦德君重複了

〔註3〕《茅盾全集》9卷，第521～523頁。

〔註4〕《茅盾書簡》第247頁，能「順手牽羊」還有一個原因，那時茅盾一直在研究神話學。

上文所引那段當眾擁抱著她稱她爲「北歐命運女神」那段話，以及「茅盾還說：北歐命運女神也是象徵蘇聯」這段話。

這裡有一點，茅盾和秦德君的說法完全一致：「北歐的命運女神」「寓意蓋在蘇聯。」肯定了這個前提，其他問題都可迎刃而解。

世界上萬物諸事，都有其存在與運動發展的規律。任何事物的運動發展，無不以時間、地點、條件爲轉移。人的思想、感情、認識過程、人際關係，也無不如此，概莫能外。既然茅盾從幻滅悲觀情緒中解脫出來是靠北歐運命女神所象徵的社會主義理想與方向的指引，就說明茅盾的自述，他雖然幻滅了，但卻沒有動搖的話是眞實的。因此他從幻滅到重新振作起來，就是他沿著自己十年來確定的路推動其內在思想發展的必然結果；外力只是促成此發展的客觀條件。沒有這內在依據，外力是不起作用的。

既然這樣，他會不會又崇拜浙江幫政權，指望邵力子介紹他當蔣介石的秘書，並把這當成「平生志願」？他之所以幻滅，正是因蔣介石鎮壓革命，鎮壓共產黨；他之所以亡命日本，正是因蔣介石下令通緝他。他怎麼會想當蔣的秘書？蔣又怎麼能要他這個秘書？邵力子又怎麼會介紹他去實現他這個所謂的「平生志願」？

照秦德君上述兩段回憶所說，茅盾的「平生志願」由當蔣介石秘書轉而把蘇聯指引的方向當作引導自己未來之路的北歐運命女神，是靠秦德君引導。因此茅盾把她放到與蘇聯所代表的社會主義理想同等重要地位，並當眾擁抱她，稱之爲「北歐命運女神」。這是否屬實？他們同船赴日是七月初，寫《從牯嶺到東京》是七月九日至十六日，這期間充其量十來天時間。這當中吃飯、睡覺、安置生活、朋友應酬，要占時間；寫了兩篇兩萬餘字的小說、論文，要占思考與寫作的時間。他倆又分住兩處，即便所餘時間全在一起，又能有幾天？秦德君靠什麼神通辦成茅盾一年多未能完成的事？從病在牯嶺，到隱居上海，地下黨的幫助，朋友中偉大如魯迅、葉聖陶，親切如范志超，親人中有母親和孔德沚，都對他有所促進；再加上茅盾自己停下來苦苦思考，其結果是茅盾作爲共產黨員，卻把做下令通緝他的蔣介石的秘書，當成「平生志願」；其幻滅悲觀情緒也毫未克服。現在秦德君僅用了幾天時間，竟能使茅盾來了一個一百八十度的大轉彎。如果她眞能辦到這點，她確實夠得上「北歐運命女神」，也許眞的可與蘇聯所代表的方向相比肩。然而會出現這種奇跡嗎？她具備這種神力嗎？這合乎思想轉變的客觀規律嗎？

《從牯嶺到東京》一文，系統總結了茅盾的生活道路與思想發展、思想曲折及其恢復振作的全過程；系統總結了他的文學道路；寫《幻滅》、《動搖》、《追求》的生活體驗、構思過程、寫作狀況、成敗得失；暢敘了茅盾結束幻滅心態；振作奮進，繼續走蘇聯爲榜樣所引導的中國革命之路；也對一年多來中國文壇的「左」傾言論，寫什麼、怎麼寫，尤其可不可以寫小資產階級及怎麼寫等等文學傾向及審美表現這些重大問題，作了淋漓暢酣的論述。這是一年來茅盾停下來思考之所得，在中共「六大」精神鼓舞下進一步理論昇華的深思熟慮之作。並非一朝一夕之功。不錯，郭沫若曾把思想轉變說得很輕易：「不怕他昨天還是資產階級，只要他今天受了無產者精神的洗禮，那他所做的作品也就是普羅列塔利亞的文藝。」〔註5〕這句話被稱作有名的「奧伏赫變」。不過這話僅只說說而已。人類歷史上從未出現過這樣的奇跡。恐怕今後也不會出現。何況寫《從牯嶺到東京》時，茅盾接受「無產者精神的洗禮」已有十年之久。若說眞有什麼「奧伏赫變」，他也早就變過多次了！

四

在茅盾去國之當年春天，由於北伐失敗後創造社成員重返文壇且轉變了方向；也由於這時從蘇聯和日本回國的文學生力軍分別參加了創造社和新成立的太陽社，革命低潮期的中國文壇，反而熱鬧起來。其突出表現，是革命文學的倡導與關於革命文學的論爭，以及論爭中對魯迅、葉聖陶、郁達夫和茅盾的批判。

在中國，最早倡導無產階級革命文學的，是一九二三年鄧中夏、惲代英、沈澤民、秋士等，他們在《中國青年》上敲響開臺鑼鼓；其高潮則是「五卅」工潮中茅盾的《論無產階級藝術》、《告有志研究文學者》與《文學者的新使命》這組文章的發表。所以一九二八年創造社、太陽社倡導革命文學，是第二次掀起的高潮。在革命低潮，人心消沉時期，他們能高舉無產階級革命文學大旗，對振奮人心，促進文壇，當然有重大意義。但在當時黨內「左」傾路線占了上風之際，他們，尤其是部份黨員作家，受到「左」的影響，混淆了民主革命與社會主義革命的界限，縮小了統一戰線，擴大了打擊面，不僅把小資產階級作家，而且也把已轉變成無產階級作家的魯迅、茅盾當作革命對象。當其時也，郭沫若化名杜荃，在一九二八年六月一日寫成，八月十日

〔註5〕《桌子的跳舞》，1928年5月1日《創造》1卷第11期。

刊於《創造》二卷一期的《文藝戰線上的封建餘孽》中，把魯迅打成「封建餘孽」、「二重的反革命」、「不得志的法西斯諦」。茅盾的《幻滅》、《動搖》陸續發表時即遭圍攻，也是這極「左」思潮泛濫的反應。當時茅盾忙於寫《追求》與準備出國，沒有立即參預論爭和答辯。到日本後寫《從牯嶺到東京》一文，主要也是正面闡述己見；但也有答辯，並捎帶發表了些與對方不同的意見。這下子捅了馬蜂窩：據當時應創造社、太陽社之邀代表中共中央指導其工作，多次參加其會議的鄭超麟回憶：當時「黨所指導的文學刊物都攻擊他。中央而且訓令日本支部不認他做同志。」〔註 6〕茅盾也回憶說：「自從我到了日本以後，就與黨組織失去了聯繫，而且以後黨組織也沒有再來同我聯繫。我猜想，大概我寫了《從牯嶺到東京》之後，有些人認爲我是投降資產階級了，所以不再來找我。」〔註 7〕以上兩段引文，從不同角度說明了茅盾失掉組織關係的原因與具體時間，顯然這和黨內「左」傾路線對他的排斥與批判有直接的關係。但鄭超麟關於「中央訓令」則沒有材料能證實。

這種情況，直到中共日本東京市委致函中共中央請示工作時，才有了改變。最近有人從中央檔案館發現了一九二八年十月九日中共中央給中共東京市委的覆信底稿原件，建國後中央文件匯編鉛印本中也收入了此件。現摘錄於下：

> 東京市委：
>
> 收到你們的來信，茲特答覆如次：
>
> ……
>
> 二、市委改組名單中央批准如下：李德馨（書記）、王哲明（宣傳）、鄭疇（組織）、陳君恒、潘蔭堂等五人，李王鄭三同志爲常務委員，望即查照。
>
> ……
>
> 四、沈雁冰過去是一同志，但已脫離黨的生活一年餘，如他現在仍表現的好，要求恢復黨的生活時，你們可斟酌情況，經過重新介紹的手續；允其恢復黨籍。

〔註 6〕《鄭超麟回憶錄》第 176～182 頁，提供了許多他親身經歷與目睹的文藝界內部情況，可參看。

〔註 7〕《我走過的道路》（中），第 15 頁。

……

中央　一九二八年十月九日

從上述情況分析，如果鄭超麟所言不虛〔註8〕，則可能是中共東京市委在茅盾抵日後，就「中央訓令」提出異議，使中央改變了看法，故授權東京市委「斟酌情況」權宜處理。但這事並未實現。原因又何在？一九九〇年《黨的文獻》第二期張魁堂的文章中說，他曾於一九八二年函詢旅居加拿大的當年東京市委書記李德馨，又請當時在東京的中國致公黨主席黃鼎臣先生回憶。他們的答覆比較一致：因當時中國留學生受日本當局迫害，上述中共東京市委五位成員從一九二八年夏天起陸續回國。李德馨也回國了。故中共中央十月九日來函，他們沒有收到，也就無人執行。這使茅盾失去組織關係的原因（指赴日之後「黨組織也沒有再來同我聯繫」。但去國前則是有的，鄭超麟就找過他）進一步得到了解釋。在茅盾逝世後，由胡耀邦代表中共中央所致悼詞中也說：「一九二八年以後，他同黨失去了組織上的關係。」同時又宣布了中央在其逝世後所作的「恢復沈雁冰同志的黨籍」的決定，「黨齡從一九二一年算起。」

這些都是後話了，在一九二八年茅盾赴日本後，失去了黨的關係，心情當是沉重的。儘管他重新振作起來，以北歐運命女神爲前導在繼續前進，沉重的心情並未因幻滅情緒之結束而有所減輕。這是因爲蔣政權日益鞏固，黨內雖結束了瞿秋白的「左」傾路線，又來了李立三的第二次、危害更大的「左」傾盲動主義路線。自己棄家去國，在日本隱姓埋名，儘管能夠寫作，但動輒因文獲咎。他這時革命無路，報國無門。那光輝的理想和革命前景，何時才能到來？他自己又如何爲之獻身？時代使命感、參預感極強的他，心中十分焦灼急躁！這種心態，影響了創作個性與作品風格；反應到抒情散文裡，就凝成以「苦悶的象徵」爲特色的階段。

一九二八年十二月，他先後寫成《賣豆腐的哨子》、《霧》等與去國前所寫的《嚴霜下的夢》相類的篇章。其中以下幾段，眞實地展現了其苦悶焦灼與急躁的心情。他選擇了「霧」作當前形勢的象徵：

> 我猛然推開幛子，遙望屋後的天空。我看見了些什麼呢？我只看見滿天白茫茫的愁霧。
>
> ——《賣豆腐的哨子》

〔註8〕鄭超麟所說的「中央訓令」至今未見文字東西。既可能是他記憶有誤；也可能是當時某領導人的個人意見，不是中央的正式決議。

我詛咒這抹煞一切的霧！

我自然也討厭寒風和冰雪。但和霧比較起來，我是寧願後者呵！寒風和冰雪的天氣能夠殺人，但也刺激人們活動起來奮鬥。霧，霧呀，只使你苦悶，使你頹唐闌珊，像在爛泥淖中，滿心想掙扎，可是無從著力呢！

……

……在我呢，既然沒有杲杲的太陽，便寧願有疾風大雨，很不耐這愁霧的後身的牛毛雨老是像簾子一樣掛在窗前。

——《霧》

從入黨起戰鬥慣了的他，最大的苦悶是「無從著力」！

這時能夠給他以慰藉的是兩件事。一是他埋頭整理舊稿，繼續研究神話。《中國神話 ABC》和《小說研究 ABC》兩書，就是整理舊稿和新著，編輯成集，寄給世界書局 ABC 叢書的主編徐蔚南，陸續出版的。短篇《一個女性》也是這時寫成發表的。另一件就是他和秦德君由相愛到同居，給他那苦悶的靈魂以很大的慰藉。

五

船上傾談，使彼此有了直接的相處和初步的了解，還談不上愛。從抵東京到寫成《從牯嶺到東京》，除上述那些雜事外，秦德君忙著上學，茅盾忙於寫作。當中有限的接觸，可能加深些了解，也還談不上愛，更談不上把她當「北歐女神」。

他們眞正相愛，是寫完《從牯嶺到東京》之後，逐漸萌生的。這當中將近五個月，他們接觸很多。茅盾的著述卻大爲減少。他只編了《小說研究 ABC》、《中國神話研究 ABC》、《近代文學面面觀》和《現代文藝雜論》四部舊稿。新寫的僅是《希臘羅馬神話的保存》和《埃及印度神話的保存》等兩三篇關於神話的論文，再加上以上四本書的短序，總共加起來也不過一兩萬字。其餘都是國內所寫甚至初步編輯了的舊稿，對茅盾的工作效率言，新寫的東西，實在費時無及。這時茅盾又沒有別的社會政治活動，則這幾個月的大部分時間都幹什麼用？秦德君的幾篇回憶文章所述他們相處的情形，很多材料提供了注腳。

這時秦德君住在女生寄宿舍，上午有半天課。別的時間很大一部分是和茅盾在一起。茅盾住在「本鄉館」。他曾跟陳啓修學日語，先聽課，後自學。別的事並不多。他的《我走過的道路》記此段生活內容也極少，這證實了秦德君關於有時他們和吳庶五同遊，有時他倆單獨相處的記述。「本鄉館」是個極簡陋的旅館。日本房屋爲防地震，牆壁都極薄。常常是「拉板」結構。茅盾的隔壁住的是其商務的老同事、武漢軍校時的戰友樊仲雲。樊仲雲還曾在茅盾家裡住過一段，和茅盾母親及孔德沚極熟。在東京茅盾和秦德君相愛漸深，但同居卻不具備條件，也不能不迴避樊仲雲。因此一九二八年初，茅盾遷往京都租房而住，與其說是爲了節省生活費用，不如說爲了和秦德君正式同居。他們動身時，那個警視廳便衣又來「相送」，並把茅盾「移交」給京都的另一個便衣。此人也常來「拜訪」。不僅拜訪茅盾和秦德君，而且也常拜訪茅盾在西京所依靠的另一位商務老同事、在中共上海兼區執委會一起工作的老戰友楊賢江，以及和茅盾等住同一寓所的高爾松兄弟。他們都是失掉了組織關係的中共黨員；也在日本警視廳的監視之中！

茅盾和秦德君同居的寓所何在？日本學者，著名的茅盾研究專家是永駿教授反覆考察後，在日本《茅盾研究會報》上發表了一份調查報告，文中斷定是在京都（西京）高原町，但原來的舊房子，已被新建築所代替，無從查找了。所幸茅盾在《我走過的道路》（中）二十九頁留下了兩段剛住進去時他對寓所環境的生動的描繪：

> 我的寓所離楊賢江的寓所有一箭之遙。這是面臨小池的四間平房，每間約八鋪席大小；當時我與高氏兄弟爲鄰，各住一間，另兩間空著。房東就住在附近，亦不過一箭之遙。這裡，確實很安靜，從屋子的後窗，看得見遠處的山峰，也不是什麼高山，但並排有五六個，最西的一峰上有一簇房子，晚間，這一簇房子的燈火，共三層，在蒼翠的群峰中，便像鑽石裝成的寶冕。
>
> 小池子邊有一排櫻樹。明年春季，坐在屋中便可欣賞有名的櫻花，想到這，便覺得我的新居確實是富有詩意；對寫作十分有利。

茅盾這時寫的散文《霧》、《虹》中對環境還有更生動的描繪。《鄰一》、《鄰二》、《速寫一》、《速寫二》描繪了其所處的社會環境。《紅葉》、《櫻花》則是其記遊之作。這些文章既記實，又抒情，是其生活的眞實寫照。

秦德君在《櫻蠶》中也記述了室內環境與家居生活：

西京高原町的七户人家的住宅，是一字形並排的，我和茅盾住的第四號門牌。建築質量的低劣，看起來風吹得倒，門窗都是紙糊的。盡可夜不閉户，即使閉也無濟於事。進門走道是廚房，有煤氣設備，最後是廁所；靠近廁所的是一間光線不太充足又潮濕的六鋪草蓆的一間房，沒有什麼用場，只有空著，作爲去廁所的過道。中間三鋪草蓆的通道一小間，夜來我們把蚊帳掛在這中間過道小房間的四個屋角的鐵釘上，帳籠裡鋪上褥枕加上被蓋，清晨起來就先把帳、被、褥、枕一齊疊好，放進紙糊壁櫃裡。就這樣度過了日日夜夜，暮暮朝朝。外間一間六鋪草蓆的陽光好一些，屋檐下是過街行人的街道，道旁是櫻花園地，每逢櫻花盛開時節，抬頭就看見滿園日本國花。到了冬天，寒風凜凜，大雪紛飛，四壁蕭條，天穿地漏的，凍得人縮成一團，雖然燃起火鉢，聊勝於無而已。寫字的手，只能向火鉢討點熱氣，才能提筆，賺點稿費，也太不容易啊！

……

櫻花似乎在我們的心田怒放，櫻花似乎讚美我們純眞的愛情，櫻花盛開時節的每朝每日，寫作學習之餘，我們攜手並肩，閒散在櫻花之下，共敘衷情，含情脈脈的目光對流，但願天長地久，地久天長，生活的道路唯願似櫻花般的燦爛，永享人間的歡樂。此情此景，我終於成爲茅盾的愛情俘虜了。他表示出來的眞摯的情和愛，是從他的心底深處開放出來的鮮花呀！他是那樣的感動人啊！……

日本人民的生活習慣，是席地而坐，席地而臥，此外則滿屋空空如也。我和茅盾暫時買了日本人讀書寫字，也是吃飯和招待人情客往，日常應用的「特不奴」，就像中國北方人應用的炕上的炕几。我和茅盾就在草蓆上一人一個「特不奴」，一人一個正方形的棉布墊子。日本人把它叫作「扎不動」。茅盾就像佛門弟子那樣打盤腳坐在「扎不動」上雙手抱膝工作。多難受啊！兩條腿又酸又麻，站起來就開不起步。茅盾在日本的著作成品，有一部分就是像佛門弟子那樣參禪打坐熬出來的。我給他抄寫的稿子，和我自己寫作的一大部分，也就是雙手抱著雙膝坐在「扎不動」上熬出來的。活受罪啊！

我們都熬不過去了，才又想辦法買二個四腿小方條桌，把「特不奴」降爲坐凳，這就輕鬆多了。

——《櫻蜃》

秦德君這年僅二十三歲，卻已是三個孩子的母親。小小年紀，其愛情婚姻經歷卻是極其悲慘的。頭一個男人穆濟波是個流氓加無賴的雙料混蛋，她受他的情感折磨和遭受的物質損失都極大。第二個男人倒是條漢子，但劉伯堅是戎馬將軍，短暫的相愛和長久的別離，柔情的寸斷遠大於柔情的享受。後來她孑然獨身，自由自在，但愛情的飢渴又無所依託。現在遠離祖國，卻和同是天涯淪落人的茅盾萍水相逢。茅盾既有南人的機靈，又有北人的厚重；既是叱咤風雲的政治家，又是蜚聲中外的文學家；外表的文弱與心靈的內秀，剛柔相濟的性格與儒雅的風度，再加上博古通今的學問，兼及中外的談吐，一下子就攫取了秦德君那顆瘡痍累累、傷痕斑斑的心。經歷過「五四」的開放意識，多次閱歷過男人的性生活經歷，再加上四川人那種熱辣辣的性格，和革命征程中錘鍛的不顧一切向前衝的行爲方式，使她一旦對茅盾動了情，立即就激情滿腔地撲到他的懷裡。而剛烈暴躁的性格弱點，也頓時被熾烈的愛融化成繞指柔了！這時秦德君想愛就愛，愛得不顧一切！正如其幾十年後因爲愛的失落，想恨就恨，恨得奮不顧身同。

六

茅盾的心態，卻遠不如秦德君這麼單一。他的顧慮與束縛很多。自從他在「五四」大潮中確立了從人道主義立場出發，不肯廢除包辦婚姻，經父母之命、媒妁之言，把一個陌生人推到身邊，按照理想的模式，培養和改造她，而且已經明顯地收到了實效，既爲自己培養了一個愛人，也爲自己培養了一個革命戰友和同志；這之後，茅盾一直守身如玉。一方面孔德沚的確不使他失望。舊家庭的烙印愈洗愈淡；時代女性的新質，日益顯現。特別她那剛強執拗，不顧一切往前衝的革命女性特質，的確撥動了他那根埋藏日久的伊甸園之弦。當她兩度戰勝痛楚與不便，爲他生下一雙可愛的兒女，這個家庭內部關係，即便沒有老太太時時警覺的嚴密調控與監督，也已經相安無事、相當穩定了。

在茅盾內心深處，自然也隱藏著他平時不敢正面視之的遺憾。人工培植的愛情，自然缺乏一見鍾情或愈處愈深的愛情那種發現的喜悅。也不可能完全具備或基本具備那種完美的性格，與完全契合或基本契合的情感交流的心心相印的激動。他愛孔德沚，這是眞摯的和眞誠的，但他又不以孔德沚爲滿足。在他帶著理想化的筆觸，充滿深情描繪他筆下的時代女性時，無意中流露出他理想中的女性特質：熱辣辣的激情和浪漫諦克的素質。這是舊式女性色彩尚未褪盡，又被政治熱情所貫注，陽剛有餘，陰柔不足的孔德沚所不具備或不完全具備的。然而茅盾畢竟是理性的人。當他保持著個人選擇的道德操守，全身心撲在革命與文學相交織的大潮中去時，正如他當年忙於改革《小說月報》，「老婆識字問題，覺得無所謂」那樣，這時他把愛情的缺憾，也放到次要地位。不過既有新的體認，就不能不修正自己過去的理論的偏頗。一九二二年，他集中發表了與舊說截然相反的意見：一，他放棄了結婚不必以戀愛爲前提的舊說，改弦更張，認爲「兩性結合而以戀愛爲基的，那就是合乎道德的行爲，反之，就是不合乎道德的；所以我說：戀愛是男女間的一種關係的說明。」二，他對戀愛作了頗有新意的論述：「戀愛不是理知底產物，是感情的產物，也可以說是最強烈的感情，亦惟絲毫不帶理知作用的戀愛才是眞的戀愛。這種眞戀愛的表示便是一往直前，不怕天，不怕地，盲目的舉動。有眞戀愛的人，忘了富貴名分的差別，忘了醜美的差別，忘了人我之分。」〔註 9〕三，他對戀愛達到「狂」的氣分表示了敬意：「我親眼也見過許多現代女子極力尋求『戀愛之影』，忘記讀書，忘記父母，忘記社會，甚至於連自己是什麼也忘記，只竭力要去捉摸伊自己所見的『戀愛之影』。這些女子對於戀愛的狂熱的要求，雖然其目的是享樂的，其衝動不免帶些『肉的』氣息，其行爲純然是盲目的；然而伊在尋求戀愛的一霎那的白熱的時間，或者眞是死心塌地爲伊自己所認爲戀愛的一些東西而去活動——換句話說，也可說是爲此而後生活——也未可知。……這種狂的氣分，眞是近於『眞戀愛』的『相』的呵！我相信戀愛是不受什麼禮教信條，社會習慣的束縛的；要戀愛就戀愛，什麼也不顧。因爲我是這樣相信的，所以對於有上述的『狂』的氣分的現代青年女子頗表示敬意！」〔註 10〕四，他肯定了「因戀愛而生肉體相親的意思，乃是極自然的事，並非如此便算不得『精神的』，若要勉強行之，終必失敗的。戀愛因不以性交之達到算爲成熟的證據，但是因爲戀愛而自然到這地步，就

〔註 9〕《戀愛與貞潔》，1922 年 4 月 5 日《民國日報・婦女論壇》，《茅盾全集》14 卷，第 331 頁。

〔註 10〕《解放與戀愛》，1922 年 3 月 29 日《民國日報・婦女評論》，《茅盾全集》14 卷，第 323 頁。

是極合理的事，不能算是可恥，或穢污。」五，他不認爲「愛情的減弱而終至於無，爲不道德。一個人有過兩三回的戀愛事，如果都是由眞戀愛自動的，算不得怎麼一回事。……我以爲貞潔與戀愛是相連而生的，相助而成的；曉得眞戀愛的人，也就是貞潔的人，戀愛之眞僞，與貞潔與否有關；而戀愛的次數，卻絕對無關。」〔註 11〕

以上看法，不僅在當時對舊禮教說來，是大逆不道之論，即便對新時代青年言，也是石破天驚之論。對這些言論，我們絕不能懷疑其理性的眞誠，但從實踐性考察，起碼茅盾當時沒想到過自己也會身體力行。而且他的有些見解是矛盾的或帶折衷色彩的。例如他對離婚問題的看法就有以下的論述：「離婚要求在社會裡發生後，便成了重要的問題，因爲不許離婚固然不對，許人自由離婚毫不加以制裁，也有流弊。」「因爲在現社會裡，家庭尚是社會的脊骨，若行了絕對自由離婚，於社會組織之固定，很有妨礙。但若絕對不許離婚，也太蔑視個人的幸福，在兩極端中間，本可以得個執中的辦法。卻因人類一向就不曾秉著至公之心去訂什麼法律，所以現今的離婚法都是偏在『不許』一邊的。」這「既是阻礙個人的幸福，並且還替社會上製造出許多罪惡和悲痛；所以是要不得的，所以本問題是重要的社會問題」。但在作結論時，茅盾卻又說：「中國現在講到離婚與道德問題的關係，簡直就是要去說明離婚與個人道德無損。」〔註 12〕對這種反對極端，尋求「執中」的態度，茅盾並未去作實際的建樹。這固然是他思考自身問題的投影。不過他這時被社會責任感時代使命感驅使，是十分投入不暇旁顧的。何況有慈母的嚴命，有爲兒女樹標的自律；他那新道德、舊道德兼而有之的道德觀念，又是他畢生嚴謹自重的不可動搖的信條。在社會交際中，在孔德沚的女友中，身心兼美，具備茅盾內心嚮往的那種熱辣辣的激情與浪漫諦克素質的時代女性，他所閱多矣。有時他也不能不怦然心動；故在其創作，甚至晚年的回憶錄中，均不乏這類不自覺地流露情感之筆。但他卻從不越雷池一步。因此，孔德沚對丈夫也一百個放心。不論送他赴日，還是讓他和秦德君搭伴同船，孔德沚都沒有防範之意；對後來的發展，她毫無思想準備和戒備。

現在茅盾離家去國，逃避通緝。革命局勢既處於低潮，領導核心的連連失誤，又使革命的征程荊棘叢生。何年何月才是陽光普照中華大地，自己又

〔註 11〕《戀愛與貞潔》，《茅盾全集》14 卷，第 332～333 頁。
〔註 12〕《離婚與道德問題》，1922 年 4 月 5 日《婦女雜誌》8 卷 4 號，《茅盾全集》14 卷，第 327、330 頁。

可在神洲沃土、中國文壇上自由馳騁之日？按說中日兩國，一衣帶水，回國探家，也不過一兩天的里程。但白色恐怖下的天羅地網，使他一生此念，就有飛蛾撲燈，自速其亡之慮。此情此景，政治的、生活的、情感的依託，都沒有著落；茅盾這時，正處在理性充實、情感空虛的階段。現在秦德君的熾烈的愛，打破了他的心理平衡。那愛的熾烈，正與他上述文章中所論之「狂」相同。她性格中，恰恰又具備他心底所企盼的那種火辣辣的愛和浪漫諦克的激情與素質。這怎能不使他怦然心動？那麼，他既然也產生了愛，他敢不敢打破從前的那些自律，實現自己理論上一再講的那種「不受禮教信條，社會習慣束縛的，要戀愛就戀愛，什麼也不顧」的舉動？他那五條新理論，現在要不要親身一試？在正常條件下，「幼稟慈訓，謹言慎行」的茅盾，絕不敢邁步。他仍會像婚後多年潔身自好那樣，以理性壓抑感情。按道德規範行動。但在亡命日本，前景無著，情感空虛，極待溫情去充實的特殊環境下，茅盾就毅然邁出了這一步！這時他真地做到他上述的三「忘」。他這時並沒看清秦德君性格底層，還有不少和自己難以契合的一面；就按自己文章提到的「中國有句成語：『情人眼裡出西施』，這真是一句不朽的金言」〔註 13〕辦事了。秦德君也是同樣，她晚年在回憶錄中對這時的茅盾的種種指責，那是由愛轉恨後的偏激之言和痛定思痛的反思所得。她當時和茅盾同樣，也忽略了或者並未看出對方性格中同樣有與自己難以契合的東西。這都是實情。所以，兩人由戀愛到同居，彼此都是真心；誰都並無虛情假意，然而後來釀成悲劇，主觀原因也恰恰在這裡。

七

同居生活朝夕相處，少了些浪漫，多了些務實。東京時期花前月下影院劇場卿卿我我的依戀，被彼此撐持共同幹實事所代替。所以這時期茅盾著述頗多。秦德君也不再東跑西顛，能夠坐下來學習與寫文章了。

由於茅盾寫《我走過的道路》時有意識地剔除了與秦德君同居這條線，他對秦德君有何看法，有哪些幫助，從沒留下，今後也不會發現他寫的第一手材料。茅盾謝世後，秦德君所寫倒多。但因出於某種心理，對茅盾的看法不盡客觀，茅盾對她的好處，所寫更少。即便如此，她還是留下一些真實可靠的材料，說明茅盾對她的幫助，這可供我們思考。

〔註 13〕《戀愛與貞潔》，《茅盾全集》14 卷，第 331 頁。

據秦德君自述，一九一八年她讀了半年初級師範，後轉入女子實業學校，「五四」潮過，她被學校開除。從此結束了「在川的求學生活」。一九二一年經李大釗等安排，「進北京女師大附中學習。」不久就輾轉上海、四川，其間教了三個月小學。一九二二年春到上海平民女校工作。半年後又輾轉杭州、南京。始由鄧中夏幫助入東南大學教育系，但她學的是體育科；文化課並不多。一九二四年因生第二個孩子又輟學。此後再沒上學，一直幹革命工作。直到赴日後又學了幾個月的日文。所以她和茅盾同居時，充其量不過中學程度。雖然人生閱歷極豐富，文化水平卻並不比孔德沚高。因此同居生活重要內容之一，就是秦德君自述的：「茅盾情切切地要把我培養成爲他文學上的知己。」也因此，茅盾才會不厭其煩，「關於文學藝術上的一些派別，自然主義，浪漫主義，寫實主義，這個主義，那個主義地」進行文學啓蒙，「只有我才是他唯一的聽眾，染於蒼則蒼，染於黃則黃。我也薰染得學習日文，以普羅小說爲教本，邊學習，邊翻譯，目的就是換取稿費。」〔註 14〕看來茅盾故技重施，當年培養孔德沚學文化的方案，又在秦德君身上實施起來了。因此，秦德君也僅僅是這時起步，才受到文學素養方面的一定的薰陶。

秦德君對茅盾的幫助，她寫得較多，也較具體。一是照料生活；二是護理病情；三是抄寫稿子。第四也是最重要的一點，就是向茅盾介紹了胡蘭畦的經歷，使茅盾寫長篇《虹》時，獲得較豐富的第二手材料。茅盾最早知道胡蘭畦的身世，是先後從孔德沚、惲代英那兒聽說的。但孔德沚所知甚簡。惲代英所知雖多，也只是概略。秦德君和胡蘭畦是親摯的有共同生活、工作經歷的女友，不僅所知甚細，而且她不像惲代英戎馬倥傯，難以詳述。她和茅盾花前月下，整日相處。加之這時茅盾已明確要寫此題材，所問也極細。所以，他對胡蘭畦只是在武漢師生相處時，有幾面之識，主要材料是得自秦德君的敘述。《虹》的計劃是兩部曲。第一部《虹》，寫梅女士由受「五四」啓蒙到「五卅」走上街頭。擬爲這十年壯劇留一印痕。第二部《霞》，則寫梅女士從事革命，被捕後爲黨所營救。後來派她到南方搞地下工作。時間跨度在大革命前後，具一定的史詩色彩：借梅女士由時代女性到入黨的性格發展，寫中國知識分子覺醒成長，匯入黨領導的工農革命運動的人生道路，展示中國革命艱難曲折但又一往無前的歷程。《虹》一掃《蝕》的悲觀幻滅的消極色彩，代之以開朗樂觀、蓬勃向上的昂揚基調；是《從牯嶺到東京》所展示的

〔註 14〕《櫻蛋》，1988 年《野草》第 41 期，第 74 頁。

樂觀前景的具體化；也是茅盾結束苦悶，重新振奮的思想轉折的界標。遺憾的是由於日本反共浪潮迭起，許多中共黨員或被捕，或轉移。茅盾也不得不作歸國計。故《虹》只寫到梅女士「五卅」潮中走上街頭，置身時代壯劇。《霞》則未能命筆。

對比《虹》與《胡蘭畦回憶錄》，其跨度僅是以胡蘭畦赴上海及此前的部分經歷爲底子。此後就重起爐灶，毫不相干了。秦德君的貢獻在於，她所提供的材料，是茅盾提煉素材與藝術構思的主要依據。而且她還提供了大量細節，供茅盾提煉加工並作藝術表現時作依據。茅盾說：寫《虹》前在東京時，「陳啓修爲述三峽之險。」「繪聲繪色，使我如身入其境，久久不忘。一年後寫《虹》，開始便描繪三峽之險，即賴有此往事。從而知道凡寫風景之類可以憑詳細之耳食再加以想像，非必親身經歷。」〔註15〕秦德君說：「尤其是過三峽的感受，完全是我的經歷。」〔註16〕看來兩說都不完全，實際上茅盾是綜合陳、秦二人所述，加以藝術想像寫成。關於寫惠師長所據軍閥楊森的材料，也同樣是綜合陳、秦兩人之說，加上茅盾所了解的史料。因此這裡邊也有秦德君的功勞；但絕非她一人的功勞。此外秦德君是第一讀者和文稿抄寫者。她說這過程中，她曾提過訂正修改意見，也是可信的。但秦德君在《櫻蜃》中說：「我在家務事與學習的繁忙中，拚性命和茅盾計議共同寫成一部長篇小說《虹》：素材由我提供，稿紙由我抄寫，邊抄邊改。」這番話是否屬實？提供素材和抄稿顯然確實。但以秦德君當時的文化程度和從茅盾那兒「耳食」來的那點文學知識，是否具備和已成爲蜚聲中外的理論批評家與小說作家茅盾「共同寫成」此書或「邊抄邊改」的條件？恐怕這些話言過其實了。倒是秦德君最早發表的《我和茅盾的一段情》中，講到《虹》的創作的一段話，說得比較「內行」，接近實情。她寫道：

> 需要説明的是：文學創作乃是虛構，現實主義小説的眞實性，不在它有眞人眞事作依據，儘管有些作家傾向於使用一些模特兒，茅盾就是一個〔註17〕，但在創作過程中，他也必定經過了一番選擇，安排，剪裁，概括的功夫，還要加進大量想像的成分，這種想像依據的是作家的觀察、體驗。像《虹》裡對梅女士的心理活動所作的

〔註15〕《我走過的道路》（中），第38頁。
〔註16〕《對話錄》（一），《許昌師專學報》90年第2期，第53頁。
〔註17〕這話不確，茅盾大部分小説無固定的模特兒。個別有原型者虛構成分也極大。

細微、精彩的刻劃就是一例。同時，小說，特別是長篇小說中的主人公，不可能從頭到尾都是一個人的經歷。作家還要融進大量其他事件，集中到主人翁身上，以便塑造典型形象。這一切絕非某個人原型所能包容。因此，誰也不應該說小說裡的典型就一定是誰，把她和他的生活中的具體人物對等起來，這原來就是常識範圍以內的事了。

看來秦德君是懂得文學創作規律的。以上這些話比較合乎《虹》的創作的實際情況。她在《櫻蜃》中的誇大其詞，是其過激情感起作用，遠不如寫上述這段話時這麼客觀和冷靜。秦德君也說過，胡蘭畦對《虹》很不滿意，認為許多事不是她的，茅盾把她歪曲了。楊森則因有些情節與他的經歷不符，而當面斥責提供材料的秦德君，並聲言要控告茅盾。這都說明他們不如秦德君所寫上述那段話，表現得那麼「內行」；而是從把小說的虛構等同於眞人眞事的錯誤觀念出發所作的「外行」的反應。但這恰恰從另一角度證明：秦德君僅提供了部分素材；此外茅盾還投入很多他長期積累的其他素材；並經過提煉加工，虛構想像，才寫成了《虹》。茅盾說：「《虹》中的惠師長，實非有血有肉之活人，只是有那麼一個人而已，當然，如果我和當時的投機軍人沒有任何接觸，連這麼一個沒有血肉的人也寫不成，而事實上，武漢時代我和那些投機軍人打交涉的事頗多。」梅女士也是概括了許多同類女性的性格、經歷與思想感情。非胡蘭畦一人的事所能支撐。茅盾還說，「梅女士思想情緒的複雜性和矛盾性，不能不說就是我寫《虹》的當時的思想情緒。」〔註 18〕

但這並不能抹煞在寫《虹》的過程中，秦德君對茅盾的幫助，及此書由生活到創作過程中，秦德君提供素材等方面所作的貢獻，對此必須實事求是。

由於有了秦德君的愛情溫暖著茅盾的心，由於她照料茅盾的生活，一九二九年至一九三〇年初，是茅盾創作與理論研究豐收的季節之一。除了長篇《虹》、短篇集《野薔薇》的後三篇，及短篇小說散文合集《宿莽》等文學創作外，理論著述也是可觀的。這時的單篇論文沒有單獨結集，但所寫中國神話研究論著的後一部分，收入其《神話雜論》中，此外還寫了《中國神話 ABC》、《騎士文學 ABC》、《北歐神話 ABC》、《希臘神話 ABC》和大部頭的外國文學思潮史論：《西洋文學通論》。《西洋文學通論》一書，是茅盾文藝思想與文藝思潮史觀較為成熟後的理論結晶。在中國的外國文學史研究與美學史研究領

〔註 18〕《我走過的道路》（中），第 39、37 頁。

域，具有開拓性。占有很重要的歷史地位。這些論著有的有從前的基礎，但這時寫成。其中，有些稿子，也是秦德君抄寫的。

八

世間萬物諸事，無不按照對立統一規律，在一定的條件下發展，又在特定的條件下向相反的方面轉化。茅盾和秦德君由戀愛到同居經年之後，就面臨著如何發展的問題。在秦德君，想法比較單一：要茅盾和孔德沚離婚，和她正式結婚。這個目的，可以說從那時起，幾十年來是始終一貫的；不僅僅是在日本同居時有，就是回國後分手的當時，以至此後幾十年，除了當中她又有兩次婚姻外，都是如此。在茅盾，情況就複雜多了。當國內局勢嚴峻，他回國無望時，他可以放心和秦德君同居。一旦情況變化，他就必須最終在秦德君與孔德沚之間，做出最後選擇；而對不能再結合的一方，做出妥善的安置。這是一個相當大的難題：主觀上的選擇，要變爲直接現實，必須有客觀上做出妥善安置的可能性與現實性爲前提。但這時的情感選擇，已經不像當初結合時那麼單一了；在愛與不愛之外，功利主義目的逐漸滲透進來，成爲左右局面的因素之一。

據秦德君在《櫻蜃》中說：「一九二九年九月」，她懷的「茅盾的第一個孩子」，面臨著要還是不要的嚴峻抉擇。「由於重重困難，最主要的是想去蘇聯，不能身懷『累贅』」，他們決定打胎。那麼「重重困難」中，那些次要的又是什麼？秦德君沒有說。可以想像到的，除了經濟困難之外，就是茅盾當時不像秦德君孑然一身。他既是有婦之夫，又是有子女之父。這個問題沒有解決前，有了孩子不也是「累贅」？從情理考察，這似乎也是決定打胎的原因。秦德君說：「茅盾說他對日本社會不熟悉，把我護送到神戶，叫我搭船去上海。」到上海先去他母親住的隔壁，向葉聖陶取一筆住院費，「茅盾還寫信委託業已由東京回到上海的吳虹茀〔註 19〕陪伴我到四川路福民醫院，找日籍醫生『板板』作人工流產手術。」該醫生「把我遠涉重洋，專程來請他屠殺了我的心肝兒子的屍體，泡在玻璃瓶裡作標本。我含著灑不盡的傷心淚，隻身回到日本，在海船上遇見張光人（胡風）和朱企霞夫婦。茅盾到神戶來接我，我給他介紹張光人，他們就這樣交上朋友」。茅盾和胡風這次結識，後來曾多次發生衝突。而且後來在他和秦德君關係中，胡風也扮演了一個角色：

〔註 19〕即陳望道的夫人吳庶五。

他最先在《新文學史料》上公開挑明了「同居」問題。

這時國內和日本兩個客觀環境都發生了重大變化。

在國內，中國共產黨實行以農村包圍城市戰略，建立了以井岡山爲中心的江西革命根據地。並不斷向贛、閩、湘等地擴展。國民黨方面蔣、汪聯合後，蔣介石攫取了黨中央主席、軍事委員會主席和國民政府主席「三權」合一的地位。又聯合馮玉祥的西北軍、閻錫山的晉軍與李濟深、李宗仁的桂軍，打倒了北洋軍閥政府。張作霖退回東北途中，被日軍炸死。隨後張學良易幟與蔣聯合。但蔣介石立足稍穩就玩弄狡兔死走狗烹權術，步步緊逼，限制了馮、閻、李等的權力。一九二九年三月，蔣介石軟禁了李濟深，引發了四月份的蔣桂戰爭。五月起，蔣介石又發兵討馮，逼使馮玉祥通電下野。十月份，馮玉祥部下宋哲元通電反蔣，再次爆發蔣馮之戰。蔣介石內部矛盾的不斷激化，使他難以全力對付共產黨。白色恐怖逐漸減弱，通緝令的執行也打了折扣。中共中央又指令江蘇省委宣傳部著手糾正文藝上的「左」傾思潮。在黨內批評了創造社、太陽社的黨員們對魯迅、葉聖陶、郁達夫和茅盾等進行批判的錯誤；從而結束了歷時經年的「革命文學」論爭。爲文藝界加強團結，促進聯合，創造了有利的局面。這一切，改變了茅盾有國難投，有家難回的處境。於是去蘇聯、回國和繼續留在日本這三條路就擺在茅盾、秦德君面前，必須做出最後的選擇。

這時日本的環境急劇惡化。秦德君回憶說：「一九二九年，由於叛黨分子×××的出賣，日本進行大檢舉。」「經過了一九二九年冬的日本大檢舉，在日本的中國共產黨組織被『一網打盡』。我的日文老師漆湘衡、袁文彰被捕，和我們經常往來的沈啓予也被捕了。」「在日本的中國共產黨組織完全破壞。」去蘇聯的希望，已成泡影。楊賢江夫婦等這時也先後回國。我們「頗感身在異國爲異客之伶仃寂寞。我們從冷落的高原町遷居到熱鬧些的一所二層樓房」，房租「比高原町增加了四倍」。「加之日幣通貨膨脹，筆耕所入，生計日感拮据。況且，茅盾家裡上有老，下有小，」「迫不得已，不能不作歸計。」這時「我又懷了茅盾的第二個孩子」。而孔德沚也已經知道了丈夫和秦德君同居的事。老太太也出面直接干預。這也促使茅盾必須做出決斷。

茅盾赴日本後，孔德沚挑起兩個人的擔子。既要伺奉婆婆，教育子女，又要繼續承擔黨交給的工作。白色恐怖下，做地下工作又談何容易。何況她還要養家餬口。那時她和太陽社的錢杏邨在一個黨支部。文藝界批判魯迅、茅盾與黨內的「左」傾有關，孔德沚是既有所聞，也有所感。這又加重了她的精神痛苦：爲遠在日本的丈夫的命運擔心。但孔德沚潑辣敢幹。她先在黨辦的工人夜校教課。後來組織上爲讓她有點經濟收入，又安排她在黨辦的女子職業中學任教導主任。這是個弄堂學校，性質類似茅盾一九二一年所教的平民女校。校舍很小，進了學校的小鐵柵門，就是一個大房間，用隔板隔起來是兩個辦公室，一拉開隔板就是大教室。學生是十五、六歲不到二十歲的女孩子。多是革命者的子弟，爲將來培養革命後備力量的。

因此也頗引起當局的注意。據韋韜同志回憶，孔德沚有多次脫險的經歷。如一次她剛進校門，就有便衣盤問她是什麼人。幸賴一位教師出來打岔，纏住了那個便衣，使她得以乘機脫身。還有一次，學校遭到破壞，軍警進去搜查。這時孔德沚從家來校上課，門口菸酒小店的老闆和她極熟，趕緊叫住她說：「孔先生，您可不要進去，裡邊闖進許多警察，氣勢洶洶，您可要當心！」孔德沚立刻躲了，逃過這次難關。

這些驚險遭遇，孔德沚還能承受。最難承受的，是丈夫和秦德君同居的事實。開始她只是聽到傳聞，她和婆婆都半信半疑。葉聖陶和胡墨林夫婦也開導她；怕她過分痛苦，所以封鎖了消息。茅盾通過葉聖陶發表的文章所得稿酬，葉聖陶總是不全寄茅盾，留下一部分交給孔德沚，以維持他們祖孫三代四口人的生計。然而秦德君回來打胎，並到葉聖陶處取款，就無法再瞞了。這證實了孔德沚聽到的傳聞，對全家人都是晴天霹靂。母親和孔德沚做出的強烈反應，也迫使茅盾必須當機立斷。

但茅盾的最後決定，遲遲拖到一九三〇年才做出。而且促使他下決心的最主要的原因，不僅是上述外部條件，也是他和秦德君之間關係不諧和的內在條件所致。

九

在愛情婚姻經歷中，如果在婚前雙方相處時間不是十分充分，則婚前的相戀階段，雙方顯示給對方的，多半是正面的東西；負面的東西若非有意隱藏，則也被一方的自控力和對方的感情色彩與理想化意識所掩蓋。所謂情人眼裡出西施，就是這種情感壓過理性的心態的生動寫照。茅盾和秦德君在東京相戀與到京都剛同居時，就處在這種情態。但是同居既久，亦同於婚後既久。一天二十四小時的直接相處，了解對方的機會與角度，多了好幾倍與好幾重。初戀時的理想化色彩漸漸淡化；有意無意的自我抑制力逐漸鬆弛。由於種種原因，被掩蓋了的負面的東西，卻日漸顯現。這時詩意的朦朧，就被散文化的寫實所沖淡、所代替了。這時彼此的了解，才可能是完完全全實實在在的。性格的差異，人生觀、價值觀的差異，就使和諧音中偶爾迸出不和諧音。由差異轉化爲矛盾的事，就常常出現。到一九二九年下半年和一九三〇年初，茅盾和秦德君的關係，就出現了這種情態。

在秦德君的四篇回憶文章中，充滿了許多對當時的茅盾的貶低甚至醜化的描寫。這些文字可分爲兩類。一類是毫無事實根據，她卻如沈衛威當面向她指出的：「因愛不成反生恨」；出於報復目的：或故意醜化；或無中生有；或貶低對方，抬高自己；以敗壞茅盾的形象與聲譽。另一類則確實是她當時的認識、感受或猜疑。但她那時從做長久夫妻之功利目的出發，或容忍，或當面發作過指責過，因此而傷了感情。秦德君的文章中，兩類例子都比比皆是。寫茅盾的形象，她多次用「刀筆吏」、「算命先生」相比，說茅盾品格，她就用「愛錢、愛官」，「是鄉間那種小商人意識。」「會使政治手腕」等評語。說茅盾行事，她列舉過這類事例：「把老婆當成女奴使用，」把她也當成「料理博士」。

秦德君一邊想和茅盾做夫妻，一邊又心存上述種種非議與貶意。但她又非城府深、善裝假的權術家，而是個如魯迅所說，「敢說，敢笑，敢怒，敢罵，敢打」、「是黃鶯便黃鶯般叫是鴟鴞便鴟鴞般叫」的潑辣女性，心有不滿，便會發作。同居時久，矛盾也就漸多。久之怎能不摧殘本不鞏固的感情基礎？對此秦德君也坦率承認。從她的文章中，起碼暴露出以下三點嚴重影響了他們的同居關係。

一是性格的原因：沈衛威曾直率地問，你們分手，「沒有你性格氣質上的原因嗎？」秦德君說：「有，這也許是我一生不幸的原因之一，我對所愛的男人很痴情，也很輕信，爲愛情我常是什麼都不顧，很少考慮後果。」「分手的原因是多方面的，我也有責任。」「茅盾說我是『暴君』一事，語出胡蘭畦。」「是指我脾氣暴躁，不易馴服。據胡蘭畦告訴我，是在一次她和茅盾會面時，茅盾說我個性強，太硬了，他隨口說出『德君』的脾氣倒像『暴君』」。「因爲我們家族中女性多暴烈脾氣。我的遠祖出了女將秦良玉。」〔註 20〕

二是品格方面的原因：他們同居前，秦德君明知茅盾有妻室子女，茅盾也當面說清了這件事。她從自己需要計，當然希望茅盾與孔德沚離婚和自己

〔註 20〕《對話錄》（一）、（四），《許昌師專學報》90 年第 2 期，第 55 頁、91 年第 2 期，第 73、75 頁。

結婚，但爲此對孔德沚無端攻擊，效果卻適得其反。她和孔德沚並未直接相處，更不了解。但她說孔德沚有外遇，而且不只一個！茅盾和孔德沚一起長大，婚後孔德沚先是在故鄉和婆婆朝夕相處。到上海後除婆婆外又和茅盾朝夕相伴。茅盾赴日，除婆婆外兩個孩子漸大，周圍又都是茅盾的朋友。她從未招到任何閒話；她始終像舊女性般抱定從一而終的操守，對此茅盾心裡很有數。秦德君誣人清白之言，效果適得其反，倒使茅盾對比了兩人的品格。

三是處理關係的態度方面的原因：作爲「第三者」，如果眞心愛茅盾，就該毫無私心地關懷體諒他。對其原有婚姻的處理，不論從道德還是從人情上說，不僅要厚道，而且要穩妥；假以時日，絕不過分傷人。但秦德君操切催逼，相煎甚急。其至以自殺相逼。這加劇了茅盾進退兩難的狼狽處境，當然更會傷感情。

秦德君這些弱點的日漸暴露，與孔德沚的高姿態恰成對照，操之愈急，離心作用愈大。

於是分手的悲劇，日益加速地變可能性爲直接現實。

第六章　快刀斬亂麻的決斷
犧牲難避免的結局

在一九三〇年，茅盾從四月初回國，到八月回家，這四個月的生活是難熬的。對孔德沚和秦德君也是同樣：因爲兩人中，必有一個得做出犧牲。這種情感與命運的較量是殘酷的。但不論結局如何，茅盾難免被其中之一個指責爲負心人。但他又必須快刀斬亂麻做出決斷。他當然想處理得盡可能妥善。然而他在文章中所憧憬的那「執中」的方案，始終沒找到，也永遠不可能找到。

一

筆者敘述這段歷史，也面臨兩難地位。因爲迄今爲止所能找到的當事人和知情者提供的材料，幾乎是完全對立的。茅盾對此事未留一個字。

秦德君作爲健在的唯一當事人，其文章發表在孔德沚和茅盾謝世之後，成了死無對證的一面之詞。她說：回上海時，「我又懷了茅盾的第二個孩子。他的『野貓』〔註1〕以兩千元離婚費未付爲理由，朝朝暮暮來哭訴，討取風流債。」「據茅盾說，是她那姓盧的愛人死了，雖然又有一個姓張的，又嫌新人不如故，想破鏡重圓。以討債爲藉口。」「『野貓』就是愛錢，難纏得很，糾纏起來，性命交關。」「他的『野貓』朝朝暮暮，日日夜夜的跑來放潑打滾，討取風流債，胡鬧，攪得我們什麼事也幹不成。逼得茅盾揪心，狼狽不堪，再加上封建勢力和經濟壓迫與誘惑。」「我的侄兒秦國士也吵吵鬧鬧逼我回四

〔註1〕這是秦德君對孔德沚的蔑稱。

川老家看母親。茅盾又彷徨起來了。只是他的『野貓』滿身錦繡綾羅，珠圍翠繞，小腳上也套上金鐲子。我想，我的偉大革命前程，豈能婆婆媽媽的，跟她比金銀珠翠飾物，革命未成，何以家為？我就提出他們破鏡重圓，茅盾不同意，向我下跪，但又對付不了他那『野貓』的疲勞轟炸。他就憂心忡忡地說：『野貓』放起潑來，不擇手段，有一幫吃歪醋的女惡棍。要警惕她們糾集起來襲擊，以政治手段來迫害我們。接著他就跪在我的眼前地板上發誓：『此生不愛第二人。』要求我和他訂四年之約，他以四年工夫來寫作，把稿費還清她兩千元，我們再圖百年之好。茅盾說：『這樣做，她就不會陷害我們了。否則，她飽食終日，一天到晚，去東家，串西家，胡說八道，造謠生事，多麼危險呢？』」「我被茅盾糾纏不過，的確也心痛他辛勞憔悴，日子過不安寧，還說得上什麼寫作呢？」「我只好同意他的四年之約。」「這是一九三〇年的八月在上海，我約茅盾和孔德沚（野貓）三個人一起到虹口公園，茅盾對孔德沚不理睬。我們三個人坐一條綠色橫條木料長椅，我在中間，茅盾還是繃起臉不理姓孔的，我就站起來把他們拖攏來擠在一塊兒，我就走了。就這樣破鏡重圓的。」「茅盾護送我到四川路福民醫院，仍然找日籍醫生『板板』做人工流產手術。」「他痛哭流涕地表示捨不得。留在醫院裡陪我的三天裡，灑不盡的鱷魚淚，他說他母親反對他把我懷的孩子打掉。他回答：不得已啊！好在四年之後我們就會團圓的。」

「一星期後，我隻身從醫院出來，回到楊賢江家裡四壁蕭條的三層樓上，哎喲喲！人去樓空，使我倍感淒涼。我顧不得休息，就下二層樓去找楊賢江打聽組織的事，楊賢江沉重而又惘然地沉默很久，慨然嘆息說：『北歐女神上當啦！茅盾是個被開除黨籍的叛徒哪！『四一二』事變的動蕩中，黨的工作轉入地下，組織派他到安徽做祕密工作，給他一筆錢，他就捲款潛逃到牯嶺。』」「我的天哪！忽然這樣一個晴天霹靂，在當時使我感到黑了天了！政治生命被摧折，愛情給狗吃了，千瘡百孔的心，排遣不開。我就順手把茅盾忘記帶去的兩小瓶安眠藥，共計二百片，打開曬台上的自來水管，雙手捧水，把兩小瓶安眠藥片一齊送進肚裡。心裡想，只怨自己有眼無珠，上了賊船，真是『紅顏薄命』哪！」「當我甦醒過來，」大夫說「你在這裡一個星期了」。「我大哥秦希文烈士的遺孤秦國士跪在地板上給我揉傷口，他說我奶奶已經十二年沒看見我了，天天在家哭，想念我。於是他背我上船，登上回四川的路途。」孔德沚還派人「逼我立刻滾蛋，胡說什麼永遠不准再來上海。」（《櫻蜃》）

知情者和直系親屬們提供的情況，倒眾口一詞，但和秦德君的說法截然相反。一九九一年在南京召開的茅盾研究國際學術討論會上，爲澄清這些問題，筆者參預主持了一個座談會。除與會學者外，有兩位與茅盾和秦德君都熟悉，在日本和上海都目睹了茅盾與秦德君同居始末，以及孔德沚處理這問題的過程的老前輩：錢青先生、黃源先生，以及茅盾的兒子韋韜〔註2〕同志，都出席了全議。會上錢青先生詳盡介紹了情況。這些情況有她目睹親聞的第一手材料；也有她聽知情者葉聖陶先生、楊賢江的夫人姚韻漪先生、茅盾的表弟也在日本和秦德君與茅盾直接相處過的陳渭清先生，以及茅盾家的僕人所介紹的情況。她還看過陳望道夫人吳庶五先生敘及此事的親筆信。對錢青介紹情況的發言，黃源先生當場表示：和他了解的情況一致。韋韜同志也說，和他的記憶，他從母親以及葉聖陶等前輩那兒了解的情況相一致。錢青先生的發言已整理成文章。現摘引於下：「茅盾夫人孔德沚是我小時的同學；茅盾之弟沈澤民的夫人、紅軍將領張琴秋是我的表姊，因之得與茅盾相識。姚韻漪（按：楊賢江夫人）是我中學時的音樂教師。我喜歡音樂，故與姚韻漪特別熟稔。當時在茅盾家〔註3〕見到一位年輕女士，……姚韻漪告訴我那是秦德君。」「他們一到京都便同居了。」「我與同學去京都茅盾寓所時，見茅盾生活儉樸。雖然寫作極忙，但飲食起居，有時也須自己料理。我們在他家午膳。他抄的牛肉絲既鮮且嫩，味美可口。」「我和陳渭清閒談時，提起茅盾流亡東京時，陳渭清那時適在東京留學，他說：茅盾那時非常忙碌，他正在寫《自殺》、《從牯嶺到東京》等稿件，醞釀，寫稿，煞費時日。有人說他朝朝暮暮往女生宿舍跑，還說他和一個女人常在電影院裡廝混。我知道茅盾是一位謹言慎行的高尚之士，絕不會如此輕薄。另一位當時在東京的王君說：『是那女人追求茅盾，追得很緊，很熱情，很瘋狂，他們後來到京都同居了』。」「據姚韻漪與其友人告訴我，孔德沚自知道茅盾在日與秦德君同居，焦急痛苦。但她志不短，氣不餒，便出外做黨的工作，一方面向茅盾摯友葉聖陶、鄭振鐸〔註4〕等求教。葉、鄭勸她冷靜思考，共商對策。一九三〇年茅盾將回國時，他們一同商量如何迎接茅盾回家。他們勸德沚，茅盾回來時，準備好較豐盛的家鄉酒菜，請他回家用膳。姚韻漪說到這裡，我不禁驚異地問道：德沚做

〔註2〕他名沈霜，後改韋韜。

〔註3〕此處說的「茅盾家」，是指在日本京都借住楊賢江家；後邊說的「茅盾寓所」，是指他們由楊家遷出後租住的寓所。

〔註4〕那時國內政局和緩些，到國外暫避的鄭振鐸已返回上海。

得到嗎？姚繼續說，德沚也是無可奈何啊！當時，茅盾偕秦德君同來，一同進餐，飯後，二人竟然提起物件，揚長而去。這時德沚忍無可忍，痛哭不已。經婆婆勸慰，才結束了這一傷心的場面。」韋韜同志補充了一個情況：「母親請他們回來吃飯前，曾囑咐我和姊姊：你爸爸同一位秦先生一塊回來吃飯。你們對秦先生，一定要有禮貌。爸爸和秦先生來時，我見了她，就恭恭敬敬地鞠了一個躬。我姊姊比我大，懂事多，她生氣地一扭頭走開了，不理她。由此可看出我母親的態度和度量。」錢青繼續回憶道：「後來德沚又聽從葉、鄭諸位的勸導，忍氣吞聲地經常送去茅盾喜愛的家鄉菜餚，茅盾常穿的桐鄉湖州絲綢之鄉出產的絲棉衣被，茅盾喜愛的生活用品。且一如既往地體貼周到地照料茅盾。這既是葉、鄭等老友的勸告，但也確實是德沚對茅盾多年夫妻情愛的流露。但另一方面，恰恰與之相反，秦德君見狀，怒火中燒，日夜吵鬧，致使茅盾坐立不安。她甚至閉門自殺，茅盾急得破窗而入，急急救援。兩相對比，茅盾感到露水夫妻，不能久遠。茅盾要秦德君兩次墮胎，這就說明茅盾對秦德君的情義與態度了。茅盾給胡風的信上稱秦德君爲『暴君』，也是因這種感受而發出的憤怒之聲吧！」「茅盾的母親是一位早年熟讀經詩，深明大義，思想進步，家教極嚴的典型的賢妻良母。茅盾在嚴謹的家庭教育中成長。他去北京大學攻讀，在上海商務印書館工作，直至與孔德沚結婚，從來未聽說有何越軌行爲，甚至無一女友。後來爲革命奔走，至廣州，去武漢，交際廣遠，寫的小說又多係女性，觀察入微，描寫生動，但也從未聽說他與任何女人有染。亡命日本時遇到的卻是一位情場能手，久經風雨，茅盾自然就敗下陣來而被俘虜了。茅盾事母至孝，當茅盾回國後，母親觀察了一些時日，便嚴肅而動情地告誡茅盾：你自幼喪父，我含辛茹苦撫養你長大，又教你詩書禮儀，處世之道，現在你棄妻拋子，摧毀這美滿家庭，於心何忍！應知道糟糠之妻不下堂，你應回心轉意，歸家團聚，負起家庭責任，這才是正道。我年事已高，想回故鄉休養，這個家從此交給你和德沚了，你們自己料理一切吧。母親這時已泣不成聲。德沚與孩子們都痛哭不已。如此更堅定了茅盾與秦分離，回家團聚的決心。這是曾爲茅盾文書的鄭明德與梁閨放和茅盾家的傭人告訴我的。」「姚韻漪還告訴我：茅盾與秦感情破裂，只得二人協商分手，秦德君回四川，約定茅盾到碼頭送行。但到了秦啓程之日，茅盾未去。茅盾請人攜一筆錢款贈送，因爲當時蔣介石的通緝令未解除，茅盾恐遭不測，另一原因，茅盾曾說，這也表示了與秦德君決裂的決心。」「一九六三年秋，十月中旬的一個星期天，朱文叔老師在景山東街高等教育出版社寓處邀請葉聖陶、姚韻漪和我午餐。葉老是出版社社長，朱文叔任副社長。席間，偶然談起茅盾與孔德沚。葉老談到三十年代茅盾重返家園之事，與此前姚韻漪和梁閨放所說基本相同。」〔註5〕

韋韜同志告訴筆者說：「根本沒有我母親要錢離婚的事。我母親一心一意要父親回來。他倆商定，給了秦德君兩千元錢。秦德君反而說是我母親要錢。事情完全顛倒了嘛！那時我父親和母親已經和好。父親經常回家。有一次我冒冒失失闖進屋裡，見父親母親擁抱接吻，我趕緊跑出來。但是非常奇怪。那時我還小，以爲戀愛時才這樣，年紀大了怎麼也這樣？很奇怪！其實這時他們已經和好了。」

二

上述兩方的說法，紛繁矛盾似亂麻，只有從當事人基本態度與取向考察，才可能辨明眞僞，理清頭緒。

孔德沚比較單純。她無條件接受了包辦婚姻，既不能按個人意願選擇丈夫，也不能完全按個人意願塑造自己，所幸婆婆丈夫人都好，幫她選定了較理想的人生道路，實現了人生價值。所以她對丈夫從無貳心。面對婚變危機，有婆婆做主，有葉聖陶等老朋友幫她抉擇動之以情、說之以理以求丈夫回心轉意破鏡重圓的方案。此方案也明顯奏效。她無需哭鬧，也不可能搞政治報復。她是地下黨員，那時是蔣政府當政，她怎麼搞政治報復？所謂兩個外遇，所謂珠翠滿身，所謂以索兩千元爲條件同意離婚，都沒有事實憑據。

秦德君這方也不複雜，儘管她對茅盾充滿怨氣，對孔德沚誹謗誣蔑，但其目的與孔德沚同樣。她要茅盾與孔德沚離婚。和自己結婚。秦德君執拗剛烈，也比較精明，哪裡會接受毫無保障的「四年爲期」再重圓舊夢的空言？她一方面說：是她主動促成茅盾與孔德沚破鏡重圓，茅盾卻不肯；但另方面又說：是她「被茅盾糾纏不過」，只好同意他們夫妻和好；自己則等待茅盾實現「四年之約」。如果眞是她高姿態，她的自殺行動就不好解釋。求生欲望，人皆有之。但茅盾既生離異之心，孔德沚又占天時地利人和，這場「三角競爭」，至此秦德君已處絕對劣勢。自殺是爲了結束痛苦。並非因楊賢江說茅盾

〔註5〕錢青：《茅盾流亡生活中的一段插曲》。

是叛徒所致。她肯墮胎是事出無奈。對這一切，茅盾當然也負有責任。

那麼對茅盾該怎麼看？過去包括筆者在內，基本上是爲賢者諱。因而既不公正，也很難實事求是。近來則又有人走向另一極端，頗有以披露偉人、名人之隱私而譁眾取寵，用什麼弗洛依德學說和什麼「戀人情結」標新立異，藉以沽名釣譽者。以上兩種態度，都易混淆視聽，故均不足爲訓，現在我寫茅盾這段歷史，所要求於自己的，是實事求是，有幾說幾；以事實爲基礎，放到當時特定環境中去剖析。既求合情，也求合理。力戒以今人的眼光與價值觀，去評判逝者的是非。

我認爲茅盾和孔德沚都是封建包辦婚姻的受害者。秦德君最初則是被流氓無賴所害的被侮辱與被損害者。茅盾和孔德沚，童稚時代即被定了終身，這是其婚後生活有不和諧音的起因。對此他倆誰都沒有責任。茅盾肯於接受這包辦婚姻，且把改造妻子爲理想的愛人爲己任，其高尚的道德品格與寬闊的胸襟，常人難及。茅盾婚後感到不滿足，是必然的，可以理解的。有這樣的肯定爲自己犧牲的丈夫，是孔德沚的幸運。她忠貞不貳，求白頭偕老，是本份也是品德。肯原諒有過外遇的丈夫，力求破鏡重圓，既是她合情合理的要求與權利，又是她的大度。所以茅盾能浪子回頭，與孔德沚這種人格感召力不無關係。

茅盾是封建包辦婚姻制度的受害者，他當初若不肯從人道主義出發接受包辦婚姻，他完全有這個權利，他也會獲得選擇理想愛情的自由。但他既選定承認此婚姻，並爲自己培養、創造個愛人的道路，就背上了道德的責任與義務，並應受其約束。出於愛情之不滿足而越雷池，受秦德君愛情與性格之吸引，並且在特殊條件下和她同居，可以理解，卻不足爲訓。他此舉既負孔，也負秦。負孔處，在用情不專；負秦處，在情感奉獻不全。故相愛與同居伊始就無善始善終之保障；就有分道揚鑣釀成悲劇的基因。秦德君所委身的既是有婦之夫，就應該有侵害別人的權利的自覺意識，和結局未必美滿的思想準備。她那種理直氣壯地要茅盾棄妻再娶的態度是失當的。而茅盾則應該具備既有負於妻，也有負於情人的自省意識。因此，不論選擇什麼前景，茅盾都處在兩難境地：都無法逃脫甲或乙以「負心」相指責的命運和被動地位。在亡命日本，與家國隔絕時，他那被包辦婚姻所壓抑的愛情慾望迸蕾綻花行爲，是可以理解和原諒的。但不能說一定是合理的和應該的。對此，茅盾心裡未必不清楚。回國後條件變了，社會輿論的監督，道德的束縛，母與妻的責備，子與女的無形壓力，都促使他考慮辜負秦德君，與孔德沚破鏡重圓的問題。而秦德君性格的缺陷，與處理三個人關係的失當行爲，則加強了茅盾對她的離心力，與對孔德沚的向心力。何況，葉聖陶等老友幫孔德沚確定的人情感化方式，與母親從倫理道德高度，責以理動以情，怎能不打動茅盾之心曲？故兩女性之一必做犧牲之結局，是難避免的。和秦德君分手，茅盾很難毫無留戀；若和孔德沚離婚，他更難決斷。但茅盾既處在兩難之間，又必需快刀斬亂麻，當機立斷。

三個人的三種不同的愛情婚姻經歷中的悲劇內涵，都植根於封建包辦婚姻制度。不論是誰，其個人失誤，都是居第二位的因素。今天回顧這段悲愴的歷史，面對茅盾身後還有秦德君那些文章造成的文壇糾葛，站在歷史高度，應作如是觀。

這裡有個費解的問題，就是楊賢江扮演什麼角色。他和茅盾是商務時期的老同事，中共上海兼區執委會領導班子中的老戰友老上下級，由此而成爲老朋友。茅盾和秦德君同居，在日本和上海，他還兩度提供住處。茅盾也一向把他當好朋友，直到一九三一年他逝世。但秦德君說，在茅盾不辭而去時，楊賢江對她說，茅盾是被開除黨籍、攜公款私逃之叛徒，到底是耶非耶？若說秦德君之說有誤，但鄭超麟回憶錄中，也說一九二九年楊賢江從日本回國與他晤面談及茅盾時視茅盾若仇敵。這又怎麼解釋？若說鄭和秦所說都屬實。那此前此後，楊賢江爲什麼一方面表面上都和茅盾朋友相處；一方面又背後嘀嘀咕咕？何況茅盾脫黨，他在京都時就知道，他和秦何嘗不是脫黨？若說他相信茅盾是所謂脫黨叛變攜款私逃，那爲什麼不在京都時提醒秦德君，而是在其分手時才說？此時此舉，若說不是挑撥，也是雪上加霜！因此在茅盾秦德君之關係中，楊賢江是否扮演了不光采的角色？「文革」中秦德君對茅盾的誣詞，最早的「根據」是否可能就是出自楊賢江之口！但楊賢江早於一九三一年逝世，鄭超麟與秦德君的說法，也死無對證。

茅盾等三人的這段歷史，是特定時代與社會制度造成的社會現象。從中發掘其歷史內涵，可以前鑑後。而明辨其是非眞僞，則便於後人接受經驗與教訓。

三

秦德君走了。茅盾搬回家和親人團聚。

他剛回上海時，馮雪峰住在他家。當時馮雪峰抵滬不久，經黨組織安排，擔任黨和魯迅之間的聯絡員。他當時生活拮据，爲和魯迅就近聯繫，一九二九年二月，經柔石介紹，和孔德沚商量，在沈家暫住。孔德沚見這是地下黨工作需要，馮雪峰又阮囊羞澀，就把假三層那間房讓給馮雪峰，不收他的房租，自己搬到二樓和婆婆一起住。

茅盾剛回上海時，因秦德君問題尚未解決，暫借住楊賢江家。他和馮雪峰雖是初次見面，卻一見如故。馮雪峰當即表示他馬上搬走。茅盾則請他仍住自己家。反正自己不能馬上回來。茅盾搬回來之前，馮雪峰已搬走。但和茅盾的交往，卻日益加深了。在左聯時期，他們之間，以及他們和魯迅之間，相互配合，做了許多大事。左聯形成鼎盛期，與此合作大有關係。

茅盾回家後，一切恢復正常。這時沈霞九歲，沈霜七歲，都上小學了。孩子們下學，茅盾也放下手頭的工作。老少三代熱熱鬧鬧地吃飯。飯後則熱熱鬧鬧、親親切切地談話。在溫馨的氣氛中，共享天倫之樂。

這時蔣政府與把握地方政權的南北新軍閥，正不斷內戰，民間的政治空氣稍稍緩和。但通緝令並未解除，對地下黨的防範鎮壓仍未放鬆。景雲里雖有魯迅、葉聖陶、周建人等老友，就近聯繫方便；但住戶中多商務印書館職員。茅盾既無法再像從前那樣隱居而足不出戶，又無法公開走動以防暴露。遂決定另找寓所。五月中旬，他們遷到靜安寺附近一所有假三層的樓房，但此處離學校太遠，兩個孩子暫時輟學。加之房租昂貴，母親說她要回故鄉去。讓兒子另找小點的寓所。此舉恐老人另有深意：藉此鞏固其夫妻關係。老太太主意既定，誰也挽留不住，只好由孔德沚親自把婆婆送回烏鎮，做好安置。

九月份他們再次遷居到愚園路口樹德里一家石庫門的三樓，連過街樓共是三間。二房東是寧波籍商人，茅盾仍用在日本時的化名方保宗，說是當教員的。二房東見他文質彬彬，深信不疑。他們家安靜，二房東非常滿意。相處期間相安無事。孩子們也就近找到合適的學校。茅盾則在家安心寫作。

這時孔德沚的生活變化最大，實際上是其人生道路的又一個轉折。也許是接受了婚姻生活發生變化的教訓，也許因婆婆回到故里，她自己則從家庭主婦理應主持家務的舊道德觀念出發，總之她毅然挑起照顧丈夫子女的擔子。不再擔任黨交給的社會工作，也不再參加組織生活。集中精力管家理財，從此失掉黨的關係。晚年她對此追悔莫及，但當時她也許事出無奈。

那時經濟拮据，物價昂貴。家庭收入僅靠茅盾的稿酬。她不能不精打細算。但孔德沚把一切處理得妥妥貼貼。剛結婚時，她對家務一竅不通。經過向婆婆學習多年，她成了一把好手！她燒得一手好菜，學會了「吊」皮襖，做絲綢綾羅衣服和絲棉衣褲被褥。茅盾雖是新派人物，外出也西裝革履；但家居常穿中式衣褲，特別是冬天的絲棉襖褲，都是孔德沚一針一線親手縫製。開始時家裡仍雇女傭，大都來自農村，人很老實，但營生不行。孔德沚多方調教，直到烹調、家務精通爲止。她性子急躁，要求也嚴，方法難免失當。不懂事者不久即辭去。聰明者則耐著性子學習，遂獲一身本領。當中先後用過三、四個女傭。在沈家做事稍長者，別家爭相雇用。說沈太太調教的女傭是高水平。孔德沚也因善治家理財，而在親友故舊中廣負盛名。這也難怪，她以從事教育工作與地下工作的潑辣幹練的能力，操持一個小小的家，當然遊刃有餘。

她照料茅盾無微不至。這時茅盾身體欠佳，神經衰弱、眼疾、胃病等陳年老病一齊發作。孔德沚照料他護理他頗爲經心。自回國後，經過一段思考與生活積累，茅盾的創作漸多。而且三十年代是茅盾理論、創作數量質量均達巔峰的時期，長篇大著連連推出。除個別短小文章外，發出的稿子均是孔德沚的親手抄清的誊寫件。茅盾是中國現代文學史上手稿保存最多最好最完整的少數作家之一，這首先應歸功孔德沚以抄件作發排稿，經心保存手稿之勞。我有幸翻閱了《子夜》手稿，娟秀挺拔的文字很少修改。讀來眞是美的享受。抗戰爆發他們離滬前，把《子夜》手稿交銀行存在保險櫃中。連茅盾的小學作文之能得保存，也是孔德沚在故鄉託故舊妥爲保存的結果。

婆婆住在烏鎮，他們很不放心。茅盾既忙，又因受通緝不便行動。孔德沚就擔起時時返里探親的任務。故鄉親友交際，房屋店鋪照料，都由她兼顧。婆婆每年或隔年總來上海一次，都是孔德沚回烏鎮接送，這一切使茅盾解除了後顧之憂。這時家裡用不起女傭。家務全由孔德沚料理。每逢她回鄉看婆婆，就得茅盾下廚做飯了。他極善烹調，錢青的回憶錄前面已引證過。他做好飯菜，孩子們每人一盤。韋韜告訴筆者一件趣事。就是茅盾非常節約：吃完飯的盤碗，必叫孩子們舐光。這條戒律須等到母親回來才能爲姊弟倆解除。

夫妻之間偶爾也發生小磨擦，韋韜說：「有一次不知爲什麼事，爸爸、媽媽發生口角，我嚇哭了。爸爸說，好，把你丢下樓去！我嚇得大哭。媽媽就拉著我，讓我穿衣服，說：『我們走！』然後小聲在我耳邊說：『騙騙他的！』後來也就完事了！但平常並沒有什麼矛盾。」家庭生活充滿溫馨寬鬆氣氛。

孔德沚仍和婦女界保持密切聯繫。像胡墨林、陸綴紋、陳雲裳這些老朋友就不用說了，像孫夫人宋慶齡、魯迅夫人許廣平等處也都常保持聯繫。幫助他們做事，保持宋慶齡、魯迅與茅盾的密切聯繫。她與楊之華過從更密，有一段楊之華和瞿秋白就住在茅盾家。所以孔德沚不僅是茅盾的賢內助，也是他的「外交使者」。

四

茅盾回國時左聯已經成立。但他去拜訪魯迅時，魯迅卻隻字未提。倒是馮乃超通過楊賢江約他晤談。兩人此前曾有過筆墨相交，但這是他們首次見面。寒暄過後，馮乃超就說：他是代表左聯來邀請茅盾參加此組織的。他介紹了左聯籌備經過，出示了一份書面的「左聯綱領」，徵求茅盾意見。茅盾看過後說很好。馮乃超問茅盾願不願加入，茅盾說：「按綱領規定，我還不夠資格」。馮乃超說：「綱領」是奮鬥目標，只要同意就行了，你不必客氣。茅盾無法推辭，就同意加入了，事後他才了解了其中的實情，他明白了爲什麼魯迅不肯提及此事。

自「革命文學」論爭後期把矛頭指向魯迅、茅盾、葉聖陶、郁達夫，黨中央就直接干預制止此事，並派人對創造社、太陽社中的黨員做了大量工作，批評他們過「左」的行爲，和對代表「五四」傳統與方向，是文藝上一面旗幟的魯迅的不尊重態度。並且還採取組織措施，派馮雪峰做黨與魯迅之間的聯絡員。這也是因爲馮雪峰既對魯迅有充分的認識與尊重，保持著良好的關係，也因爲他對創造社、太陽社的過「左」行爲持批評態度。他一九二八年的文章《革命與知識階級》就是針對這些偏向給予糾正的。經過一段工作，關係緩和下來，建立文藝統一戰線的條件漸趨成熟。中央派中宣部幹事兼文化工作委員會書記潘漢年同志和馮雪峰等中共江蘇省委上海閘北區委所屬第三街道支部的成員（這裡多是創造社、太陽社的黨員，孔德沚當時也在這支部裡）著手此事。潘漢年派馮雪峰請魯迅「出山」牽頭，打出左聯旗幟：既作爲十二位發起人之一，又是由七人組成的左聯執委會的首位領導人。但左聯內部原創造社、太陽社的成員，實際上仍不尊重魯迅，使他難以發揮領導作用。魯迅不參加他們的像黨團那樣搞的飛行集會、貼標語發傳單等過激的失去文學特點的活動，也不滿意於他們把葉聖陶、鄭振鐸這樣有重大影響的左翼作家關在門外的宗派主義態度。這當中起協調作用的，除代表中央的潘漢年外，就是在潘漢年領導下代表黨和魯迅聯繫的馮雪峰。

茅盾回國後，馮乃超出面邀茅盾加入左聯。但茅盾和魯迅同樣，也不滿意當時左聯的狀況。由於他也不願參加諸如遊行示威、飛行集會、寫標語、散傳單、到工廠去做鼓動工作等活動，也招來左聯某些成員的不滿。仍是由馮雪峰出面做解釋工作，說他年紀大，身體弱，不必要求他參加這些活動。茅盾在回憶錄中述及此事時風趣地說：「身體弱倒是事實，年紀大只能是藉口，那時我不過三十多歲〔註 6〕，參加個遊行，夜間去貼個標語，是完全能辦到的。」故他是有所不爲。這種情況到一九三〇年九月底，中共六屆三中全會批判了立三「左」傾路線錯誤後，並無多大改觀。這年十一月，蔣介石調十萬軍隊對江西蘇區發動第一次反革命「圍剿」。文化「圍剿」也全面展開。十二月十六日，公布了《出版法》44 條，反革命氣焰日甚一日。一九三一年二月七日左聯五烈士被祕密殺害。左聯盟員由九十多人降至十二人。在這關鍵時刻，黨調馮雪峰任左聯黨團書記，展開恢復發展隊伍的工作。五月下旬馮雪峰登門求帥，堅請茅盾出任左聯行政書記以加強領導力量。這時茅盾正醞釀寫長篇《子夜》，但他覺得形勢嚴峻，任重道遠，遂放下長篇計劃，挺身而出，挑起了重擔。

此前瞿秋白、沈澤民夫婦先後由蘇聯回國。四月下旬，沈澤民夫婦奉調鄂豫皖來辭行時，告訴了瞿秋白夫婦的新住址。茅盾和孔德沚立即去拜訪並作暢談。他們先後拜訪過兩次。話題重點都是《子夜》。第二次談了一個下午，晚飯後突然接到黨的通知：「娘家有事，速去。」這是地下組織遭破壞，要瞿秋白立即轉移的暗語。半夜三更，到哪裡去？茅盾和孔德沚就把瞿秋白夫婦接到家中。孔德沚讓兩個孩子睡地板；把床讓給客人睡。楊之華見他家擁擠，次日即另找住處，瞿秋白在沈家住了近兩周，對《子夜》的構思與修改，提了很多寶貴意見，提供了許多工農運動的情況。恰巧馮雪峰來送剛創刊的《前哨》，經茅盾介紹，兩人結識了。瞿秋白談起他想翻譯蘇聯文學。馮雪峰把遇到瞿秋白的情況立即告訴魯迅。魯迅「怕錯過機會似地急忙說：『我們抓住他』〔註 7〕」。經茅盾、馮雪峰介紹，魯迅也結識了瞿秋白，從此結下深厚友誼。並請他參加左聯領導工作。

左聯重振雄風，迎戰文化「圍剿」，形成大步邁進的黃金時代，根本原因是由魯迅、茅盾、瞿秋白、馮雪峰四位偉大文學家形成黨內黨外堅強的領導核心，實行強有力的領導的結果。在茅盾參預主持左聯領導工作期間，開闢

〔註 6〕 1930 年他 34 周歲。
〔註 7〕 《回憶魯迅》，《雪峰文集》4 卷，第 219 頁。

了文學陣地。首先創辦了《前哨》。後改《文學導報》。又創辦了由丁玲主編的《北斗》。在魯迅、瞿秋白、茅盾、丁玲參預討論下，由馮雪峰爲左聯起草並通過了《中國無產階級革命文學的新任務》〔註8〕的決議。茅盾還接受了瞿秋白的建議，寫了《「五四」運動的檢討》、《關於「創作」》〔註9〕兩文。這是茅盾回國後最早寫的兩篇大型論文。前者系統地總結了「五四」以來文藝運動的發展歷史，後者則總結了「五四」以來文學創作的發展歷史。由於他當時認爲「五四」是資產階級的革命（而不是像毛澤東後來判斷的那樣是世界無產階級社會主義革命之一部分的中國新民主主義革命的序幕），到「五卅」才崛起了無產階級革命運動。所以總體性質判斷有誤，故對成就的肯定偏低。但其許多經驗教訓的總結，不僅當時，就是今天看也有指導意義。

同年十一月十五日，茅盾在《文學導報》第八期上，又配合著左聯的決議，發表了長文《中國蘇維埃革命與普羅文學之建設》。它針對普羅文學存在的問題，提出作家深入生活與火熱鬥爭的要求，以解決克服缺點、加強作品思想性、眞實性與藝術性問題。在白色恐怖環境下，此文的要求難以實現。但此文是他寫《子夜》與《農村三部曲》、《林家鋪子》等重要作品的思想基礎，可和其創作對照著研究。

也就在和瞿秋白合作領導左聯時期，茅盾通過瞿秋白向黨中央提出了恢復黨籍的要求。但因當時中央被「左」的路線所統治，瞿秋白又被排斥在中央領導之外，因此未獲同意。瞿秋白勸他像魯迅那樣做個黨外布爾什維克，也能發揮重大作用。茅盾一向對黨並無貳心，他接受了這個建議，並體現在行動中，所以他發揮了黨員難起的作用。

這期間茅盾還介入了許多外部的與內部的鬥爭和論爭。前者如寫了一批批判國民黨御用文人發起的「民族主義文學運動」的文章。後者如一大批參預「文藝大眾化」討論的文章。兩者都起了很大的作用。

由於茅盾廣泛的活動，引起了國民黨的注意，並且派特務「盯梢」。所以他的「政治危險期」並沒有過去。但他堅定勇敢地迎著白色恐怖繼續戰鬥。

五

茅盾回國後的創作，有個曲折發展的過程。開始時是他難於適應國內的

〔註8〕刊1931年11月15日《文學導報》第8期。
〔註9〕刊1931年8月5日《文學導報》第1期和9月20日《北斗》創刊號。

局勢。短篇《喜劇》〔註 10〕有趣地折射出他的心境。它寫一個在「五卅」運動中被孫傳芳抓去坐牢的國民黨年輕黨員，一九三○年才被放出來。他發現許多價値觀念是顚倒的。當年許多老國民黨員被當成共產黨；而那些右派和反革命，卻成了掌握政權的「革命同志」。他本爲革命才坐牢，新政權卻把他當危險分子。最後有位發了財的老國民黨員給他指點「迷津」：冒充共產黨員去自首。他如法炮制後，從此同流合污，果然變被動爲主動。除作品的諷刺內涵外，它反應了茅盾回國後的困惑與反感，和對黑白顚倒、乾坤易位的政局所作的透徹分析與反應：喜劇把醜惡撕毀給人看！

這時他對變化極大的社會現實感到陌生。自己的創作該怎麼重新開始？他決定先寫歷史題材作爲過渡，這就是取材《水滸》的《豹子頭林沖》、《石碣》，和取材陳勝、吳廣起義的《大澤鄉》〔註 11〕。因爲觸及現實既不熟悉，受制也多；「舊瓶裝新酒」，也是創新嘗試。《大澤鄉》是以一九二六年以前自己研究國故時之所得以爲小說的。開篇後卻覺得非以長篇歷史小說形式，經年累月深耕細作，難反應這重大歷史事件。當時他靠賣文爲生，社會任務又重，只好放棄。遂把開端作爲短篇，應雜誌索稿之需，支持《小說月報》的版面了。不過由此茅盾積累了借古諷今、推陳出新的新經驗。

寫古不成，又轉而寫今。茅盾熟悉小資產階級知識分子，於是一九三○年十一月起寫中篇《路》。未及一半，老沙眼復發，中斷了三個月。到一九三一年二月八日卒篇。一九三一年六月到十一月又寫了另一中篇《三人行》。兩個中篇原來都想寫自己從未寫過的中學生。《路》接受了瞿秋白的意見，改爲寫大學生。《三人行》仍寫中學生。兩者都以青年出路爲題旨。《三人行》未與政治掛鉤，揭示與對比不同的中學生的人生道路。《路》則置大學學潮於大革命失敗後由低潮轉向高潮期中。也對比了左、中、右三種青年道路。《路》較《三人行》生活底蘊深些，人物也形象化些，但終因對當代學生生活缺乏深刻體驗而落概念化窠臼。把《蝕》和《路》、《三人行》對比研究，茅盾做出了總結，我們也有從這裡面昇華理性認識之餘地與機會。

茅盾總結《蝕》的失敗教訓的理論意義是：「一個作家的思想情緒對於他從生活經驗中選取怎樣的題材和人物常常是有決定性的。」總結《路》與《三人行》的失敗教訓的理論意義是：「徒有革命的立場而缺乏鬥爭的生活，不能

〔註 10〕1931 年《北斗》第 2 期。
〔註 11〕分別刊於 1930 年《小說月報》21 卷 8 號、9 號和 10 號。

有成功的作品。」〔註12〕我們可以作的理論昇華則是：《蝕》的創作方法是屬「經驗了人生而後創作」的「託爾斯泰模式」；《路》和《三人行》則是「爲創作而去經驗人生的」的「左拉模式」。前者成功之前提，是需有正確的世界觀的指導。後者成功的前提，是補充生活時，必須十分深入、深刻、深廣而充分。但通常大型作品寫前的生活積累，不可能完全充分，再行補充是常有的事。因此茅盾認識到，把兩種寫作方式結合起來，揚長避短，優勢互補，對他寫《子夜》這樣的巨著極爲必要。

茅盾回國後加緊把握中國社會的現實狀況，以進一步把握中國革命趨向，主動以創作起配合作用。這在他是十分自覺而積極的。準備經年，條件已基本成熟，他提出辭去左聯執行書記職務以集中力量寫《子夜》。馮雪峰掂得出這部大作的份量，雖然左聯領導需要茅盾來加強，仍同意他免去常務工作，請長假寫作；但不同意他辭職，重大問題仍要求茅盾以執行書記身份主持。所以一九三一年左聯的上述重大決議茅盾均參預起草與討論。不過既有工作變動，他們決定一起向魯迅作一番交代。剛進門魯迅就高興地迎出來說：你們來得正好，留下來吃陽澄湖大閘蟹。他們邊吃邊談。魯迅很支持茅盾，說早聽到你有部規模龐大的長篇要寫。左聯光靠發宣言壓不倒敵人，得靠拿出紮紮實實的東西。席間魯迅還問到毛澤東的情況。茅盾說：「毛澤東是共產黨裡的大學問家，博聞強記，談笑風生。不過在廣州時他給我的印象是白面書生。誰料到現在竟能指揮千軍萬馬。」魯迅又問到老蔣軍事動向。馮雪峰說：「三次圍剿敗得很慘，今後不會再有行動了，明年春天會有大仗」。《子夜》構思過程中和瞿秋白交換意見最多。但和魯迅、馮雪峰等的多次談話，也都能促使茅盾的宏觀思考與典型提煉的不斷昇華。

《子夜》是茅盾大規模、史詩般反應中國社會的扛鼎之作。但這特徵開始於《蝕》三部曲：《幻滅》、《動搖》、《追求》。其中最具規模的是寫工農運動風起雲湧、領導核心與革命隊伍嚴重分化的《動搖》。

《子夜》旨在大規模對中國社會作宏觀性總體性剖析。也是對社會性質與革命道路的深入揭櫫。創作此長篇的直接動因，開始於一九三〇年回國之後。但因爲它預定的規模是「都市一農村交響曲」。雖然計劃一再縮小到只寫都市，但剩下的素材，用來寫成了一系列中短篇：《小巫》、《林家舖子》、《春蠶》、《秋收》、《殘冬》、《當鋪前》、《多角關係》、《趙先生想不通》、《微波》、

〔註12〕《茅盾選集・自序》，《茅盾論創作》，第20頁。

《擬「浪花」》。所以只有把這批作品當作整體來考察，才更能顯現出其大規模作社會剖析的特徵及其史詩性質。

這組作品的城市背景在上海。農村背景則在桐鄉烏鎮。《子夜》寫吳蓀甫在故鄉「雙橋鎮」建立「雙橋王國」。這「雙橋鎮」正如魯迅小說中的「未壓」和「魯鎮」。後來的《霜葉紅似二月花》所寫的那個縣城，也是源於這個「基地」所產生的中國農村小城鎮的典型環境。

因此這批作品的生活積累，實際上調動了茅盾迄今爲止的整個人生經歷。其重點則是自乍諳世事起，至寫這批作品時，他在江浙農村的生活經驗與體驗；和自入商務印書館起，到回國返滬後對上海十里洋場的十幾年的觀察、閱歷與剖析。這種歷時性縱線的史的考察，與共時性城鄉兼顧、各行各業兼顧的生活積累，是下了幾十年功夫的。其人物原型，當然是多個眞實人生的綜合提煉，但對其主要原型，也是做過多年跟蹤觀察的。例如《子夜》主人公原型，部分取自其表叔盧鑒泉。茅盾對盧表叔的觀察始自孩提時代；經歷了北京時期（那時盧任北洋軍閥財政部公債司長）、上海時期（茅盾回國時他任上海交通銀行董事長、南京政府則有任命他爲上海造幣廠廠長之說）。《林家舖子》中的林先生固然是綜合了幾十個小商人的典型人物。但從《故鄉雜記》中不難看出，其主要原型就是那個夫妻小店的老闆外號叫「活動兩腳新聞報」的小商人。其中也有茅盾家紙店隔壁雲升祥百貨店老闆姚蘭馨的影子。壽生的原型是姚從對門振興小百貨店挖過來作了上門女婿的能幹的店員聞以蓀（後改名姚繼蘭），林小姐則據姚的女兒，聞以蓀的妻子鳳珠這個原型。連那位動輒打呃的林大娘的「呃」也有實際生活的依據提煉而成，（參看汪家榮《瑣談〈林家舖子〉的生活原型》）而《春蠶》、《秋收》中的主要人物老通寶的原型，則是《故鄉雜記》中所說的「丫姑老爺」，和散文《桑樹》中所寫的那個桑農黃財發。「丫姑老爺」名顏富年，茅盾祖母把貼身丫頭嫁給了他。現其子顏銀寶、孫顏春泉均健在。顏家和沈家幾代人都關係密切。沈家的祖墳一直由顏家父子照料。一九三二年清明節茅盾和孔德沚返鄉掃墓時，還把所乘小船靠在烏鎮東柵顏家濱村南小橋邊。他們到顏家和顏富年暢談了半天。

但是《子夜》等這些作品的近期積累，則是茅盾回國以後。一九三〇年秋他眼疾發作，醫生絕對禁止他看書，他常到盧公館跟這兒的常客：同鄉故舊中工廠主、銀行家（茅盾的叔叔有好幾位在上海各銀行任職）、公務員、商人、交易所投機者，甚至政客與軍官等等廣泛接觸。聽他們談生意經，談蔣閻馮大戰。觀察這些人的思想、性格，考察其人生經歷。他還多方了解到南方各省蘇區政權與紅軍蓬勃發展及擊敗蔣軍三次「圍剿」的情況。他請商務印書館的老同事當時任交易所經紀人的章郁庵，帶他去門禁森嚴的證券交易所參觀；借助自幼了解的桑市、蠶市買空賣空知識，聽懂了，初步掌握了章郁庵所介紹的公債交易中做「多頭」、「空頭」的知識與經驗。他又參觀了許多絲廠、紡織廠、火柴廠。還熟悉、觀察、研究了各行各業各階層的形形色色人物。只有工運農運和其中地下黨（含各種傾向）與黃色工會的情況，他只能借助第二手材料。其他多是第一手的觀察體驗。可見他是把「託爾斯泰方式」與「左拉方式」結合起來，而以前者爲主，以適應《子夜》的巨大時代的現實生活的容量的要求。

《子夜》創作的直接動因之一，是當時正進行的關於中國社會性質的大論戰。茅盾認爲：說「中國社會性質是資本主義，領導者應該是資產階級」的觀點是錯誤的。而自己的實際調查研究和閱歷所得結論則是：中國仍是半封建半殖民地性質；只能由無產階級及其政黨中國共產黨領導，才能完成中國的革命。他覺得他正醞釀的這部長篇，所反應的恰恰是這個問題。他的「都市——農村交響曲」通過形象化描寫，可以回答這個問題。這使他更加認識到寫成此作具現實意義。

《子夜》由一九三一年十月動筆，一九三二年十二月脫稿（因病、事、一九三二年「一・二八」抗戰及天熱等等，當中作而復輟者也有八個月，實際寫作時間不足半年，可見準備工作充分，寫時極快）。由於先後四次縮小規模，所以《子夜》有三種大綱。第一份的規劃是《都市——農村三部曲》。都市部分的大綱《記事珠》，就包括《棉紗》（寫工業戰線及工人運動）、《證券》（寫公債市場）、《標金》（寫金融資本被帝國主義操縱使中國資本主義工商業淪爲附庸，根本不可能走資本主義道路）。除以《棉紗》中廠主之弟連貫三部曲外，作品基本上各自獨立，其結構頗似《蝕》。而且農村要不要也寫成三部曲？城鄉又如何連結？都是問題，攤子太大，生活也不足，恰因眼疾做手術，醫生禁止看書寫字。遂棄置此大綱，利用時間又多次在盧公館與描寫對象再深入交際，補充生活。並醞釀了第二個寫作方案。

一九三二年二月構思成熟，決定把三條線合一，以城市爲主，把農村和戰局作爲次要線穿插其中，寫一部具統一結構的長篇。這時中心人物吳蓀甫

（以工廠主之弟爲基礎）已經成型。茅盾遂寫了《提要》和簡單的大綱。後又寫成若干冊分章大綱。現在這些大綱多已散失，只保存了《提要》被全文引進《我走過的道路》（中）〔註13〕。這《提要》表明雖然縮小規模合三爲一，但面鋪得仍大；線索需正面寫的也太多；農村線索《提要》雖沒寫，但分章大綱中仍很繁；人物也比後來的《子夜》多。而《子夜》完稿中的重要人物屠維岳、馮雲卿父女等還都未出場。總之「仍舊想使一九三〇年動蕩的中國得一全面表現〔註14〕」。大綱既成，茅盾就感到規模之大，使生活素材非經一二年無法補足。故據此寫了前幾章，即又停筆。這時瞿秋白跟他多次研究。提了很多寶貴意見。由於馮雪峰堅持，茅盾又恢復左聯執行書記的工作。直到十月他堅持辭去此職，才得集中時間再次動筆。

這次重擬的大綱〔註15〕最接近於後來出版的《子夜》定稿。這時規模較前要小，也集中多了。農村線索只留下第四章，餘全砍去。書寫到一半，應鄭振鐸請求，在《小說月報》連載，定名《夕陽》。但稿子在「一・二八」上海戰爭中，因商務印書館總廠被炸而毀於戰火。此後《小說月報》停刊，此稿未登。幸被毀的是孔德沚的抄件。全書直到一九三二年底寫完，孔德沚把全書重新抄清後交開明書店。一九三三年二月問世，改書名爲《子夜》。

《子夜》以民族工業資本家典型人物吳蓀甫爲核心，展開工廠、證券投機市場兼及農村這條「隱形」線索，通過帝國主義操縱中國官僚買辦資本多方摧殘民族資本；民族資產階級則把損失轉嫁到工廠與農村，引發了黨領導下的工人農民反抗壓迫剝削的罷工鬥爭與暴動。由於新軍閥混戰，農村經濟破產，農民暴動，民族工業危機更加劇了，吳蓀甫遂以發展民族資本主義工業始，以投靠外國資本主義終。這個悲劇的歷史意義在於：揭示出中國根本沒走上資本主義，它更加殖民地化了。因此，在黨領導下，開展反帝反封建的資產階級民主主義性質的革命及其勝利，才是中國的唯一出路。小說首次塑造了以吳蓀甫爲代表的民族資本家的不朽典型。從中國現代文學史看，人所共知，茅盾的民族資產階級典型系列與時代女性典型系列，是茅盾的兩大歷史貢獻。《子夜》也開大規模剖析中國社會的都市文學之先河。並代表著新

〔註13〕見該書，第99～107頁。

〔註14〕《我走過的道路》（中），第109頁。

〔註15〕此大綱未能全文保存，僅有10～13、16、18、19等7章，及此外部分殘頁，已發表在1984年6月出版的《茅盾研究》第1輯。

中國成立前中國都市文學的高峰。它和上面提到的《林家舖子》、《春蠶》等一大批鄉土文學一起，形成了代表中國三十年代文學高峰的都市文學與鄉土文學並舉的兩個典範。

這批作品至今仍有強大的文學生命力。是茅盾文學道路的最輝煌的時期。而孔德沚以手抄件發排之功，則在於爲中國現代文學史完整地保存下來這些有劃時代意義的作品的手稿。至於她護理茅盾保證其集中精力從事寫作的功勞，使人想起當前的流行歌曲中關於軍功勛章「有我的一半，也有你的一半」的著名評價。

《子夜》出版之後，茅盾剛收到樣書，就和孔德沚帶著韋韜到北四川路底公寓給魯迅送書。自從茅盾辭去左聯書記，專門寫《子夜》，魯迅多次關懷地詢問過。現在看到樣書，就要茅盾簽名留念。茅盾說精裝本正在裝訂，這是平裝本，請您隨便翻翻給予指教的。魯迅說：「這一本我要保存起來留作紀念的。要看我另去買一本。」隨即拉茅盾到書桌旁坐下，打開硯台，遞過毛筆。茅盾就在扉頁上題了「魯迅先生指正，茅盾。一九三三年二月四日。」魯迅拉茅盾參觀他保存的別人贈他的書。孔德沚和許廣平拉開了家常。韋韜跟海嬰到他的「游藝室」玩去了。六個人分成了三攤。不久韋韜紅著臉回來拉母親要回家，原來小哥倆鬧矛盾了。許廣平趕緊去做小海嬰的「工作」（那時他不到四歲），又送了韋韜一盒積木。茅盾夫婦起身告辭。《子夜》的出版，魯迅先生的重視，使夫妻倆走路的步子，也覺得輕盈起來。

六

《子夜》寫作期間，茅盾的環境與心境都不清靜。一九三二年七月下旬，茅盾祖母逝世了。他率全家返鄉料理喪事。他是長孫，參預主持外務；孔德沚是長孫媳，幫婆婆主持內務。沈家是當地望族，茅盾又是文壇大家，幾位叔叔在銀行做事，來祭的親朋中，富裕人家、顯要人物均有，喪事不得不辦氣派一點。他們把老宅大開間中間的隔扇門打開設了靈堂，擺供桌，點香燭，晚輩祭弔時，免不了要三拜九叩。茅盾夫婦雖新派人物，也不能不在鄉隨俗。

這次還鄉接觸社會面較寬。特別是充分看到了上海「一二八」抗戰在小市民心靈中之反應的愚昧的一面，也看到農村衰敗，經濟破產的慘狀。他結合前幾次回鄉所得，寫成長篇紀實散文《故鄉雜記》。許多材料都充實了《子夜》、《林家舖子》、《農村三部曲》。

回到上海，孔德沚大弟弟孔另境狼狽來投。他在大革命前後，先在軍隊，後被黨派到杭州組織暴動。失敗後逃滬，失去黨的關係。後到天津省立女師教書，與戴望舒的寡姐同居。一九三二年七月受陷害被捕後解北平。孔德沚無奈，拉著茅盾求魯迅幫忙找人營救。魯迅寫信給許壽裳，轉託當過教育總長的湯爾和保釋他出獄。十二月下旬孔另境西裝破爛、頭髮又長又髒地來投奔姐姐。後來茅盾安排他在一所中學當教員，業餘時間寫點小文章。沒有錢就來找姐姐。所以孔德沚煩他沒出息。不過茅盾仍常周濟他。還讓他打點雜賺點收入。茅盾編《中國之一日》時，就讓他幫忙。支一部分編輯費解決他的困難。孔德沚對二弟孔令傑非常滿意。供他中學畢業後，當了小學教員。後又當上中學教員，還成了作家；以司徒宗筆名出版小說集兩三種。其中《血債》出版時，茅盾爲之作序，以茲提攜。

一九三三年四月，茅盾和孔德沚按地下工作慣例，一地不宜住太久的原則，又搬了一次家。新居在施高塔路大陸新村三弄 9 號。再次和魯迅比鄰而居。魯迅因受國民黨反動派通緝，在茅盾遷去樹德里後不久，即於一九三○年五月十二日，遷入北四川路公寓（拉摩斯公寓）A 三樓 4 號。一九三三年四月十一日遷入施高塔路（今山陰路）大陸新村一弄 9 號（即今上海魯迅故居）。茅盾十四日去賀喬遷之喜，魯迅知茅盾也有遷居之意，遂建議他也遷此。這是一片新建的樓房，租金昂貴，每套三層樓住房月租六十元。因這時《子夜》版稅相當可觀。年來許多作品稿費也大有積累。遂決定租下，以便和魯迅就近往來。這次茅盾化名沈明甫。因新居寬綽，就把母親接來同住。遷居後和魯迅過從更密了。孔德沚還亮了一次手藝，請魯迅來新居吃她親手做的「野火飯」。這是一種家鄉便餐，用肉丁、筍丁、豆腐干丁、栗子、海米、白果等，加上調料與大米混合拌勻蒸熟，伴以鮮湯吃。

遷居後這年七月下旬，他們全家又回鄉爲祖母除靈埋葬。發現老屋只住著母親與四叔一家，但年久失修，屋後曾祖父生前住的那片平房正空著。那兒環境幽靜。若躲回來創作極好。有急事人家一時找不著他，不急也就不用找他了。茅盾就和孔德沚商量翻蓋一下。孔德沚說：「還可以讓母親也住進去。你那堆洋裝書也可以搬回來，省得搬一次家受一次罪。」一九三四年春茅盾送母親回鄉，親自設計了草圖，請紙店經理黃妙祥招標找人建築，房圖以採光好，既便於存書和寫作，又便於母親養老爲原則。實施過程，多是孔德沚返回去監督。一九三四年冬竣工，又由孔德沚親自布置。所以一九三四年至次年春，孔德沚多次往來奔波於上海、烏鎮之間。還運去一套沙發，十幾箱書，兩棵扁柏，以及日用家什。又在鎮上訂作了寫字台、方桌、椅子、床、櫃。孔德沚還在長窗上掛上窗簾，屋內安上燈，配上燈罩。又和婆婆佈置院子。移來一棵夾竹桃，栽一棵大藤蘿，種上各種花，再種上那兩棵扁柏。這一佈置，眞有點世外桃源味道了。可惜茅盾事忙，只是一九三五年秋來住了兩月，寫成中篇《多角關係》。一九三六年十月又住了半月。但母親卻常住在此，直至逝世。總算茅盾、孔德沚爲老人盡了一片孝心。

但這時也難避免意外的不幸。還是在籌劃建房之前，一九三三年十二月中旬的一天傍晚，魯迅差女傭送來一張便箋：「有一熟人從那邊來，欲見兄一面，弟已代約明日午後在白俄咖啡館會晤。」茅盾奇怪魯迅爲何約這麼個僻靜場所。次日如時赴約，見魯迅已在靜候。茅盾問熟人是誰？魯迅說是成仿吾，茅盾更加奇怪。成仿吾是創造社元老，打過筆仗，但從未晤面。聽說已去蘇區，怎麼來滬約見。正議論時，鄭伯奇陪成仿吾來了。鄭是熟人，由他彼此介紹。寒暄既罷，成仿吾說明來意：他從鄂豫皖來上海找黨的關係，因爲蘇區在殘酷戰鬥中與紅四方面軍和中央都失去了聯繫。魯迅說：「你來得正好，晚幾天就不好辦了。」談完正事，成仿吾心情沉重地對茅盾說：「我約你來是告訴個不幸消息，令弟在鄂豫皖蘇區肺病復發不幸逝世了！」茅盾心頭緊縮，脫口說：「這不可能！」成仿吾說：「大家也都希望這不是事實！希望沈生先節哀！」

懷著沉痛的心情道了別，魯迅陪茅盾漫步回寓。他打破沉默問：「令弟多大歲數？」茅盾說：「虛歲才三十三歲！」「太年輕，太可惜了！」茅盾漸漸從悲痛中掙扎出來。反問魯迅：「你說成仿吾的事晚兩天就不好辦了，是指就要動身赴蘇區的秋白嗎？」魯迅說是。茅盾說：「你就不必親自跑了，晚上我讓德沚去辦。」魯迅道了謝，再次勸他節哀，就握手作別。

因爲當時住房寬敞，母親又長住上海。茅盾仍讓母親住二樓正房，茅盾和妻子住三樓。孔德沚當晚辦妥代成仿吾接關係的事，從瞿秋白家回來，見丈夫心事重重，問他，卻不肯說。直到次日又問，茅盾才據實以告，孔德沚馬上淚下如雨，連說：「這怎麼可能？假的！謠言！」茅盾說：「這是成仿吾從那邊回來，親口對我說的。他和弟弟在一起工作。」孔德沚淚如泉湧，又問：「琴秋呢？」茅盾告訴她張琴秋隨部隊到前方了，不在鄂豫皖！孔德沚叫起來：「這怎麼可以！她爲什麼不留在身邊照顧澤民！」其實她正値感情衝動。她當然明白革命需要，得服從調動。夫妻壓抑著感情，相約絕不能流露出來，否則老人知道，還不知怎麼難過呢！茅盾說：「等到革命成功了再告訴她老人家罷！也許她等不到那一天，那就讓她始終以爲阿二還在某地幹革命呢！」可是過不了幾個月，母親忽然問：「阿二怎樣了？你們不要瞞我！告訴我罷，我不會難過的！」接著她出示一張報紙，上有一消息說：「沈澤民已在鄂豫皖死了，他的哥哥最近在某大佛寺超渡亡魂。」茅盾和孔德沚面面相覷，不由流下淚來，只得據實以告。

原來沈澤民到蘇區後，在鄂豫皖蘇區任省委書記，張琴秋在紅四方面軍政治部任職。一九三二年第四次反革命「圍剿」時，張國燾率部入川。沈澤民率部分紅軍和游擊隊，堅守鄂豫皖。當時沈澤民肺病復發；同志們勸他也轉移到外線。他堅絕不肯：「我是省委書記，怎麼能離開戰鬥崗位！」但一九三三年六月蔣介石發動第五次「圍剿」時，蘇區被侵占割裂，只得化整爲零，分散作戰。此前張琴秋隨紅軍主力調去路西，沈澤民又患嚴重的瘧疾。那時食不果腹，哪有醫藥？這時蘇區與紅四方面軍、與黨中央均失去聯繫。沈澤民吐血不止，仍堅持用藥水在襯衣上向中央寫了一年來蘇區工作與鬥爭的報告，讓成仿吾穿在身上，到上海找黨中央請示工作。報告剛寫完，十一月二十日，沈澤民吐血不止。與世長辭！他留下遺言：「要以萬死的決心，實現黨的鬥爭方針的轉變，去爭取革命的勝利！」

母親看來早有察覺，聽後態度很平靜。她說：「阿二從小體弱，三歲時大病一場。現在爲革命總算做了點事情。我只當他小時那場病沒逃過去就是了。」但孔德沚聽孩子們說：奶奶常獨自流淚。茅盾一家是革命之家：不僅都是共產黨員，而且先後殉中國革命甚至成爲烈士者共有三人，沈澤民是最早殉革命者。一九三五年六月，瞿秋白在蘇區被捉後壯烈犧牲。楊之華另有黨的工作，留在上海。這兩件事對孔德沚刺激很大。她決心追隨茅盾左右，以盡保護之責！故抗戰時期顛沛流離，輾轉香港新疆延安重慶，她都寸步不離，堅決充當「保護神」！

七

這期間茅盾支持了和參預創辦了許多刊物。左聯刊物除《北斗》外，他給一九三二年六月創刊的《文學月報》任實際負責審小說稿的編委。他的《子夜》之第二、四章以《火山上》、《騷動》爲題刊於此刊。他藉此刊物支持並向讀者推薦了沙汀、丈蕪等青年作家。一九三二年底《申報》負責人史量才聘黎烈文爲副刊《自由談》的主編。黎烈文請求魯迅、茅盾支持。爲把這家上海大報轉爲左翼進步文學陣地，他和魯迅商定給予全力支持。從一九三二年十二月二十七日至次年五月十六日，茅盾供稿二十九篇，平均每月六篇。一九三三年國民黨壓迫該報，迫使黎烈文不得不呼籲「海內文豪，從茲多談風月，少發牢騷」。茅盾和魯迅遂改變文風。在魯迅專寫「准」「風月談」；在茅盾，則由政治轉向社會問題。換了角度，但仍全力抨擊社會黑暗。從此茅盾的雜文文風爲之一變，也如魯迅那樣善用曲筆了。

一九三三年七月，他和魯迅、鄭振鐸等共同努力創辦了對左聯說來相當於「五四」時改刊的《小說月報》，但篇幅卻大了一倍的大型刊物《文學》。產生了左右文壇全局的影響。此刊直到一九三七年十一月上海淪陷才停刊。主編名義上是傅東華、鄭振鐸，實爲茅盾。他不僅審全部創作稿，還要寫「社談」欄文章，與包寫文學評論。他用出刊「專號」的方式，艱難度過一九三四年國民黨政府查禁書刊年。這年禁書達一百四十九種之多。爲加緊控制，當局成立了由新感覺派小說主要作家穆時英等人組成的「中央圖書雜誌審查委員會」。這是亂禁亂刪的「白色恐怖」時期。爲支持《文學》，茅盾在其上發表了許多重要文章。其中就包括一九三三年九至十一月三、四、五期連載的寫他由武漢至牯嶺那段經歷的紀實小說《牯嶺之秋》。原計劃「第五章以後應該寫這幾個知識分子上了牯嶺，有的趕往南昌參加了『八一』起義，有的則滯留牯嶺，有的回了上海」；因涉及當時不少違禁內容，在白色恐怖下無法發表。遂耍花槍說：五至八章寫畢後「忽然不見了」，就把第九章拉上去作爲末章「了此一重公案。」〔註16〕但這和副題「一九二七年大風暴時代一斷片」就不盡相符了。然而此文在證明茅盾這段歷史完全清白方面卻有大用。

一九三四年五月茅盾又和魯迅、黎烈文創辦了《譯文》。這是從爲逃避白色恐怖加害所出的《文學》兩期外國文學專號引發的構想。這年冬他又支持趙家璧出版大型叢書《中國新文學大系》，爲其編選了「小說二集」，並寫了長篇序文。此外一九三四年一月起他還和魯迅合作，爲美國進步編輯伊羅生編選了中國短篇小說選集《草鞋腳》。一九三五年爲紀念瞿秋白逝世，他和魯迅合編了瞿秋白譯文集《海上述林》，一九三六年他還主編了大型報告文學集《中國之一日》，是藉一九三六年五月二十一日這一天的橫斷面，請不同作者

〔註16〕《我走過的道路》（中），第208頁。

寫不同生活，共同反應社會現實以暴露黑暗的大書。

在一九三三到一九三四年國民黨查禁書刊，通過中央圖書審查委員會實行廣泛的反革命文化「圍剿」過程中，茅盾除幾本介紹西洋文學的書外，其餘著作全部被禁。計有《宿莽》、《野薔薇》、《蝕》、《虹》、《路》《三人行》、《子夜》、《春蠶》（短篇集）、《茅盾自選集》。後經開明書店領銜，許多書店、出版社聯合要求「開禁」，才又允許其中的五十九種書作刪節後出版，茅盾被允許出版的書或被抽去部分篇章，允許出版的書不多，《子夜》還被刪節得面目全非。如今有些青年責備茅盾作品政治性強，殊不知這些作品在當時被反動當局視若洪水猛獸，發揮了極大的戰鬥作用。

一九三四年文化「圍剿」的白色恐怖年，反而成了革命的進步的雜誌十分繁榮的「雜誌年」。這是意味深長的。共產黨創始人（後退黨）之一的陳望道為推廣大眾語，也為對抗黑暗社會，於八月創辦了《太白》半月刊。「太白」是「啓明星」之別名，具政治涵義。《茅盾》為其寫了數十篇散文。其中刊於一九三四年十一月一卷五期的《黃昏》、《沙灘上的腳印》、《天窗》，和同年九月《漫畫生活》第一期所刊的《雷雨前》一起，成為茅盾抒情散文第二個階段即「時代的象徵」階段的代表作。

這些創作中具紀實性者占一定比重。除《牯嶺之秋》外，還有《上海大年夜》〔註 17〕這是寫一九三三年即陰曆癸酉年的除夕之夜，茅盾和孔德沚領著孩子到市面上本想看熱鬧的大年夜。然而看到的卻是一片經濟衰敗慘景。「過不了年關的商店有五百多家」，僅最繁榮的南京路「就占四、五十家」。此文留下了對孔德沚和韋韜性格的生動描寫（如說韋韜「在學校裡『打強盜山』是出名勇敢的」）。如記錄了茅盾實地觀察生活的工作，有時是全家參預，並提供各種信息與看法。這是很值得注意的現象。

另有兩篇小說也寫了韋韜和孔德沚。一篇是寫茅盾帶韋韜兩次去看運動會的《全運會印象》〔註 18〕茅盾照例用社會剖析的筆法出之。卻留下了兒子性格的生動描寫。另一篇是小說《兒子開會去了》〔註 19〕它生動地記錄了韋韜小學六年級時，在學校偶然不慎，暴露了他是作家茅盾之子的身分；被破格吸收到進步教師帶領小學兼辦的初中班年紀大的學生組織的讀書會去，然

〔註 17〕1934 年 4 月《文學季刊》第 2 期。
〔註 18〕1935 年 12 月 1 日《文學》5 卷 6 號。
〔註 19〕2936 年 6 月 10 日《光明》創刊號。

後就參加了學運。孔德沚先是擔心，兒子暴露了仍處在地下化名說是當教員的丈夫的身份後，會帶來危險；她一邊責備兒子，一邊要想搬家。但茅盾分析這姓劉的教師既看重自己的《子夜》，一定也是進步的「播火者」。故不必搬家。果然劉老師帶學生們參加了一九三六年五月三十日紀念「五卅」的示威遊行。孔德沚又擔心兒子會出事。因爲鎮壓手段是當局常常採取的。小說寫老一代革命者在「五四」召喚下衝向街頭；現在下一代也長大了，也衝上街頭了。小說寫老倆口擔驚受怕的心情，但也表示了這是革命接力賽的過程，小說提出堅定的希望：「恐怕要到阿向（指韋韜）的兒子做了小學生，這才群眾大會之類是沒有危險的。中國革命是長期的艱苦的鬥爭！」這時茅盾已經完全放棄了導致他幻滅的「革命速勝論」，充分認識到中國革命的艱巨性與長期性特徵。他和孔德沚也決心代代相傳，愚公移山般爲中國革命奮鬥終生，傳宗接代！

八

左翼文藝運動開始不久，就面臨著民族矛盾逐漸上升，並壓過階級矛盾，占主要地位之勢。一九三一年「九・一八」事變，一九三二年上海「一・二八」抗戰，都促成這個轉化，並使中國人民的抗日鬥爭與國際上以蘇聯爲首的反法西斯戰爭統一戰線，發生有機聯繫。一九三五年十二月二十五日，中共中央政治局會議在瓦窯堡召開。通過了毛澤東在其報告《論反對日本帝國主義的策略》中所提出的建立抗日民族統一戰線的方針、路線與原則。即：在堅持中國共產黨與中國無產階級領導權前提下，團結一切可能團結的抗日力量，去反對日本帝國主義的侵略。這使第二次國共合做出現了緊迫性。

這也使茅盾的作品與評論文章轉換了主題。更使他面臨著文藝界因適應新形勢提什麼口號的論戰，以及是否要解散左聯，建立新的組織的分歧。這個問題本來不應該這麼複雜。但是中共駐共產國際代表王明一九三五年八月在共產國際第七次代表大會上違背了共產國際負責人季米特洛夫報告中建立共產黨領導下的國際反帝統一戰線的精神，提出了與後來中共中央政治局瓦窯堡會議精神相反的，「建立國防政府」，卻不提黨和無產階級對統一戰線的領導權等等錯誤主張。他還夥同康生強迫駐共產國際代表蕭三，於十一月八日寫信給左聯領導人，指令解散左聯，建立廣泛的文藝團體。當月此信經史沫特萊轉給魯迅。對此魯迅持保留態度，請茅盾把信轉交當時任左聯黨團書記的周揚。此前馮雪峰已於一九三三年十二月被黨中央調到中央蘇區瑞金，後隨紅軍長征勝利地抵達陝北。周揚等同志不尊重魯迅，只把他當成「招牌」。其時上海地下黨在白色恐怖鎮壓下，已與黨中央失去了組織聯繫。他們把蕭三的信當「聖旨」，堅持解散左聯。魯迅認爲可以成立更廣泛的文藝統一戰線，但左聯應祕密存在，作爲領導核心。文委負責人胡喬木卻認爲：這是群眾團體中又有群眾團體；他以易產生宗派主義爲藉口，予以否定。魯迅讓步說：即使解散，也要發表聲明，說明理由。否則易被誤認爲頂不住反革命壓力而潰散。周揚等答應發表宣言。實際上解散了左聯，卻不肯發表聲明。魯迅認爲他們言而無信，遂不再信任他們；也不參加他們籌組的中國文藝家協會；因此許多作家也不參加；團結的面反而縮小了。這時他們又提出包含若干「左」的和右的不正確觀點的「國防文學」口號。以此劃線，從「左」的方面認定文藝界今後只剩下非此即彼的「國防文藝派」和「漢奸文藝派」兩派。他們又從右的方面反對提無產階級對抗日文藝統一戰線的領導權，否則將「嚇跑別的階層的戰友」。反而提出「各派的鬥士」「共同負起領導的責任來」。魯迅並不反對提「國防文學」口號，但反對其包含的上述「左」和右的內容，認爲這口號存在「不明了性」。

這時茅盾處在兩邊關係都好、都能對話的特殊地位。他意識到自己負有加強團結、協調關係、避免分裂的重大責任，盡力去做好這工作。周揚不肯去見魯迅，派夏衍找茅盾做魯迅的工作。茅盾艱難地多次斡旋，但當他們連宣言也不肯發就解散了左聯，魯迅因此不肯信任他們時，茅盾夾在中間，也很爲難了。爲此他於一九三六年三月一日與四月一日接連發表《作家們聯合起來》、《向新階段邁進》兩篇文章，呼籲在國家存亡關頭，捐棄前嫌「站在一條線上」團結前進，在地下黨與中央失掉聯繫，周揚、夏衍等領導人宗派主義嚴重的情況下，茅盾挺身而出，維護團結，這個歷史作用應予充分肯定。但他們連魯迅都不尊重，更不買茅盾的帳。茅盾感到陷入困境。

恰在這時，中共中央政治局常委總負責人張聞天、常委兼三人軍事指揮小組成員周恩來於四月上旬找馮雪峰談話，委他爲中共中央特派員趕赴上海。他們要馮雪峰先找魯迅、茅盾等了解情況後，再找黨的地下組織，恢復其與中央的聯繫。要馮雪峰向沈鈞儒、魯迅等民主人士領袖傳達瓦窯堡會議和毛澤東報告的精神，著手建立黨領導下盡可能廣泛的抗日統一戰線，並兼管一下文藝界的工作。臨行前毛澤東又就抗日統一戰線等問題，和雪峰談到深夜。馮雪峰一九三六年四月二十五日抵上海後，住在魯迅家中。他嚴格按照中央交代的任務與工作方法，廣泛開展工作。他從魯迅、茅盾那兒了解了全部情況。茅盾又個別向雪峰介紹了文藝界的上述分歧及周揚他們無視魯迅，一意孤行，造成分裂等情況。茅盾肯顧向大局、不中周揚「拉住茅盾使之與魯迅對立」之計的態度，給馮雪峰留下深刻印象。從此他倆配合默契，進一步彌合文藝界的裂痕，糾正偏向。馮雪峰把上海情況及他的做法，三次寫信匯報中央，張聞天、周恩來用化名回信，充分肯定了馮雪峰的工作，批評了周揚等的宗派主義、關門主義是「一種罪惡」，再三囑咐向魯迅、茅盾「轉致我們的敬意。」〔註 20〕

針對「國防文學」口號的缺陷，爲明確在文藝上和統一戰線中應有明確的階級立場，由馮雪峰策動和魯迅、茅盾、胡風等分別商量，由魯迅最後決定，提出了一個新口號：「民族革命戰爭的大眾文學」。並經魯迅同意，由胡風寫了《人民大眾向文學要求什麼》〔註 21〕正式提出這「民族革命戰爭的大眾文學」口號。六月五日周揚在《文學界》創刊號（這是後成立的中國文藝家協會的機關刊物）上，針鋒相對發表了《關於國防文學》一文。馮雪峰和茅盾說服魯迅參加中國文藝家協會的工作也宣告失敗。他倆研究對策：不必勉強魯迅了。他們要另成立新團體就讓它成立。不過要盡量動員大家在兩邊的宣言上都簽名，以防被誤認爲是對立的組織。六月七日周揚發起組織、但他卻不出面的中國文藝家協會宣告成立。並通過了茅盾起草的宣言。茅盾當選爲常務理事會召集人。六月十五日由巴金提議、魯迅領銜，六十三人簽名的《中國文藝工作者宣言》也發表了；茅盾如約也簽了名。但這麼做的人並不多。小報倒罵茅盾「腳踏兩家船」。這時贊成胡風的文章開始陸續發表，攻擊的文章則更多。一切斡旋工作均告失敗。於是「兩個口號」論爭就全面爆發了。茅盾責怪胡風不該「搶先」提出口號，認爲他有宗派主義。其實即便胡風不提，而由魯迅提出新口號，論爭也不可避免！

爲平息周揚一派對新口號的攻擊，茅盾敦促雪峰：「現在補救的辦法只有請大先生再寫一篇文章」。他自己也去敦促魯迅。這時正好託派化名陳仲山致信魯迅，挑撥其和黨的關係。魯迅遂接受了馮雪峰和茅盾的意見，寫成《答托洛斯基派的信》和《論現在我們的文學運動》兩文，公開申明擁護黨的統一戰線政

〔註 20〕此信見 1992 年 7 月 6 日《人民日報》第 8 版。
〔註 21〕1936 年 6 月 1 日《文學叢刊》第 3 期。

策，痛斥了託派的挑撥。他正面闡述了「民族革命戰爭的大眾文學」的涵義，及其與「國防文學」口號之關係。著重指出不能放棄「階級的領導責任」。茅盾覺得魯迅後一篇文章太簡略，也沒有批評胡風的宗派情緒。就寫了一篇《關於〈論現在我們的文學運動〉》，支持魯迅關於兩個口號的解釋。文中批評了胡風，還替「國防文學」口號說了許多好話。目的仍是消除分歧。但他錯誤地估計了形勢。他把魯迅的兩篇文章和自己的文章，交給名義上由他領導的文藝家協會機關報《文學界》主編徐懋庸發表。但《答託洛斯基的信》被拒絕刊登，《論現在我們的文學運動》一文則登在不重要的位置。茅盾的文章僅千把字，編者卻加了八百多字的「附記」，無非說「國防文學」是正統，「民族革命戰爭的大眾文學」口號不該提。從此茅盾切身感到周揚等人宗派主義的嚴重性。胡風卻接受了馮雪峰的批評，對那麼多攻擊文章未答辯一個字。這時茅盾對兩個口號及其論爭，都產生了新的想法。他接受了馮雪峰的建議寫文章重點批評周揚等的宗派主義。此文由孔另境起草，茅盾作了重大修改，改輕了對周揚的批評，加重了對胡風的批評，這就是《關於引起糾紛的兩個口號》。此文刊在八月十日《文學界》一卷三期。但其後卻附了周揚《與茅盾先生論國防文學口號》的反駁文章。這使茅盾徹底認清了周揚，他感到很難堪，他眞正意識到周揚不過是利用自己維護團結的好意，去對抗魯迅。自己再折衷調和，已於事無補。這悲劇性結局，使茅盾很惱火。但他仍顧全大局，未予全面反駁。

這嚴峻的局勢，迫使病中的魯迅在自己口授，由馮雪峰幫助筆錄的艱難條件下，用了四天時間寫成《答徐懋庸並關於抗日統一戰線問題》這篇長文。一九三六年八月十五日公開在《作家》一卷五號發表。魯迅正面闡述了自己對黨的統一戰線無條件加入的態度；明確宣布自己提出的「民族革命戰爭的大眾文學」的涵義和「兩個口號」之關係；批評了「國防文學」口號的不明瞭性；著重批評了周揚等「拉大旗作爲虎皮，包著自己，去嚇唬別人」的宗派主義，行幫習氣，與「擺出奴隸總管的架子，以鳴鞭爲唯一的業績」動輒誣人爲「內奸」的不正派作風。

此文既出，等於對「兩個口號」的論爭作了總結。周揚也無法再在上海做領導工作。次年黨把他調到陝甘寧邊區。事後劉少奇化名莫文華發表了長篇文章；毛澤東則先後對丁玲、徐懋庸等多次談話。他們都充分肯定了魯迅、茅盾和馮雪峰；對周揚等也作了適當的批評。

一九三六年十月一日，經馮雪峰、茅盾積極奔走，由魯迅領銜，兩派都有代表人物簽名的《文藝界同人爲團結禦侮與言論自由宣言》正式發表。它宣告茅盾始終爲之奮鬥的文藝界抗日愛國統一戰線正式成立，大團結的局面終於實現！

但這場論爭留下了隱患。

九

這時魯迅的病已經很重了。早在一九三五年十一月八日紀念十月革命節時，在魯迅出席蘇聯大使館招待會後，史沫特萊就對茅盾說：「我們都覺得魯迅有病。孫夫人也有這感覺。蘇聯同志也願安排他去蘇聯診治療養。全家都去也行。我們勸過他多次，都被拒絕。你能不能再勸勸他？」第二天茅盾專程去勸魯迅，魯迅以語言不通，也無法了解國內情況婉辭。茅盾說：「我們逐日把書刊給你寄去。」魯迅還是搖頭。茅盾又換個角度勸他：「你不是打算把《漢文學史綱要》寫完麼？去蘇聯養病倒有時間了！」這下略微打動了魯迅；他答應考慮一下。幾天後茅盾再去，魯迅就主動開口堵住：「敵人造謠說我拿盧布，如果去蘇聯養病，他們不是更要大造謠言了麼？不是說『輕傷不下火線』麼？等我支持不住時再談轉地療養罷！」茅盾只好據實告訴史沫特萊！

一九三六年兩個口號論爭時，魯迅病情漸重。馮雪峰在五月中旬的一天，和茅盾談起魯迅也許是受涼，幾天來低燒不下。茅盾告以上述情況，並說史沫特萊對給魯迅看病的日本須藤先生的醫術不大放心。她有德、美兩位肺科專家朋友，但魯迅不肯換醫生。萬般無奈，他們就和史沫特萊、許廣平商量了一個「突然襲擊」的辦法，由史沫特萊請美國肺病專家 D 醫生來魯迅家，由馮雪峰上樓去請，希望魯迅別讓史沫特萊爲難，魯迅才勉強應許。這次診察，發現魯迅肺病嚴重。去透視的結果，兩肺基本爛空。D 醫生說：一般情況下五年前就可能死掉，魯迅眞是個善於抵抗疾病的人。但魯迅仍不肯易地療養。並堅持把「兩個口號」論爭的論戰打完。

不巧這年十月上旬，因母親身體欠安，茅盾返鄉探視。也打算利用此時間寫他計劃了兩三年，一再推後的長篇：「寫中國革命的啓蒙時期——辛亥革命、『五四』運動前後——一些革命的無名的先驅者的故事。」書名就想叫《先驅者》。茅盾覺得「我們不寫，等到下一代就更難寫了」。十月十四日茅盾把家事交代給孔德沚，自己帶著幾箱書返回烏鎭。不久母親病癒，他卻「嚴重的失眠和便祕同時襲來，結果痔瘡大發作，大腸頭脫出寸許，痛如刀割，整天只能躺著」。就在這時候，他突然收到孔德沚十九日下午打來的急電：「周已故速歸。」〔註 22〕茅盾覺得如晴天霹靂！十月十日他還和魯迅在電影院見過面，精神還很好。動身前的十三日自己去信告訴魯迅要返鄉探母親的病，還得魯迅回信。怎麼就會故去！茅盾心焦如焚，但痔瘡痛得不能下床，只好電告孔德沚：替自己幫助許先生料理喪事。豈料孔德沚回電：二十二日就要安葬，自己怎麼也趕不上了！三四天後稍癒，茅盾立即趕回上海，和孔德沚一起到萬國公墓魯迅的新塚憑弔！這時才知道孔德沚在料理喪事中出了大力。孫夫人見她能幹，就讓她當自己的助手，須臾不離。

茅盾寫的悼念文章《寫於悲痛中》，幾乎就是懺悔書：對未能使魯迅易地療養，他說「我們太不負責，我們這罪不能寬饒」！一位外國朋友說：「中國只有一個魯迅，世界文化界也只有幾個魯迅，魯迅太可貴了！」「中國人的我們，愧對那幾位寶愛魯迅先生的外國朋友！」茅盾忍著悲痛，立即投身主持魯迅先生紀念委員會的工作。他親自起草，於十一月四日至二十五日，連發三份公告，籌劃和辦理紀念活動。他寫了一大批文章宣傳魯迅精神：《「一口咬住……」》、《研究和學習魯迅》、《精神的食糧》、《學習魯迅》、《「寬容」之道》、《「……有悖於中國人現在爲人的道德」》、《謹嚴第一》、《以實踐「魯迅精神」來紀念魯迅》。這些文章形成了茅盾的魯迅研究的第二個階段。第一個階段是從二十年代到三十年代初，重在評價魯迅及其作品的文學史意義與地位。第二階段則著重論述魯迅精神及其政治的文化的道德的價值。

魯迅逝世後，茅盾分外感到領導國統區文學事業的歷史重擔沉重地壓在自己肩上了。他和孔德沚除經常安慰許廣平，關懷海嬰的成長外，重點還在完成「鐵肩擔道義」的使命。左聯已解散，中國文藝家協會名存實亡。茅盾成了上海眾望所歸的文藝界核心，有巨大的凝聚力。這時抗戰在即，白色恐怖稍鬆；茅盾已可公開活動。他和馮雪峰商量改變個別接觸的方式，借用出版界曾用過的「星期聚餐會」形式。每週一聚會，曰「月曜會。」經常出席的除年輕作家外，往往還有出版家與雜誌主編，既交流政治的文藝的信息，也討論作家作品。出版家、主編則乘機約稿。用這種形式代替文藝組織，一直堅持到一九三七年蘆溝橋事變，抗戰爆發，和上海的「八一三」抗戰。

此後抗戰爆發，茅盾和孔德沚形影不離，開始了顛沛流離奔赴國難的新征程。

〔註 22〕《我走過的道路》（中），第 343 頁。

第七章　顛沛流離赴國難
相濡以沫見深情

一九三七年「七・七」蘆溝橋事變是全國抗戰之始，八月十三日上海全民抗戰，是中華民族愛國精神高漲的標誌。國難當頭，何以家為。孔德沚結束了平靜的家庭主婦的生活。她接受沈澤民、瞿秋白死難時張琴秋、楊之華不在丈夫身邊的教訓，挺身而出，抗戰期間顛沛流離，須臾不離茅盾半步，充當「保護神」角色。

一

八月十二日孔德沚回家告訴茅盾，她聽到傳言：仗一打響，日軍就要進駐越界築路地段；而他們所住的信義村，恰是越界築路地段。她問丈夫：要不要搬家？茅盾估計：日本進攻中國，不會八面樹敵，所以必籠絡英法：起碼目前不會幹進駐越界築路地段、把英法逼到對立面位置的蠢事，所以寓所安全不必擔心。倒是寄存在虹口區開明書店總廠的那批書，仗一打起來很難倖免。孔德沚說：「你忙你的大事。那一兩千冊書，裝五六只木箱，一車就可以拉出來，我去搬。」孔德沚是急性人，說辦就辦。要不是她當天行動，次日就是「八一・三」，上海抗戰全面爆發，再去搶書，怎來得及。她也是接受教訓：一九三二年「一二八」上海抗戰時，商務印書館被炸，交《小說月報》發排的《子夜》前幾章她的抄件，就被一把火燒了！

茅盾忙著創辦新刊物。形勢危急，各大刊物都被迫停辦。鄒韜奮卻恢復了其《生活星期刊》改為《抗戰》三日刊。輕騎出擊，極具迅速反應抗戰熱潮的能力。茅盾要利用政府對抗日救亡持開放政策之機辦個新刊。最後一次聚餐會，人到得特別多，大家一致擁護辦個新刊物，公推茅盾擔任主編。快馬上輕騎，衝上抗日救亡第一線。這就是合《文學》、《中流》、《文叢》、《譯文》爲一體的《吶喊》週刊。茅盾在他起草的創刊啓事中宣布：「四社同人當此非常時期，思竭綿薄，爲我前方忠勇之將士，後方義憤之民眾，奮其禿筆，吶喊助威，援集群力，合組此小小刊物」。刊物的經費自籌，編輯寫稿，咸盡義務。但《吶喊》僅出兩期，上海新聞檢查所以未辦手續爲藉口查禁：假抗戰的本質暴露無遺。他們在邵力子幫助下，補辦了刊物登記手續，趁機改了個更積極的刊名：《烽火》。

茅盾一邊爲抗戰奔走，一邊和孔德沚商量安排家事：首先由孔德沚去接婆婆來上海，一同轉移內地；結果孔德沚空身而回。婆婆不僅不肯來，還要他們把帶不走的東西送回烏鎮。其次是安排兩個孩子。恰好孔德沚的老朋友陳達人從長沙來函，邀他們轉移她處。於是兵分兩路：茅盾赴長沙安置兩個孩子易地上學，孔德沚留上海，把家當分類：送人的，寄存二叔家的，送回烏鎮的，和隨身攜帶的。孔德沚送東西回烏鎮時，把母親託靠給紙店經理黃妙祥照料。回滬後又把寄存的東西送二叔家。一九八一年二叔家的堂弟沈德榕，在《上海政協會報》第四期上發表的文章中，開頭有這樣一段：抗戰開始，堂兄沈雁冰「去內地時，交給我父親一只箱子。一九四一年十二月八日，日本侵略者進駐上海英美租界，形勢很緊張。我父親怕引起麻煩，就把箱子打開來看，見裡面除衣服外，還有二本信稿，這是他寫給黨中央的。信中談到他對三四年至三五年文壇有關爭論的一些看法。他關心文壇，熱愛革命文學事業。我父親害怕被日本特務發現，全家遭殃，只得在燒飯時，忍心把這些底稿燒掉了。」這裡除「三四年至三五年」顯係「三五年至三六年」之誤外，全部事實，託出了茅盾對黨的一片赤誠，和對中國文壇盡職盡責、善始善終的態度。

一九三七年十月十二日，茅盾送孩子赴長沙返漢口時，在開明書店漢口分店收到孔德沚的電報：說長江航線有危險，南京以下已不通航，要茅盾改道返滬。時值生活書店徐伯昕來拜會，邀茅盾來武漢爲該店主編一個新刊。茅盾答應後，即又繞道長沙、株州，經南昌抵杭州時，再次受阻。遂又轉道紹興，乘船繞開金山衛海面戰場，於十一月十二日上燈時分，才返家中。正悶在家裡擔驚受怕的孔德沚，一見丈夫，跳起來高叫：「好了，好了，回來了，總算回來了！」接著是大串於孩子和旅途經歷的問題壓向茅盾。夫妻情深，溢於言表！最後才說出剛從廣播中聽到：我軍已撤出上海！於是他們和母親被日軍分割兩地！他們立即帶信給母親，仍請老人來滬。母親堅不同意。反而勸他們快轉移內地；哪知道此一別便是永訣！

一九三七年除夕，茅盾和孔德沚懷著沉重的心情辭別了工作戰鬥二十載的上海，開始了顛沛流離的生活！

二

一九三八年元月三日他們抵廣州，靠熟人弄到車票，八日起程，一路受阻，走走停停，抵長沙竟是十二日了！陳達人和他的先生黃子平（留美博士、湖南大學教授）熱情地留他們在家過春節。孔德沚見兩個孩子都上了學，她和陳達人也久別新聚，自然不勝高興！逗留長沙期間茅盾結識了張天翼。還意外地在歡迎茅盾的文藝界茶會上，認識了毛澤東的老師，革命老人徐特立。他發言時說：他不贊成湖南青年都到陝北去，這兒的工作更重要。這給茅盾留下深刻印象。後來他把這話寫進《你往哪裡跑》（即《第一階段的故事》）的《楔子》中去了。

春節過後，二月七日，茅盾先到武漢找徐伯昕商量辦刊物事宜。可巧鄒韜奮正在。所以當場敲定了茅盾提出的方案：刊名《文藝陣地》，半月一期，約五萬字，是綜合性文藝刊物。地點設在廣州，由生活書店廣州分店幫助籌辦。大計既定，關鍵是掌握一批高質量的稿件。於是茅盾向正在武漢的老舍、葉以群、樓適夷、孔羅蓀、馮乃超、洪深等約稿。他還拜訪了駐武漢八路軍辦事處的董必武。求助董必武安排負責中共中央特科工作的吳奚如，代茅盾組織反應八路軍敵後活動的稿件。其他組織工作，就委託正在剛創刊的《新華日報》工作的樓適夷負責。茅盾既是約稿人，又成爲辦刊物的朋友們的約稿對象。他一大批鼓吹抗戰與文藝大眾化的短文，就陸續寫成發表了。這期間他寫信給孔德沚，告知將赴廣州情況。

二月十九日茅盾返回長沙。又約張天翼等寫稿。然後他們王家立即起程，二十四日抵廣州。由生活書店接待，住愛群大酒店。廣州的朋友夏衍、潘漢年、歐陽山、草明等陸續來訪。這又是送上門的約稿對象。當晚薩空了來約他擔任其所辦的將移香港出版的《立報》副刊主編，他勸茅盾在香港定居，可以在那兒把《文藝陣地》編好，送廣州印行。孔德沚也嫌廣州太亂，天天有空襲警報，學校也不正規上課，她也認爲不如去香港。於是取得生活書店香港分店經理的同意，全家又於二月二十七日抵香港。開始了抗戰時期第一次在香港的生活。

香港住房相當緊張。他們在九龍尖沙咀附近租到二十五平方米的一間房暫時棲身。房東還堅持非先交三個月的租金。孔德沚到公用廚房一看，就大叫：「我們吃不成飯了！」原來所有地盤全被房東房客占用，只騰給她一個擺只煤球爐的空檔！女兒亞男一語興邦：買只打汽爐在房間裡做飯。於是上街搜尋，可是遍覓不得。最後買到一只酒精爐，供孔德沚施展其烹調技術！上廁所也得「排隊」。因爲早上七到九點都有人占著。他們一家四口採用「接力賽」辦法，先由一人占領，其他人再去接班。香港人懶，孔德沚卻能起早。所以總是她第一個占領廁所，父子三人再輪流去使用。但爲照明問題，孔德沚卻和二房東發生了衝突。晚上孩子們要做功課，茅盾要寫小說；只有一只25 瓦的電燈；實在太暗了！他們自己加了個檯燈。二房東太太帶著會說普通話的女兒來干涉，說要加燈就得加錢。孔德沚當然不肯。雙方發生口角。這場口角很有意思：女房東說粵語，再由女兒翻成粵語味很重的普通話。孔德沚用吳語口答，那女兒再翻成粵語。這麼費勁地爭論半天，毫無結果！晚上茅盾回家後，重開「談判」，還是拗不過二房東太太，只好每月再加若干電費了事。孩子分別在九龍彌敦道私立華南中學女生部和男生部上學。至此家庭安置才告一段落。但維持生活並非易事。上街買菜孔德沚又語言不通，費了一段時間，才學會聽與說簡單的廣東話。這期間女兒又生了一場病，更增加了經濟困難，當家理財，難爲了孔德沚這位主婦。

幾個月後他們搬到九龍太子道 196 號四樓。這是原由章乃器住過的一間臥室，一間客廳，外加一個大陽台的整套寓所。他們把陽台封了，讓女兒亞男住。兒子在客廳搭床。這比尖沙咀那間屋寬多了。只是房租昂貴，約占茅盾收入的三分之一。陽台正對山岩壁，午後反射陽光，夏天就像「火焰山」。亞男就住在「火焰山」上。夏天她常常到蝴蝶灣游泳。沙灘上留下她多少年輕的足跡！

安營紮寨既定。茅盾就擺開《文藝陣地》、《立報・言林》兩個大陣。爲使茅盾與《文藝陣地》充分發揮作用，中共駐香港八路軍辦事處的負責人廖承志派青年作家杜埃，充當茅盾和黨之間的聯絡員。每天及時送來在香港幾十個人才能傳閱一份的《新華日報》。茅盾接到後對杜埃說：「這無異於有了指路明燈，該怎麼感謝黨呢！」他據此把解放區的文藝動態反應到《文藝陣地》上。更重要的是，這使刊物有了明確的指導思想。也是據此報精神，茅盾在《文藝陣地》發刊辭中宣告：「這陣地上，立一面大旗，大書『擁護抗戰到底，鞏固抗戰的統一戰線！』」

像《文學》那樣，《文藝陣地》創刊號推出了一大批力作。計有立即引起轟動的張天翼的短篇《華威先生》，和老舍的京劇《忠烈圖》，魯迅的遺著《關於中國木刻的幾封信》、陸定一的報告文學《一件並不轟轟烈烈的故事》。第二期則有姚雪垠的短篇《差半車麥秸》等。作者陣容十分強大，老作家以葉聖陶領頭，年輕作家更是一大批。經常在此發表作品的全國著名作家達七十多位。所以茅盾說：「《文藝陣地》一炮打響了。」鄒韜奮則稱它是「一面戰鬥的旗幟」。

茅盾主編的《立報・言林》既承接謝六逸主編時形成的玲瓏、多樣、輕鬆、精悍的風格，又體現茅盾犀利、潑辣的戰鬥作風：「守著它的崗位，沉著射擊」，「不拘於一種戰術」；既是「劍林」，又是「七弦琴」，「奏出大時代中民族內心的蘊積。」它又像「一架顯微鏡，檢視著社會人生的毒瘡膿汁」。

這期間，茅盾適應抗戰需要，寫了一大批雜文、政論和文藝短論。集中闡述了以下問題：抗戰時期文藝方向與導向；正確處理普及與提高、歌頌與暴露兩個關係；關於現實主義創作方法與典型塑造；作家、批評家的世界觀與生活體驗；關於文藝大眾化等等。特別是他對文藝大眾化的探討，也成了此後他的創作改變風格，追求民族化、群眾化的契機。這些理論集中於一點：調動一切可能調動的文藝力量與手段，動員最大多數的人民大眾參加抗戰。特別可貴的是，他把握住抗戰的長期性、光明與黑暗相交織等特點，提出了導向性意見。

爲扭轉港刊副刊的「殖民地色彩」與「報屁股味」，茅盾嘗試其邊寫邊刊的長篇《你往哪裡跑？》。最初雄心勃勃，要在「廣闊畫面上把一些最典型的人物事態組織進去」；上海抗戰與武漢大會戰各半，後因赴新疆，僅寫到上海陷落。出版時改題《第一階段的故事》。此作與《子夜》不同，它以正面寫民族資本家愛國精神爲主。限於「帶熱」使用材料，人物不夠典型和立體化，小說的報告文學色彩很濃。可稱之爲「報告小說」。這部長篇時代色彩很重，但文學價值不高。所以影響並不大。

這期間茅盾和留在上海的許廣平合作，編輯並集資出版了《魯迅全集》。

一九三八年十月，武漢廣州相繼陷落。香港也朝不保夕。這年底，他應杜重遠的再三邀請，把《文藝陣地》交樓適夷代爲主編；把《立報・言林》交給杜埃，自己攜全家於十二月二十日乘船離港，奔赴新疆。

三

此舉當然經過愼重考慮：重慶的文化人過於集中，謀職也非易事。新疆雖人地兩生，但工作就在杜重遠任院長的新疆學院。杜重遠再三介紹，新疆督辦盛世才如何開明，實行「反帝、親蘇、民平（民族平等）、清廉、和平，建設」六大政策，和蘇聯、延安都保持良好關係。茅盾想：如果能在少數民族聚居地區開闢一條新戰線播撒民主的種子，也很有意義。爲愼重計，他去請教廖承志。廖承志對新疆情況也不了解，只知那兒有不少延安派去的黨員，如毛澤民、陳譚秋、林基路等。其中也有熟人。這時薩空了也應邀去辦《新疆日報》。他也勸茅盾下決心。於是茅盾夫婦決定進疆，幹一番開拓事業。

一九三八年十二月二十日，他們乘法國輪船離港，繞道越南海防，換車經河內辦過境手續。二十八日啓程抵昆明。一九三九年一月五日乘飛機抵成都，會合了此後在新疆同甘苦共危難的戰友張仲實。當天下午轉乘飛機抵蘭州。盛世才是個以「左」的面目掩蓋其屠殺人民鎮壓革命的反動軍閥與政客，他很怕進步文化人進入其獨立王國，故一再拖延。茅盾一家在蘭州停滯竟達四十五天之久。經杜重遠再三催促，才派飛機接他們進疆，中途在哈密降落。由行政長官劉西屏接待。這次旅途所得散文，就是後來在香港《華商報》連載的《如是我見我聞》。結集出版時改書名爲《見聞雜記》，但已被國民黨刪得面目全非了。

在哈密，孔德沚突患肺炎，幸由蘇聯紅軍醫院醫生用拔火罐方法很快治癒。三月八日乘車離哈密，一路參觀了坎兒井，過了火焰山和吐魯番盆地，翻過天山。三月十一日下午，在迪化市郊，遇盛世才率著架著機槍戒備森嚴的車隊來接。他親自送茅盾到迪化市南梁正對蘇聯大使館的一個大院內的寓所下榻。盛世才派副官長盧毓麟給茅盾一家安排了「供給制」的生活：派來廚師、勤務兵和挑水老兵等勤雜人員，除添衣、買菜與日用雜支外，其餘均由公家供給。從此孔德沚就不用下廚了。

三月十二日盛世才設宴洗塵，陪客中有化名周彬擔任財政廳長的毛澤民（毛澤東之弟）、化名孟一鳴任教育廳長的共產黨員、沈澤民在莫斯科的同學徐夢秋。茅盾和張仲實的職務也逐漸明確了。他倆除分別擔任新疆學院僅有的教育系，社會經濟系系主任外，還兼任新疆文化協會正副會長。

抵新疆後，首要的事，是了解盛世才其人。他利用拜訪和回拜的機會，從毛澤民等同志那裡得悉眞相，盛世才本是原督辦金樹仁手下的東路總指揮，一九三三年四月十二日以東北義勇軍經蘇聯轉到新疆的部隊爲主，發動革命。成功後，因盛世才擁有兵權，被推爲臨時督辦。後爲解地方軍馬仲英兵臨迪化之圍，盛世才僞裝「左」傾，騙得蘇聯出兵，擊敗馬軍。他又怕蔣介石侵呑，索性打出「六大政策」旗號，以親蘇親共的開明姿態，借重蘇聯與中共，維持其地位。茅盾夫婦進疆時，是盛世才清除了政敵之後的平穩時期。但盛世才大搞特務政治，暗藏殺機。毛澤民要茅盾平時少來往。和黨的聯繫，可惜與教育廳長孟一鳴的上下級業務關係爲掩護。孟一鳴也勸他：「多觀察，才說話，多做事，少出風頭。」這一切使茅盾大失所望！但既入虎穴，只好韜光養晦，徐圖脫身之計。

來新疆原想幹一番開拓事業，看來必須採取巧妙的戰略戰術了。

經過愼重考慮確定了方針：「工作上以馬列主義的觀點宣傳六大政策下的新文化，進行文化啓蒙工作；教好新疆學院課程；有選擇地進行文學藝術方面的介紹和人才的培養。人事關係上，實行『堅壁清野』，」一切對外聯繫由自己出面，「把德沚和兩個孩子同當地社會隔開。」〔註 1〕這時文學反而成了茅盾的副業。

在新疆學院，因茅盾大名遠揚，各地學子爭相入學。因教師缺乏，茅盾包攬了中國通史、中國學術思想概論、西洋史等多門課程。沒有教材，只好自編。他編的《中國學術思想概論》教材，在學術上大舉突破。可惜只有片段存留在其長篇回憶錄中，讀來使人耳目一新。當時的學生任萬鈞回憶：其課是「集政治經濟史、社會史、學術史、思想史、文學史之大成」。說明他「是位博古通今造詣很深的歷史學家」。〔註 2〕茅盾利用課餘時間扶植人才，劇作家趙明等就是其中的佼佼者。他幫學生辦起第一份校刊《新芒》。幫他們創作演出了報告劇《新新疆進行曲》，並爲其寫劇評《爲〈新新疆進行曲〉的公演告親愛的觀眾》。不久盛世才對杜重遠生疑，迫害日加，茅盾遂和張仲實辭去教職。九月份剛入新疆學院的沈霜也託病退學。從此與新疆學院割斷了關係。

〔註 1〕《我走過的道路》（下），第 124 頁。
〔註 2〕《茅盾在新疆》，第 180～181 頁。

新疆文化協會於四月八日成立。會址在今小南門里。筆者前幾年到新疆講學，有幸在新疆文聯發現當年茅盾作爲會長辦公用的寫字台，尙存文聯財務科。可惜這珍貴的文物無人保存！新疆文協成立前，全疆十四個民族各有文化促進會。像維吾爾族，此會的分會竟有六十多個，這「半官半民」開拓文化的組織，亦遭盛世才疑忌。成立新疆文化協會後，盛即派親信李佩珂包攬大權，監視茅盾、張仲實，並以總會控制上述各分會。有鑒於此，茅盾一切事均通過李佩珂。自己只抓編教材、辦文化幹部訓練班等實事。辦班和任教同樣有四方學子來投，渴望一聆教誨。茅盾開《問題解答》課，學生當堂提問，茅盾當堂解答，涉面之廣，幾乎無所不包。令學生讚嘆。但此班學員雖受益匪淺，後來竟也遭盛世才迫害，並解散了該班。與茅盾共事的各族文化促進會骨幹，也多遭殺害。但那些學員大都成了民主革命與新中國建設事業的骨幹。

因動輒獲咎，茅盾步履維艱。他一方面抓住「六大政策」的積極內容著文表態，正面引導；一面在弘揚各民族文化、播撒文化革命種子上小心拓展，仍爲發展教育、培養少數民族文化幹部、促進各族文化發展與交流，做出很大貢獻。他還廣泛徵求民歌民謠，舉辦畫展。從不遭忌的藝術層面普及文化，以便從根本上提高各民族的素質。

適趙丹、徐韜、王爲一、朱今明四對夫婦熱情赴疆，來前茅盾曾委婉暗示勸阻，無奈藝術家們熱血滿腔，仍然「自投羅網」。茅盾只好妥爲安置。在文化協會下設話劇運動委員會。並組團演出章泯的五幕話劇《戰鬥》。徐韜和後調入的劇作家于村都是黨員，再加上幫茅盾編教材的黨員劉伯珩，就有了小小的黨的核心。但在趙丹等編的五幕話劇《新新疆萬歲》上演時，因趙丹所扮老官僚酷似盛世才岳父，遭盛的疑忌，從此也很難開展活動，並且埋下了後來遭迫害的種子。

茅盾不肯就任盛世才辦的《反帝戰線》主編，盛極不滿。茅盾只好爲該刊寫了很多國際時事評論以示支持。但他最重要的文章仍是文藝論文。首先是應杜重遠之請爲紀念「五四」運動，在新疆學院所講的《五四運動之檢討》。婦女協會副委員長張奮音通過孔德沚，也堅請茅盾到婦女協會爲女中師生等會員作「五四」報告，爲不重題，她要求從文學角度講。這就是《中國新文學運動》了。兩文從政治與文學雙重視角，系統回顧了「五四」歷程。此外的重要文章有《在抗戰中紀念魯迅先生》、《二十年來的蘇聯文學》、《〈子夜〉

是怎樣寫成的》。其古體詩《新疆雜詠》具極濃的浪漫色彩，語意雙關。如其第四節：「雪蓮雪蛆今何在？剩有饕蚊逐隊飛。三伏月圓湖畔夜，高燒篝火御寒威。」這弦外之音，是茅盾在新疆最有稜角之作。這時積累了素材，後來寫成的短篇《列那和吉地》，是寫孔德沚和兩個孩子困境中寂寞生活中一點點樂趣的紀實之作，也爲早逝的女兒留下生命的剪影。

儘管茅盾採取「堅壁清野」方針，保護夫人和兩個兒女，仍有人打上門來。此地有兩個「花花太歲」，一是盛世才的五弟，一是盛世才的內弟。他們到處行凶，卻無人敢惹這皇親國戚。兩人不約而同垂涎亞男，遂以跟茅盾學「文」爲藉口登門「求教」。茅盾不敢得罪，也無法拒絕。但做母親的孔德沚，卻敏感到來者不善。儘管他們一再要求見亞男，茅盾都婉言擋住。僵持經月，他們才知難而退。爲兒女計，本想把他們送到蘇聯。六月份周恩來攜鄧穎超過境赴蘇治臂傷時，孔德沚利用陪鄧大姐的機會，託她帶信給在蘇聯的楊之華，要她代爲安置。不久楊之華回信說，只有黨的領導人與烈士子女，蘇聯才能安置。看來去蘇聯是不可能了。孤子們在家閒居已四、五個月；這也不是久計。

一九三九年九月，杜重遠被盛世才軟禁。茅盾和張仲實下決心要脫身避禍了。一九四〇年二月底，張仲實收到伯母去世的電報。就以奔喪爲由請假。雖然獲准，盛世才卻以無交通工具拖延不放。事有湊巧，四月二十日上午茅盾收到二叔從上海發來的電報：「大嫂已於十七日在烏鎮病故，喪事已畢。」這無異晴天霹靂。孔德沚婆媳情深如母女，當即放聲大哭。茅盾也心痛如焚！孔德沚就埋怨茅盾，偏要到這個許進不許出的倒霉地方。但這倒觸發了茅盾想出學張仲實請假奔喪之法。於是打電話給盛世才。盛沉吟有頃，倒爽快地答應了。

於是茅盾製造聲勢。二十二日上午設靈堂遙祭。盛世才也派代表來弔。下午茅盾到盛處謝孝，盛則說：一切開支由公帳報銷。盛世才還舉行了盛大的歡送宴會，姿態做得很足。但和對張仲實同樣，也以交通工具不便拖延。幸得孟一鳴出主意私下找蘇聯總領事幫忙，搭乘蘇聯飛機。飛機五月五日起飛，頭晚盛世才打來電話，流露出留沈霜當「人質」的意向。茅盾假託要帶孩子回去治病，盛世才這才作罷。飛機離迪化在哈密停留。仍由行政長官劉西屏接待。他是延安派來的黨員。次晨他在飛機離哈密前告訴茅盾：那晚盛世才先後來了三次電話。先是命令扣留茅盾、張仲實一行。第二次說先別扣留，待他考慮考慮。午夜三點，第三次電話才說：「讓他們走吧！」劉西屏爲他們捏了一夜汗！所以次晨他催茅盾他們趕緊動身。茅盾等飛機過了猩猩峽，才鬆了口氣！

他們動身後不幾天，先是趙丹等被捕；又一週後，杜重遠也鋃鐺入獄！而毛澤民等同志，後來不僅被捕入獄，且被盛世才慘殺在新疆！

四

一九四〇年五月十九日下午，茅盾一行抵西安，住中國旅行社西京招待所，今夏，在西安開會時，筆者曾隨韋韜同志訪舊，當時招待所的樓房尚在。韋韜說，這是西安事變指揮地點之一。當年他隨父親進疆，往返都住這裡，父親向他講起這個事件，對張學良、楊虎城兩將軍充滿敬佩之情。

戰時的西安氣氛緊張。來前的頭天晚上，敵機炸毀了發電廠。他們坐未安席，七時許又響起空襲警報。他們隨人群跑下樓來，剛把兩個孩子推上車，車就開了。孔德沚急得直叫，但車已走遠！恰有一輛小轎車，裡面的人似招呼孔德沚，她不管三七二十一，拉著丈夫鑽了進去。車上是個軍人，發現弄錯了人，不是他們的官太太，但也只好將錯就錯。到得城外，車停在麥田邊，人們亂跑亂竄。說也太巧，亞男和阿霜就坐在田隴上。孔德沚撲上前去，一手攏著一個孩子，這才長出一口氣！離新疆路上他們就和張仲實計議，都想由西安去延安。五月二十日下午，他們不顧門前有便衣特務盯梢，大大方方進了駐西安的八路軍辦事處，意外地遇見了周恩來和朱德。周恩來因江青糾纏騎馬摔傷右臂，業已在蘇聯治愈，只是留下了殘疾。他三月份回延安後，現又要赴重慶。朱老總原準備去重慶談判，因情況有變，擬回延安。茅盾提出營救杜重遠問題。周恩來說他回來路過迪化時，曾提出請杜隨他的飛機回內地治病，遭盛世才拒絕。看來此事得從長計議。他問茅盾今後作何打算。茅盾和孔德沚、張仲實都表示：要去延安。周恩來非常高興說：「不論去參觀還是去工作，我們都歡迎。你們可以搭老總的車，路上安全就有保證。」因爲這些年多次發生國民黨特務截車扣人事件。當即由辦事處主任做出安排：先要保密。二十三日下午雇人力車來，他在門口迎接，二十四日一早起程。

五月二十四日八時，朱老總的車隊開出西安城，一行共三輛車四、五十人。老總的夫人康克清，還有茅盾認識的龔彬等，都著軍裝。亞男、阿桑也換上軍裝。茅盾是知名人士，他和張仲實、孔德沚仍著便裝，冠冕堂皇地赴延安參觀。當夜宿銅川旅店時，朱老總來看望。傾談中發現，這位將軍文學素養極高。

五月二十六日下午二時許抵延安南郊時，孔德沚從歡迎人群中，認出了那著灰軍裝戴眼鏡的高個子是沈澤民的摯友，現負責中共中央書記處工作的張聞天，就奔上去握手。一個身材瘦小的同志握著茅盾的手問：「沈先生還認識我嗎？」茅盾也認出這是商務印書館的老同事虹口分館的廖陳雲。他現名陳雲，在中央分管財務工作。老朋友相見分外親。說話間到了南門外。機關學校的歡迎隊伍中跑出來張琴秋。她叫了聲大哥、大嫂，就和孔德沚抱在一起，妯娌倆又是親熱又是唏嘘。多年不見，她們失去了婆婆和澤民兩個親人！張琴秋隨軍抵陝北後，現任延安女子大學教育長。他們被送往交際處，品嘗的不是山珍海味，卻是當地幹部親手生產的土產。其中有雞蛋做的延安名菜「三不沾」，讓孔德沚開了眼界。

當晚參加了延安各界的歡迎會，大操場上高掛汽燈，「拉」歌的聲音，海浪般此伏彼起。茅盾夫婦頭一次置身具這種特色的群眾海洋裡，一切都新鮮而令人激動。第二晚又在中央大禮堂開歡迎大會。毛澤東身者粗布灰軍裝，趕來和茅盾夫婦及張仲實握手，魯藝演出了冼星海的《黃河大合唱》。茅盾覺得那偉大的氣魄，令人頓生崇高情感而鄙吝全消！可惜冼星海剛離延安，失去結識機會。

第二天張琴秋來看望，安排亞男進女子大學。阿桑卻不肯聽嬸嬸的意見進毛澤東青幹校。他要去他從《西行漫記》中久聞盛名的陝北公學。張聞天也來拜訪。二十七日茅盾夫婦回訪張聞天。著重談了三十年代上海文藝界的情況。茅盾夫婦表示要在延安長住，還想到前方看看。張聞天當即歡迎。並說，他將盡快做出安排。他們又去拜訪毛澤東。敘舊之外談了新疆情況，也要求他設法營救杜重遠。毛澤東讓中宣部長羅邁（李維漢）去安排。六月初毛澤東來窯洞看望他們，送了一冊剛出版的《新民主主義論》。一起用便飯時，山南海北，無所不談。茅盾覺得他對《紅樓夢》的看法多精闢見解。毛澤東建議茅盾到魯藝去：「魯藝需要一面旗幟，你去當這面旗幟罷！」茅盾說：「當旗幟我不夠資格，我是搞文學的，去魯藝我很願意。」毛澤東說：他讓主持魯藝常務工作的周揚做出安排。孔德沚見毛澤東抽菸一支連一支。飯吃得很少，菸一直不停。就建議他戒菸。毛澤東幽默地說：「戒不了嘍！前幾年醫生都下了命令，我服從了，卻又違犯了。看來我是個頑固分子！」搬魯藝前，毛澤東特地接茅盾又暢談了一次，著重談三十年代上海文藝界鬥爭與抗戰以來文藝運動的發展。茅盾離滬前，就寫了向中央匯報的材料，底稿留在二叔處。現在當面匯報，又能交談，自然更深入細緻了。

六月上旬，周揚把茅盾接到魯藝。周揚抗戰初來延安後，先任邊區政府教育廳長。現任魯迅藝術文學院副院長（院長吳玉章）。茅盾夫婦在魯藝住到九月底。他們所住是兩間大窯洞，冬暖夏涼。吃飯由周揚派的一個「小鬼」從小灶打回，不用自炊。孔德沚就無用武之地了。進城得騎馬，孔德沚又不會。所以週末兩個孩子回來團聚，張琴秋有時也來。茅盾換了灰粗布幹部裝。「見面禮」是在籃球場給師生作的一次談自己創作經驗的大報告。後來開了一門《中國市民文學概論》課，寫了講稿並印發了。但此稿至今失傳（現在編《茅盾全集》時遍覓不得，很希望廣大讀者若發現線索，盡可能提供給筆者）。但其主要觀點，已寫進《論如何學習文學的民族形式》長文中。茅盾主要的活動，不在魯藝而在城裡。所以他常常策馬進城。文藝方面主要是參加丁玲主持的文協延安分會的會議並作演講。他還爲蕭三、方紀主持的文協刊物《大眾文藝》寫文章。時值延安大規模紀念魯迅六十誕辰，茅盾寫了《爲了紀念魯迅的六十生辰》和《關於〈吶喊〉和〈彷徨〉》兩文。非文藝性的活動，則是出席各種會議，特別是范文瀾、呂振羽和艾思奇分別主持的中國歷史討論會和哲學討論會。各每週開一次。後者毛澤東、朱德、任弼時、張聞天、凱豐等中央領導人也常參加。此外的活動還有中組部學習斯大林著《聯共（布）黨史簡明教程》第四章《辯證唯物主義和歷史唯物主義》的報告會。應該說，茅盾在延安系統地昇華了自己的馬克思主義理論修養，這對他眞是難得的機會。

九月下旬張聞天策馬來訪，出示了周恩來電報：邀茅盾赴重慶加強文化工作委員會。郭沫若主持的第三廳成員，因蔣介石逼其全體成員加入國民黨而紛紛辭職。周恩來對當局「將軍」說：「這批文化人，你們不要，我們共產黨要，送他們去延安」。新上任的軍委政治部長張治中趕緊成立文化工作委員會，仍由郭沫若負責。爲爭奪陣地，周恩來邀茅盾去加強力量。茅盾和孔德沚當即表示：改變長住延安的初衷以服從需要。兩個孩子要留在延安深造。託張琴秋照顧。張聞天說：「孔大姐是否也留下？」孔德沚說：「不，我同雁冰一起去。」當即商定隨下月赴重慶的董必武一起走，以保證路途安全。

茅盾在送張聞天的路上，提出恢復黨籍的要求。他說明了一九三〇年請瞿秋白轉請中央要求恢復黨籍遭李立三拒絕的情況。張聞天說：「你這個願望很好。我提請書記處研究後答覆你。」臨動身前，張聞天來送別。說中央認眞研究後認爲，目前你還是留在黨外，幫黨做統戰工作，對黨更有利。希望你能理解。茅盾表示服從和尊重中央的意圖。

茅盾、孔德沚又搬回交際處。託張琴秋和張仲實照顧兩個孩子，並留下足夠的衣物。沈霞和沈霜已經融化在革命集體中。對此別並不太依戀。倒是孔德沚爲了丈夫，只得拋下孫子，灑了不少眼淚！

他們和老朋友一一辭別。毛澤東幽默地說：「你們把兩個『包袱』扔在這裡，可以輕裝上陣了！」十月十日，茅盾夫婦告別了住了四個月的延安，隨董老踏上征程。他們哪知此別就是和心愛的女兒的永訣！

五

儘管是董必武的車隊，一路也遭國民黨的刁難。所以途中月餘，十一月下旬才抵重慶，下榻八路軍辦事處。周恩來、鄧穎超來看他們。周恩來交代說：「當文化工作委員會常務委員，是給你穿一件『官方』的外衣，你還是用筆戰鬥，聽說生活書店要把《文藝陣地》從上海移到重慶，仍請你當主編。擴大進步文藝影響，教育群眾，是我們重要戰線之一。這裡的情況，由徐冰同志向你們介紹。」茅盾夫婦先在重慶生活書店住了幾天；十二月一日在棗子嵐埡良莊一位與軍政兩界均有關係的四川人的小樓裡租了寓所。二層住沈鈞儒，三層由茅盾夫婦與王炳南夫婦住。

茅盾立即和鄒韜奮、徐伯昕商量《文藝陣地》出刊問題。因樓適夷不能來重慶，由茅盾、葉以群、沙汀、宋之的、章泯、曹靖華、歐陽山組成編委會，葉以群是周恩來派來做黨與茅盾之間聯絡工作的。從此時起，他一直伴隨茅盾。孔德沚戲稱他是茅盾的「祕書長」。復刊號是《文藝陣地》的六卷一期。茅盾把寫延安生活的開篇作《風景談》，發在復刊號上（此後屬此類的抒情散文還有《白楊禮讚》）。其他作品的作者有沙汀、艾青、曹靖華、張天翼、戈寶權等。董必武很欣賞這篇《風景談》，他說：「國民黨審查官低能得很，你把政治寓於談風景之中，他們就沒有辦法了。」茅盾的重要活動是參加各種集會，發表演講。由於在延安數月的見聞體驗，特別是讀了毛澤東贈的《新民主主義論》，他的文章如《現實主義的路——雜談二十年來的中國文學》等，修正了自己對「五四」運動性質的看法，把握住中國革命是由無產階級領導的資產階級民主主義革命的性質。立足點就比以前高。他的另一論題中心，就是介入民族形式問題的討論，但他只趕上了個尾巴。對《戰國策》派的批判，他只參加了一個「頭兒」。

因爲一九四一年一月七日，作爲新的一次反共高潮標誌的震驚中外的皖南事變爆發了！一月十七日，茅盾從沈鈞儒處了解了詳情。十八日《新華日報》刊登這慘案的消息，被國民黨扣押。周恩來用「開天窗」方式對抗，代之以他的親筆題詞：「千古奇冤，江南一葉，同室操戈，相煎何急！？——爲江南死國難者志哀。」二十三日茅盾出席了周恩來向民主黨派、無黨派民主人士揭露皖南事變眞相的會議。對國民黨掀起的反共高潮與特務政治，有了更透徹的認識。他對比延安、重慶、光明與黑暗天淵之別。心情鬱悶，不吐不快。於是他就醞釀新作。

二月十六日夜，他寫成抒情散文《霧中雜記》：謳歌不顧「天氣奇寒」穿著單衣與敵人搏鬥的戰士，揭露荒淫醜惡與製造流血事件的黑暗政治，他表示了「血是不會沒有代價的」，「濃霧之後，朗天化日也跟著到來」的信心。他利用空餘時間寫西北之行的旅途見聞。其中謳歌代表中國前途與光明的革命聖地延安的《白楊禮讚》、《風景談》、《開荒》、《大地山河》等，形成了其抒情散文創作的第三個階段：「革命的象徵。」

二月下旬周恩來約見茅盾。話說得推心置腹：「我把你從延安請來，未想到政局會如此快地惡化！爲安全計，現在又想讓你離開重慶，到香港開闢一個新戰線。到那邊，也可以把新的形勢跟大家談談。」周恩來表示孔大姐可以回延安和孩子們團聚。讓葉以陪茅盾赴港照顧他並和黨保持聯繫。他問茅盾有什麼意見。茅盾表示感激，和服從工作需要。孔德沚則表示：丈夫到哪裡，她就到哪裡。爲避免戴笠的特務暗害，徐冰安排茅盾隻身躲到南溫泉；孔德沚仍住城裡，公開露面，藉此造成迷陣。然後茅盾先行赴港。孔德沚隨後動身。茅盾在南溫泉住了二十多天，繼續寫旅途見聞。三月中旬，黨安排分別持有職業教育社證章與馮玉祥副官處證明的生活書店、新知書店兩職員，護送茅盾離渝經桂林，於月底安抵香港。茅盾心事浩莽，寫詩《渝桂道中口占》曰：「存亡關頭逆流多，森然文網欲如何？驅車我走天南道，萬里江山一放歌。」表現出身處逆境亦泰然的精神。

六

一九四一年三月底茅盾飛抵香港，兩週後孔德沚也趕到。寓所在堅尼地道。這時香港形勢與一九三八年他們在時不大相同：黨的工作開拓成就顯著，群眾愛國抗日情緒高漲，港英當局因邱吉爾對日態度強硬，故對抗日宣傳較放鬆。但國民黨勢力也打了進來，使港督執行「取締一切違背國府抗建國策和損害國府聲譽的言論」。檢查官也很內行。故報刊常開天窗。夏衍、范長江奉周恩來命，於四月八日創辦對開晚報《華商報》，應他們要求茅盾把年來所寫關於西北之行的散文，以《如是我見我聞》爲總題，在《華商報》連載。

茅盾夫婦還未及拂去僕僕風塵，鄒韜奮、徐伯昕先後抵港，辦起《大眾生活》週刊，由茅盾等七人組成編委會。茅盾經大家再三要求，再次寫一部連載小說，這就是《腐蝕》。關於這部長篇的成因，又和秦德君發生糾葛。據《許昌師專學報》一九九〇年三期、五期《秦德君對話錄》中秦德君自述：「此作連載後，女作家白薇說《腐蝕》是寫我的，她說茅盾怕你報復他，就先下手，把你寫成國民黨特務，是以筆殺人。我馬上找到《腐蝕》來看，那女特務的生活一點也不是我的。」話若到此爲止，白薇的無聊謬說〔註 3〕就可作罷。但秦德君又說：「茅盾可能把我誤認爲是有特殊身分的特務。」這就一波未平一波又起了。近年來沈衛威又從弗洛依德說發揮了白薇的謬說：穿鑿附會地對秦德君說：茅盾怕你報復，匆匆逃亡香港，害怕你成了他想像中的趙惠明，自己成了無辜的小昭，故此作品「是爲排遣你在他心裡籠罩著那不可名狀的陰影而寫，爲解開你的神祕而作」。然而爲解神祕而作小說，固屬「天方夜譚」，怕秦報復而逃亡香港，更是嚴重歪曲！當時秦德君是在重慶。但茅盾是否了解，沒有任何材料可以證實。秦德君當時也無「神祕」可言。她在《對話錄》中自述：「我一九三〇年八月回到忠縣老家，家鄉的人把我視爲赤化分子，我等不下去，就去了重慶。通過兩個兄長的關係，作了川軍統帥劉湘的女參議官，即國民革命軍第 21 軍司令部參議官。」原來，茅盾倒沒去當蔣介石的祕書；秦德君卻到地方軍閥手下當起參議官來了。這時她「和劉湘的『諸葛先生』——參謀長王心衛（王用賓）結婚」。四年後王病逝。一九三八年秦德君又和郭春濤相遇。秦德君說：「他與周恩來很要好，」這時「他在國民黨實業

〔註 3〕白薇是否眞有此說，似還有待證實。因爲 1945 年在重慶爲茅盾慶祝 50 大壽時，白薇曾特地當眾爲孔德沚敬酒，感謝她輔佐茅盾，使其功業有成。此舉與秦德君所言，似難統一。

司任司長，國民黨方面的許多情報，都由他獲得後，我送到蘇聯大使館。」可見，秦德君是步入迷途後，經郭春濤拉回正道的，她說：「我和郭春濤來往，郭有妻室，我只能做他的情人。」沈衛威問：「那你們的開始只是姘居，什麼時候才正式結婚？」秦德君說：「一九四三年，我們不願這樣不清不白地生活，郭就拋開他原來的妻室，我們公開結婚。」她和郭春濤爲黨工作，是受周恩來領導。以茅盾和周恩來在重慶的親密關係，即便了解秦德君情況，也不會害怕，不會有神祕感，更用不著寫部長篇預爲排遣這「神祕感」和「陰影」。

《腐蝕》的成因，當時在《新華日報》工作的作家哈華了解內情。他寫道：「當時郭沫若以歷史劇《屈原》無情撕下了頑固派的僞善嘴臉，茅盾也以小說《腐蝕》扔出了投槍。當時我在重慶，我知道這是以眞人眞事做模特兒的。」國民黨辦了許多特務訓練班與共產黨爭奪青年。「特別是一些天眞的熱愛祖國的少女，落到他們手裡後，先被特務強姦，然後再叫她們以『左』的面貌出現，去搞美人計。她們是不允許結婚的，甚至特務公開無恥地告訴她們：『你們的戰場就在床上。』這些少女的良心沒有泯滅，她們不願做特務，但又擺脫不了他們，只有憤怒和鬱悒交織成一片痛苦。一個少女找到《新華日報》，訴說了她經歷的人事滄桑和走過的坎坷不平的道路，希望共產黨對她伸出援助的手，把她從苦海中挽救出來。茅盾根據這個故事，寫出了《腐蝕》這樣一本動人心魄、引人落淚的日記小說。」〔註4〕這個說法和茅盾關於《腐蝕》的自述是一致的。這就澄清了白薇、秦德君、沈衛威之說。事實上其中所寫往來於滬、渝之間的舜英、松生這對漢奸夫婦的鬼蜮活動，就是影射汪精衛派漢奸吳開先〔註5〕以祕密特使身分，穿梭往來於滬、渝之間，促成蔣敵僞合流及皖南事變慘劇的。這個情節也是從周恩來和《新華日報》那兒獲得的。《腐蝕》寫了黨的地下工作者萍、漢奸舜英和蔣特趙惠明這三個同學抗戰期間所走的三條不同的政治道路，特別是通過趙惠明的悔過自新啓發教育青年，要善擇人生道路。茅盾的大部分長篇小說都沒有寫完。《腐蝕》卻恰恰相反，它寫完之後，又應廣大讀者和刊物編者鄒韜奮的要求，續寫了趙惠明到了大學區後走上悔過自新之路。藉此體現對誤入歧途青年「給出路」的政策。這情節的延伸，當時起了很好的作用，收到極大的社會效果。

〔註 4〕《巨星的隕落——憶茅盾同志》，《萌芽》81 年第 5 期。《憶茅公》，第 383～384 頁。

〔註 5〕他曾和茅盾一起代表上海出席在廣州召開的國民黨第二次全國代表大會。

茅盾不斷支持別人辦刊，自己受周恩來囑託所辦的《筆談》半月刊卻拖到七月底才辦起來。這是以刊登小品文為主的匕首投槍般的刊物。像辦《小說月報》那樣，茅盾也是一個人唱獨角戲。它從一九四一年九月出刊，到十二月一日因港戰爆發終刊，共出七期。茅盾在港僅九個月，所寫多為適應形勢特點的匕首投槍式的雜文、政論，特別是時事評論。

十二月七日日軍偷襲珍珠港成功，旋即對美、英宣戰。八日日軍攻九龍，港戰爆發。九日國民黨也對日宣戰。日機對香港狂轟濫炸。地下黨著手安排進步文化人撤離。次日茅盾夫婦先隨遷到葉以群事先為他們安排的住處：軒尼詩道一家舞蹈學校。孔德沚來港後，充分地顯示了辦事才能。堅尼地道的寓所就是她找的。現在臨戰，她更有用武之地了！她負責到銀行提款、採購米、炭、罐頭等足夠用兩個月的物資。他們和葉以群、戈寶權、宋之的夫婦等都住進來了。但孔德沚採購的東西，還在堅尼地寓所，被二房東太太所扣。原因是她堅持要他們找到同住的張鐵生，搬走他那些容易「惹禍」的書。而張鐵生又急切找不著。幸得以群幫助，雇車代運這批書。但女房東又讓挑夫記住他們新住址，為的是怕日本人追查這些「抗日分子」她好有「交代」。孔德沚非常機靈。她半途停在一家門口，打發走挑夫，另雇挑夫運回東西，孔德沚這次「冒險」最大的收獲有二：一是此後流離跋涉隨身應急的一條毛毯；二是她採購的那批食品。此後買物極其困難。孔德沚卻從容為大家安排了食譜。早：紅茶牛奶、餅乾麵包。午和晚：大米飯、香腸、鹹魚、罐頭牛肉。在戰時，這已經是奢侈的伙食了！這十五天當中九龍陷落，日軍登陸。此地成了巷戰中心。十二月二十五日，他們被迫遷到中環德輔道的大中華旅社。次日香港淪陷。旅社被日軍徵用。四五天後，他們又遷到干諾道中一家三等小旅館住了四天。這時以群帶來地下黨安排他們撤離的同志。該同志說擬先安排茅盾走。孔德沚、以群只能隨後。茅盾當即拒絕，表示他也要等等和夫人一起走：「她一人留在香港一定不安心，會因等待我平安脫險的消息寢饋不寧！」

一九四二年元月五日，他們又遷到西環半山腰一住宅。九日上午，戈寶權接他們夫婦到東環貧民區一棟房子換上「唐裝」，當晚五時登上大船，同行全是鄒韜奮、胡繩、于伶等熟朋友。鄒韜奮見孔德沚也參預這即將步行脫險的行列。不勝驚異地叫道：「沈太太，你真勇敢！」十日黎明前，他們被引導著由大船移到三條小艇上，輕輕駛動，銜尾而行。東方泛白平安抵九龍。十一日清早，茅盾與孔德沚加入了不見首尾的人流，步行離港，開始了艱難的跋涉！這年茅盾四十八歲；孔德沚四十七歲。孔德沚是邁著那雙「解放腳」步行上路的！

七

地下黨安排的撤退路線，是由九龍經深圳、寶安穿過東江游擊區，步行到惠陽，最終達廣西桂林。中共領導的東江游擊隊控制區是東莞、惠陽、寶安三縣。司令員是曾生、政委是林平。他們派了一支手槍隊，和當地的「山大王」打了招呼，請他們保護過境的文化人。頭天步行七十里。鄒韜奮扭傷了腳。孔德沚邁著解放腳不僅走下來了，還能給他搽藥治療。次日上路帶隊的給他們雇了轎子，韜奮、孔德沚都不肯坐。這天連過敵人兩道關卡，過第二道時是小跑步急行軍。孔德沚下決心丟下一只大包袱，因爲此後還不知有多少崎嶇路。後來發現這包袱仍被嚮導給「拾」回來了。十二日到目的地白石龍。當晚曾生司令員、林平政委，把茅盾夫婦等十餘位貴賓請到司令部，款待他們吃了頓狗肉。並決定讓他們在這兒休整。從九日到十二日四天奔波，休整當然是十分必要的。

茅盾平日體弱胃弱。行軍伊始食量驟增，但消化能力難以承受，竟連續七天解不出大便，肚子脹得像個鼓！十分痛楚！游擊隊的衛生員說：這是大便硬結，只有搗碎才行，在抗戰期間，又是游擊區，哪有設備？孔德沚挺身而出，硬是用手指一點一點把石子般的糞便摳出來。茅盾淚眼朦朧，望著共患難的妻子，一股股熱流撞上心頭！休整了三天後重新上路，因需走夜路，需要三五編組。茅盾和葉以群商量，聯絡了胡仲持與廖沫沙同行。一月二十日他們五位連護送者和挑夫一行九人，下午出發，步行五十里才達宿處。次日夜行已超過五十里，但剛到宿處就有敵情。馬上轉移到十里外的村子。不料敵人又逼近，只好再轉回原村附近的山崗。次夜再走，要經封鎖線。故由領隊帶六支長槍隊員前後護衛，才闖過封鎖線，抵距惠陽僅七十里的小鎭。這裡離國民黨軍隊控制區很近，情況複雜。這時又傳來敵人進攻惠陽的消息。只好住下。等待了半個月，敵軍才撤出惠陽。他們接到動身的命令，茅盾他們打扮成商人，武裝護衛者也改扮成不帶武器的嚮導。又接受一位雜貨店老闆的建議，花錢雇國民黨駐軍連長所派的保安人員當「保鏢」。但摸黑走路看不清楚。孔德沚竟從兩丈高的橋上失足落水！茅盾一邊大叫：「不好了！德沚掉下河裡了！」一邊用手電筒往下照。但漆黑一片，什麼也看不見，只聽得嘩嘩的水聲。聞聲趕來的人都嚇慌了！誰都束手無策。這時聽到孔德沚在下邊的喊聲：「我沒有死！在這裡，可是怎麼上去呀？」原來這時正值枯水期，她跌到水草和爛泥裡，竟奇跡般地沒有受傷。救上岸後，她竟又堅持步行，硬是走到了惠陽。這一路，充分體現了這位女性的堅強！

在惠陽休息了三天，過了陰曆年。舊曆正月初三即陽曆二月十七日，他們被安排坐上一條大木船，逆東江而上，元宵節抵老隆。次日茅盾夫婦打扮成「義僑」，搭上去曲江的軍用卡車，途經忠信時，又在廣東省緊急救僑委員會忠信站住下。他們領得一分義僑證明書。茅盾化名孫德祿，孔德沚是孫陳氏。

經過艱難跋涉，終於一九四二年三月九日乘火車抵桂林。他倆穿著東江游擊隊發的藍布棉襖，又大又肥。茅盾一手提包袱，一手提暖瓶；孔德沚一手提包袱，一手提小藤籃。兩人最珍貴的東西就是那條俄國毛毯和那本掩護身分用的《新舊約全書》。旅店茶房那鄙夷的目光，反射出老倆口的狼狽相！

八

這裡文化人麇集，使桂林成了戰時文化名城，但住房十分緊張。孔德沚跑了一周，毫無眉目。最後還是經以群介紹認識了當地黨在文化界的負責人邵荃麟。他一家雖只住一間房，仍把僅八平方米的小廚房讓給茅盾夫婦住。自己和鄰居合用廚房，同院的宋雲彬儘管獨住兩間套房，他還曾在茅盾家住過，害得孔德沚流產，但卻袖手旁觀。這裡是位於西門外麗君路南一巷文化供應社的庫房，共兩層，樓下堆紙和書。文化供應社是以廣西派國民黨爲背景的出版社，由宋雲彬暫時負責。邵荃麟的公開身分是該社《文化雜誌》的主編，和茅盾一見如故。

重慶向桂林當局打了招呼，對這批文化人不給工作，嚴密監視。五月初蔣介石派 cc 派特務劉百閔以文化服務社社長的公開身分，邀文化人去重慶。但誰也不肯自投羅網。劉百閔多次找茅盾邀他回重慶繼續當文化委員會常委。茅盾以忙於寫作推託。

茅盾當時不得不收起在香港揭露國民黨假抗戰、眞反共的戰鬥鋒芒，韜光養晦，靜觀待變。他先寫了記港戰花絮的中篇報告《劫後拾遺》，隨即寫長篇《霜葉紅似二月花》。抗戰前夕他曾構思過寫從辛亥到「五四」的長篇《先驅者》，抗戰爆發後放棄了。《霜葉紅似二月花》也是歷史反思之作。他一邊和辛亥元老柳亞子、歷史學家陳此生談古論今，總結歷史經驗教訓，一邊構思這部反應「五四」至大革命前後，追溯到維新變法與辛亥革命的歷史性小說。事件發生的時間是一九二四年。原定寫三部，但第一部書剛及半即停筆。這時茅盾還有一批借古諷今、借外諷中的散文《雨天雜寫》一至五篇。此外他從所帶的《新舊約全書》想到蔣介石信教，寫宗教題材容易起掩護作用。遂由聖經取材，寫了頗具政治諷刺力度的短篇《耶穌之死》、《參孫的復仇》。他的文藝論文也避開鋒芒，單談技巧。他更不拋頭露面參加社交活動。這在茅盾一生，是獨特的一個時期，韜光養晦靜觀待變期。

這時的茅盾飽經風霜，入黨時的政治家抱負，被「四一二」所粉碎，變得現實些了；抗戰初期的義憤吶喊，被幾年來顛沛流離的歲月磨得冷靜多了。在新疆，他看透假戲真唱；在延安，他卻看到中國的希望。在重慶，他看見狐鬼滿路；在香港，他感到抗戰征途之艱難曲折。而今困在桂林，歷史反思與現實剖析都深沉老到得多了！他在和柳亞子等游灕江詩酒唱和寫的《無題・七律》中，流露出複雜的心情：「搏天鷹隼困藩溷，拜月狐狸戴冕旒。落落人間啼笑寂，側身北望思悠悠！」在《感懷》中他又寫道：「煎迫豈足論，但愁智能竭。桓桓彼多士，引頸向北國。雙雙小兒女，馳書訴契闊。夢晤如生平，歡笑復嗚咽。」老倆口既想在延安的兒女，也嚮往中國的革命聖地與前景。他們反覆商量，桂林非久棲之地。但和重慶同樣，都在老蔣的特務監控之下。在此地被暗算，反易掩蓋罪行；在重慶老蔣礙於輿論，反倒難下毒手。而且周恩來、郭沫若等仍在那裡撐持。於是夫妻倆下定決心：「個人的幸福已牢牢地和民族的命運捆在一起，只有爭取了民族的自由與解放，我們闔家才有團圓的可能。」〔註 6〕於是答覆劉百閔：「書已寫完，可以去重慶！」劉百閔此行一無所獲，正愁無法交差，茅盾是第一位肯去重慶的大名人。他雀躍而返，先向重慶報功；派特務一路「護送」茅盾夫婦；於一九四二年十二月下旬抵重慶。

九

重慶房荒嚴重，幸得生活書店把他們在重慶所辦的國訊書店存紙的庫房

〔註 6〕《我走過的道路》（下），第 345～316 頁。

騰出一間房屋供他倆棲身。寓所在距城三十里的唐家沱新村天津路 1 號。特務機構立即在茅盾寓所對門搭一所草棚擺一菸攤，派特務扮作攤主晝夜監視。這倒使茅盾因禍得福。住此三年，小偷、乞丐、流氓，均不敢上門！

茅盾的一切活動均由 cc 派特務組織的一員大將、公開身分是國民黨中宣部長兼文化運動委員會主任張道藩控制。二月初張道藩派劉百閔下宴請的請柬。地點在張家的客廳。張道藩虛意恭維茅盾返渝之舉，說老蔣對他如何器重。茅盾乘機提出：我是《文藝陣地》主編，但刊物一出即被扣，現在無法辦下去了。張道藩假裝驚訝，劉百閔推說不知。但他們又倒打一鈀：傳說此刊爲共黨所辦，故下邊就亂來了。茅盾針鋒相對：「每稿我都看過，並無危害抗戰言論，不知張先生說有親共傾向，所指是哪一篇？」張道藩說不出。尷尬之餘，就轉移話題。反叫茅盾把《霜葉紅似二月花》交給他辦的御用刊物《文藝先鋒》連載。茅盾說：「你提晚了，我已交給了《時事新報》副刊《青光》。不過我可以給你們寫點短文。」事後送去的是談詩的《文藝雜談》。

但張道藩及《文藝先鋒》緊催長篇。爲表示「合作」，茅盾寫了中篇《走上崗位》送去。因爲文網所限，此作雖寫某機械廠的民族資本家出於愛國，由上海內遷，以支持抗戰的題材，但筆墨無法伸展，茅盾對此作極不喜歡。從未出單行本。筆者編審《茅盾全集》校注稿時，從茅盾這部長篇的手稿中，發現多處補綴的篇章，內容都是揭露蔣政權黑暗，爲雜誌連載文字中所沒有者。從補綴文字均像黏貼的續紙推斷，當是茅盾邊發表邊續寫時不滿意上文，隨時補綴的，這是他戴著枷鎖跳舞的重慶生活的歷史見證！這也是中國國情！

茅盾在重慶無法放開手腳，只好著力培植文學後進。《文藝陣地》停刊後，葉以群辦了個自強書店。茅盾給他編《文陣新輯》，此外還編了一套提攜新人的《新綠叢輯》。每本書都由茅盾作序，計有穗青的《脫韁的馬》，郁茹的《遙遠的愛》，王維鎬的《沒有結局的故事》，韓罕明的《小城風月》等。他還在唐家沱進城往來乘船時，認識了中學生胡錫培（即田苗），應邀輔導他周圍的一群文學青年所組成的「突兀文藝社」。茅盾還給其刊物《突兀文藝》寫文章。特別是孔德沚在上海搞工運、婦運時於「五卅」潮中結識的女友胡子嬰，當時是重慶響噹噹的婦運頭面人物和女企業家，她寫的中篇《灘》，題材略近《子夜》，她求孔德沚轉請茅盾幫助。茅盾幫她經年，孔德沚說：「改稿像批作文卷。」使此書終於出版。

一九四四年國內外反法西斯鬥爭節節勝利。民主潮流日趨高漲。九月起茅盾結束了韜光養晦生活，積極投身民主洪流。十一月周恩來親赴重慶，與國民黨會商成立聯合政府事宜。茅盾又像一九四〇年那樣，以無黨派民主人士身分列席重慶各黨派內部聯席會議。他經常往返於市區與唐家沱之間。十一月據所見所聞作七絕《戲筆》:「南腔北調話家常，眉黛唇紅鬥靚妝。昨夜東風來入夢，橫塘十里槳聲狂！」詩把昔日南京政府達官貴人攜妓秦淮和今天抗戰的陪都仍然醉生夢死作了諷刺對比。他還寫了大批呼喚民主、抨擊黑暗政治的雜文政論。一九四五年秋，他推出一炮打響的多幕話劇《清明前後》。它以轟動山城的「黃金案」這一腐敗政治典型事件爲背景，尖銳犀利地揭露「升官發財啃桌子底下的骨頭，舐刀口上的鮮血」的黑暗政局。對追隨抗戰的愛國資本家反被「發國難財」的政客與買辦資本所扼殺，寄予強烈同情。從《子夜》中吳蓀甫的屈服，到《清明前後》中林永清的覺醒，這是茅盾跟蹤描寫中國民族資產階級命運的重大發展。他在筆下爲他們鋪下一條康莊大道：只有跟隨中國共產黨走民主建國之路，中國民族工商業才有眞正的出路。

一九四五年六月二十四日，由周恩來親自策劃，郭沫若、葉聖陶、老舍等領銜發起籌備的爲茅盾慶賀五十大壽的盛會，在重慶白象街實業大廈隆重舉行。茅盾家從無祝壽習慣。他也不記得生日的準確時間。建國後研究者不斷追問，才在二叔幫助下弄清自己的生日是舊曆五月二十五日即公曆七月四日。茅盾被「藉祝壽顯示民主實力」的理由所打動，姑且認六月二十四日爲生日。這天上午，孔德沚早早做好豐盛的午餐，催茅盾趕快吃罷。兩人就從郊外動身。但搭車不順，三點抵達時，會場已齊集了五六百人。王若飛代表中共出席。各界人士有柳亞子、沈鈞儒、邵力子、馬寅初……張道藩也不得不出席，還有蘇聯大使館、美國新聞處等外國朋友。最令茅盾夫婦高興的是剛從新疆死裡逃生的趙丹、徐韜、王爲一、朱今明全都出席了！握手擁抱之餘，不禁感嘆唏噓！茅盾、孔德沚被推到首席落座。茅盾左邊是主席沈鈞儒，孔德沚右邊是前輩柳亞子。孔德沚一再推託：「又不是給我祝壽！」她堅辭不坐，但被女客強行按住。幸邵力子來遲，孔德沚趁勢讓座，才躲到女客群中。首席座後面掛滿賀幛，馮玉祥贈的卷軸繪一壽桃，題詩曰：「黑桃、白桃和紅桃，各桃皆可作壽桃，文化戰士當大衍，祝君壽過期頤高。」老舍贈賀聯曰：「雞鳴茅屋聽風雨，戈盾文章起鬥爭。」沈鈞儒致詞後，邵力子、王若飛、馬寅初、馮雪峰等紛致賀詞。白薇還以婦女代表身分向孔德沚深深鞠躬，讚她是得力的「內務部長」。茅盾最後致答詞時說：「抗戰的勝利已在望了，然後一個民主的中國還有待我們去爭取，道路還很艱難。我準備再活二十年，爲神聖的解放事業做一點貢獻，我一定要看見民主的中國實現，否則我就是死也不會瞑目的！」

六月二十四日《新華日報》發表由周恩來親筆改定的社論：《中國文藝工作者的路程》。王若飛以中共領導人身分發表文章：《中國文藝界的光榮，中國知識分子的光榮》。兩篇文章稱茅盾是「中國文化界的一位巨人，中國民族與中國人民最優秀的知識分子，在中國文壇上努力了將近二十五年的開拓者和領導者」。他「爲中國的新文藝探索出一條現實主義的道路」。「他所走的方向，爲中國民族解放與中國人民大眾解放服務的方向，是一切中國優秀的知識分子應走的方向」。茅盾是「新文藝運動中」「一位彌久彌堅，永遠年輕，永遠前進的主將」，是新文藝運動的一面「光輝的旗幟」。

這次活動既是對茅盾近三十年文藝道路的評價與總結，也是對國民黨白色文網的一次示威！

祝壽活動三個多月後，日本於一九四五年八月十五日宣告無條件投降！一九四六年一月十日，中國人民政治協商會議在重慶召開，通過了《和平建國綱領》，頒布了國共雙方於一月十三日午夜生效的停戰令。毛澤東赴重慶談判期間，茅盾夫婦前去看望。他們自建黨起共同戰鬥；孔德沚隨後也加入了黨的隊伍；至此凡二十五年；終於迎來中國歷史的新階段。後來毛澤東又把茅盾和馬寅初接去，親切交談了兩個多小時。

十

就在這歡慶之日連連降臨的時刻，茅盾和孔德沚卻面臨著失去愛女的沉重打擊！

抗戰勝利在望，他們日夜盼望和兒女團聚。一九四四年八月十四日，孔德沚託人帶信給蕭逸、沈霞、沈霜。由於孔德沚生前只留下三份遺墨（計兩信一文），彌足珍貴。現先把此信全文引在下面：

> 逸霞雙〔註 7〕我兒如晤：近日接到女兒五月七號一信，這信特別慢，足足三個月方才收到，等信雖急，也無可奈何，有時我想匆

〔註 7〕逸是蕭逸、霞雙即沈霞、沈霜。沈霞和蕭逸是同學，1942 年訂婚，這時尚未結婚。

必去信吧，信寫了也難得收到。我每月寫了一信寄出，又不曉得到你們手裡有幾封。通信有那麼困難，還說得到什麼？可見你們不知事情的小孩子，你們身體很好，我也不多記掛了。我家的生活也還可以過得去。收入可以開支，高的物價，開支節省一點，並不是受到物質苦。苦痛的事情雖多，和你們完全不同的，也許你們想不到的，因爲是小孩子，也勿必和你們說了，你走得那麼遠，家務困難。也不要你們操心，只希望你們好好學習。英文能再學習當然很好，字典沒有，買到當寄來。也許現在沒有？不過身體健康第一，勞動雖也需要，但過分勞動，容易致病，也得注意。雙雙回來了沒有？他體力近來這樣好了，將來不做科學家，還是做莊稼吧！不過科學也要好的體格，可以有成功，雙雙，你一定完全和從前不同了。不過你有上進心理，總是個好孩子。父母總歡喜好孩子的。霞要軟片，以後有便人來時帶上。能帶張照片看看當然很好！逸身體爲何不好？要請醫生檢查一下有病沒有？要注意保重。不寫了，再會。

母字　八月十四日

琴姑母幸福家庭我沒有機會參觀，等著吧。

日本投降後沈霞來信說：「爸，媽，我很高興，敵人投降了，我們勝利了，等得十分心焦的見面的日子等到了，我們不久就可以見面。」茅盾、孔德沚天天盼，月月盼，望眼欲穿。誰知盼到了晴天霹靂！

這時茅盾常在城裡開會。有時在張家花園文協宿舍過夜，常和以群同室。這次他剛出席周恩來召集的黨的文藝工作者總結抗戰八年文藝運動，探討新形勢下文藝運動方向的會。會後略感不適。九月二十日他住在文協宿舍，等孔德沚來接他回唐家沱。從延安來的版畫家劉峴夫婦來訪。茅盾向他打聽延安情況。劉峴說話時冒出了一句：「只是沈霞同志犧牲得太可惜了！」茅盾大吃一驚問：「你說什麼？」劉峴愣住了：「沈先生還不知道？」他發現闖了禍，只得承認說：「因爲人工流產，出了事故。」以群也只好託出實情：「這是八月二十日的事，恩來同志囑咐暫不告訴你們，怕你們過分傷心弄壞身體。因爲前一陣您正寫《清明前後》，他又忙於開政協會議。」以群隨即拿出張仲實託人帶來的信。這時聽到孔德沚在樓下的聲音，茅盾急忙囑咐：「不能讓她知道！」就把信藏到褥子底下。孔德沚上樓後見到劉峴，幾句敘舊，話題就轉到孩子身上。劉峴見事不好，趕緊告辭！茅盾也忽忙和孔德沚動身返寓。

回到唐家沱寓所，茅盾倒眞像得了一場大病。他回憶女兒的往事：孩子從小聰明好學，酷愛文學。孔德沚說：「你的文學細胞傳給亞男了！」她在延安早已入黨，又是女大俄語班的高材生。一九四五年剛和同學蕭逸結婚。她只活了二十四個春秋！

茅盾一夜反側。次晨起來孔德沚說：「你昨夜做了什麼夢？覺得你像是在哭！」茅盾只好說：「夢見了小時候，夢見了媽媽！」他假託城裡有急事，就說病已好了。還得趕進城去。他在周公館找到徐冰。徐冰可能得到以群的報告，就開門見山：「恩來同志本想親自和您談並且道歉，的確是庸醫害人。你們把孩子託給我們，我們都沒照顧好！當時恩來同志忙於談判。」這時國共談判正在僵持。周恩來工作緊張。茅盾趕忙說：「請轉告恩來同志，不要爲我們的私事分心！」徐冰問：「沈太太知道嗎？」茅盾說：「我正爲此事而來，我怕她承受不了，想把兒子叫回來再一起跟她說。兒子回來，起碼是個安慰！」徐冰答應去辦。十月八日徐冰找茅盾說：重慶談判即將結束，恩來同志已關照延安讓你兒子乘毛主席回延安的飛機回程時來。他交給茅盾張琴秋的兩封信。信中說：「霞的死，確係大夫魯子俊的嚴重錯誤，由於消毒不嚴，感染後未及時搶救所致。

這時茅盾已由郊區遷到一九四〇年住過的棗子嵐埡良莊沈鈞儒寓所讓出的三樓一間房。十月十二日傍晚，八路軍辦事處來接茅盾夫婦，說兒子已到。老倆口喜沖沖趕去。兒子和衣躺在一張行軍床上。他見父母來了，趕緊起來叫爸爸，媽媽！孔德沚抱住兒子叫道：「長高了！長壯了！亞男呢，亞男在哪裡？」兒子慌了，他不知媽媽還不知道姐姐不幸去世，一時手足無措！孔德沚見丈夫陰沉著臉一聲不吭，又叫道：「出了什麼事？不要瞞我！」兒子哭起來說：「姐姐死了！」孔德沚一時愣住，半天才嚎啕痛哭！茅盾先止住哭勸妻子道：「事已至此，好在阿桑好好地回來了。」

兒子告訴了詳細經過；日本投降後，延安幹部分派到各地，沈霞被派往東北。這時發現懷孕已月餘。爲不影響工作，決定人工流產。術後次日她呼吸困難，腹痛難忍。操刀的魯子俊醫生說：這是正常現象。反怪病人嬌氣。沈霞好強，只能忍痛。第三天晨五時休克。主持手術的醫生卻不見面。張琴秋趕到後，忙找醫生會診。時值延河發大水，醫生和蕭逸、沈霜都過不來。沈霞於中午十一時去世。事後解剖，發現是手術消毒不嚴感染後轉腹膜炎未及時治療之故。而那醫生卻是回家整裝。他要去東北。經組織上給他處分，並召開會議教育別的醫生。沈霞葬延安清涼山上。

女兒去了，兒子回來了，他奉命安慰父母，然後去東北工作。所以他馬上也要回去。孔德沚卻意外地同意得極痛快。她說：「要說完全，還是解放區。在重慶我怕特務加害他！」孩子提出要求辦兩件事。一件是要改名字：因爲「沈霜」常被人叫成「損傷」。就和父母商量改名「沈孟韋」。後來他去東北工作，人家從他的姓知道他是名作家沈雁冰的兒子。他爲不被人家特殊看待，就決定去掉「沈」字，針對自己急性子直脾氣等毛病，取名韋韜。以此自律要「講究韜略」。此名直用到現在。第二件是他患慢性盲腸炎，要切除盲腸解除工作時的後患。經柳亞子介紹請中央醫院外科主任做了手術。

老倆口陪兒子看了《清明前後》，買了手錶衣物。本想等他們回上海後，兒子才返解放區。但當時機票緊張，急切買不到。兒子十分焦急。孔德沚疼兒子，怕在這兒「關」瘦了。因她怕兒子被特務加害，始終不放他單獨出門，就說：不如讓兒子先走。一九四六年一月八日徐冰告訴茅盾，周恩來說：韋韜不必回延安，不如直接去北平，安排他在軍調處新華社辦的報紙《解放》三日刊當編輯。三天後老倆口雇出租車把兒子送到周公館，安頓好兒子動身的事，周恩來請茅盾到辦公室。他親自道歉致哀，並問孔大姐是否挺得住。茅盾再三道謝。周恩來對《清明前後》產生重大的影響評價很高。最後問茅盾下一步的打算。茅盾說要回上海，只是機票困難。周恩來記在本子上了。

孔德沚非常堅強地從喪女之痛中掙扎起來，一九四六年二月十日她給女婿蕭逸寫了一封信，全文如下：

蕭逸：

你寫來幾信已收到，勿念。

我們興趣很壞不願寫信，你帶了傷去工作，一切要自己保重。死的已經死了，也勿必悲痛。活著的人，更應該自重。青年人責任重大，不要會已死霞〔註 8〕，而弄壞了自己，不能擔負兩人任務。霞是不願意的。她雖死得特然〔註 9〕使我們不能不悲痛，死的沒有痛苦，活著的我們太苦了，也只好想開一點。總之殺人的醫生可惡！弄死了這樣一個好孩子。雙已來，碰到過沒有？再談吧！

媽

沚上　二月十日

〔註 8〕原文如此，此句疑爲「不要因霞已死」。
〔註 9〕原文如此，「特」疑爲「突」字。

也就是在兒子走後，孔德沚在悲痛中寫下一篇沒頭沒尾的短文。原手跡共是兩張。第一張豎寫在《改造日報》稿箋上。第二張寫在白紙上。從口氣看，是和女兒沈霞亡靈的談話。從內容看，是在沈霞去世周年那天寫的。全文如下：

亞，你是永遠不會再回來了吧？可是你媽日夜在等著你有一日再回來呢！也許你媽在做夢，聽許多朋友們告訴我你的確是死了，但是我沒有看見，你是那樣死的，因爲你是活潑健康的，青年怎麼會死的，不是死得太冤枉了麼？

亞！你在死的前幾天寫了一封信，信內這樣説，「媽，我很高興敵人投降了，我們勝利了，等得十分心焦見面日子等到了，我們一定不久就可以見面了。」有這樣的一封信，但你自己做夢也沒有想到過，只過了二天，你會死的。又是這樣的死。你媽常想到你死的時候的痛苦。因爲你正富於生命力，你覺得勝利後要好好兒爲社會努力工作，因此去請教醫生，哪知道竟被醫生殺了！

亞，你媽對不住你，放得你那麼遠，自己不能來看護你，讓你不明不白的死去。但是你媽現在只有恨，恨那些好戰敵人！假使沒有戰爭，我們不會丟了那個溫暖的家拖著你們去過著流亡生活吃盡一切的苦。也犧牲了你的學業。但你從不曾説一句抱怨的話，總是自己默默用功。不去浪費一點時間。亞，你是個好孩子，就是這樣死去了！因爲你跟著我們過著沒有自由艱苦漂流的生活，同時也見到了這許許多多可歌可泣的事，不合理的事情，因此你後來就深深感覺到做個中國兒女責任重大，因此你就感到吃苦是應當的。要爲多數人謀幸福，要使老百姓有一日好日子過。要爲中華民族爭口氣，先要自己有吃苦精神。你就決心克服過去那些都市生活的習氣，學習適應環境的生活。起碼你媽非常不放心的，因爲你們從不曾遠離過父母，生活是相當舒服，可是降低了生活，害怕你吃不消，妨害身體健康！但我的好兒，你眞正克服了一切艱苦生活，慢慢弄慣了一切。身體也很好。你屢次來信叫我們不要掛念，你很好。別人也稱讚你是個有出息孩子！當然你爹媽聽到了多麼高興呀！但是，亞，這是一個什麼時代，好人總是這樣死去呢？這就是不合理、強暴、沒有是非的世界吧？你倒在去年今天死去了。可是吃了八年苦，同胞們今年再死內戰炮火裡。你還活著的話，一定增加你怒火，去和敵人碰。你安息吧！有千千萬萬人續你（的）工作。

在中國革命艱難進程中，茅盾和孔德沚奮鬥一生。弟弟死在戰鬥崗位上。母親病死在戰火中。現在女兒又死在爲奔赴戰鬥崗位的不幸醫療事故中！

談到抗戰勝利，茅盾多次用過「慘勝」的字樣，這個「慘」字，有多少辛酸的內容！

韋韜同志告訴筆者：也就是這次沈霞去世，沈霜應召回去安慰父母切除了盲腸出院後，母親對他說：「那個姓秦的〔註10〕在重慶，你爸爸講的，他見過她一次，是在「柳（亞子）詩尹（瘦石）畫展覽會的集體場合。你爸爸沒有理她。據說她和國民黨的大官結了婚」。韋韜同志說：「那時父母親的感情已經很深了。」茅盾爲此展覽會所寫的《「柳詩」、「尹畫」讀後獻詞》刊於一九四五年十月二十五日《新華日報・副刊》。所以這次群眾場面的偶遇，當是本月的事。看來孔德沚當時並不知道，秦德君這時所嫁的郭春濤，公開身分雖是國民黨實業司長，實際是爲黨做地下工作。秦德君也經常幫他送情報，大家都是黨領導下爲人民工作戰鬥的同志。

十一

機票還是周恩來通過邵力子轉請張治中做出安排得到解決，不過直飛上海的飛機接收大員們早包去了。只得繞道返滬。茅盾夫婦於一九四六年三月十六日離開重慶飛抵廣州。朋友聞訊，接踵來會。周鋼鳴、于逢、司馬文森、陳殘雲、易鞏……接風洗塵，歡歌笑語。各種消息見聞湧入腦海。茅盾結束了特務監視下的霧都生活，即將返滬迎接新的戰鬥。他心情歡愉，詩興大發，所作《無題》，採用了他很少使用的「六言」古詩形式：「微醺春透眉梢，脈脈柔情欲吐。回眸低聲忽問：相愛何如相妒？淡淡悉上心頭，離情溫馨如醉。何須萬般溫柔，渾然相忘已久。」此詩最初收入《茅盾文集》第十卷於一九六一年十一月與讀者見面。這是十卷本《茅盾文集》的終卷文字。茅盾在《無題》後自注「一九四五年冬廣州」。也許因是一首情詩，未引起多大注意。晚年他不滿足河北人民出版社的《茅盾詩詞》的過於簡陋，遂把全部舊詩修改訂正編成《茅盾詩詞集》交上海古籍出版社。茅盾在編輯過程中把此《無題》

〔註10〕指秦德君。

詩加了標題：《偶聞》。由八句凝成四句：「微醺春透雙蛾，欲語還休旁顧，回眸低頭忽問，相愛何如相妒？」八句凝縮爲四句，顯得更古樸了，其後仍注「一九四五年冬廣州」。此詩集茅盾逝世後才排出。韋韜校對時發現，時間或地點有一個是不對的。因爲一九四五年冬茅盾在重慶；若在廣州，當是一九四六年春。韋韜說：「我根據新加的標題《偶聞》，聯想到一九四四年在重慶所寫《戲筆》前的小序：『自唐家沱赴重慶，輪船中偶見戲筆』。那是『偶見』這是『偶聞』。也許互有關係。因此搞錯地點的可能性大。於是我就改爲『一九四五年冬重慶。』後來丁茂遠在《茅盾詩詞鑒賞》中發現我改錯了。丁茂遠寫道：「根據《無題》（包括《偶聞》）詩意，似以『一九四六年春廣州』爲宜」。丁茂遠是細心人。他的意見是對的。《茅盾全集》據我的錯改收入，以訛傳訛，也是錯的。以後重版，得改正過來。」

但是韋韜這個錯改，引起了一點筆墨官司。因爲沈衛威同志以韋韜的錯改爲正確。他以「一九四五年冬重慶」爲據，說這是對秦德君的懷舊之作。韋韜說：「這就不僅是以訛傳訛問題，而是穿鑿附會了。我父親生前曾有遺囑，回憶錄中不提秦德君，權當沒這麼個人。但此詩他曾題贈呂劍。若和秦德君有關，怎麼肯題贈給友人？」這話是很有道理的。

但沈衛威此說，提出一個與本書有關的問題：茅盾對秦德君到底是否如沈所說「總難忘情」？茅盾兩度和秦德君同在重慶。山城不大，他從未和秦聯繫。只偶遇在「柳詩尹畫展覽會」上，卻並不去招呼，回家即無保留地告訴了孔德沚。說明他這時用情專一於孔，對秦則不「旁顧」。沈衛威以此詩錯注的時間地點爲據，要證明茅盾仍有懷舊之情，顯然根據不足。他說他還發現「沈不忘秦」的半闕詞：「心事浩茫九轉腸，有美清揚，在水一方。相思欲訴又彷徨，月影疑霜，花落飄香。」他認爲這「美」是「秦」，「心事」是「念舊」。秦德君當即否定說：「這很難說。」秦德君是對的。因爲沈衛威所引此詩寫於「文革」將結束的一九七四年二月，那正是秦德君已經揭發茅盾是叛徒，中央立了「茅盾專案組」並讓茅盾靠邊站之後。而且此詞題爲《一翦梅・感懷》，前有小序曰：「甲寅人日友某感懷三十年前脫險之事，作此記之。」此詞有上下兩闋，上闋爲「何處荒雞喚曙光，聞笛山陽，凄切寒螿。騎鯨捉月忒顛狂，且泛艅艎，適彼樂鄉。」內容和「沈思秦」說，半點邊兒都不貼。據韋韜回憶，此詩作於高汾來訪之後。高汾即《脫險雜記》所寫的白港文藝通訊社的小高。甲寅年人日是一九七四年正月初七，那天高汾來拜年，談起三十年前即香港淪陷後一起步行脫險的舊事。茅盾感慨有加，故作此詞。根本和秦德君不相干。

一九四六年四月十三日，茅盾夫婦乘船抵港，下榻銅鑼灣畔海景酒店。這才知道港滬間每月僅兩班船，且已訂到一個月之後。滯留香港，倒確有懷舊之情：茅盾極想念早夭的女兒。他很想到亞男常去遊玩的蝴蝶谷看看；又怕引起孔德沚的傷感；只好作罷。閒居無事，他譯了蘇聯作家卡達耶夫的小說《團的兒子》。

五月中旬他們總算拿到船票，抵滬已是二十六日。承孔另境之友歐陽翠讓出她在大陸新村 6 號二樓的一間屋子給茅盾夫婦存身。

十二

這時的上海面目迥異：太陽旗換上星條旗，罵漢奸的話用來罵接收大員、以及漢奸搖身一變而成的接收大員。物價飛漲！特務橫行！前方是打內戰的炮響，後方是鎮壓民主運動的槍聲！「下關暴行」與慘殺民主教授聞一多、李公樸的暴行，激起舉國上下一片反抗聲！他們依然得奮起鬥爭！茅盾寫了一批評擊黑暗與暴行，呼喚民主與光明的雜文。也寫了一批總結八年抗戰文藝運動的論文。

茅盾返滬後就想回鄉爲母親掃墓添墳。奈何鬥爭局勢使他脫不開身。只好讓孔德沚隻身返鄉擔此重任。她見後院三間平房已空空蕩蕩：婆婆死後，書被三叔燒毀，東西被三叔變賣！她心境淒涼，只能先去給婆婆上墳。墓也在東柵沈家老墳。但往日的氣勢已經凋落無存。她燒了黃表錫箔，獻上花圈，想起婆婆視己如女，而今在他們顛沛流離返滬之後，婆婆卻孤零零隻身先逝，禁不住淚灑黃土，泣不成聲！她雇人在墓冢培上厚厚的土，墓前栽上兩棵扁柏。依依難捨地叩拜而別！

舊屋已無物可以收拾。在夾牆中還有些霉爛的線裝書和發霉的洋裝書，但在婆婆的遺物中，竟意外地發現茅盾兩冊《小學文課》！茅盾回憶錄說：這兩冊《小學文課》被植材小學的張老師要去作紀念了。這可能是誤記。據保存這兩冊《小學文課》的沈羅凡同志在《話〈春蠶〉念茅公》中說：「一九四六年茅盾夫婦赴蘇聯前，夫人孔德沚回烏鎮探親，曾來我家作客，把兩冊茅公少年時的『文課』和其他一些書籍託我父親保管。」禾人在《茅盾小學時代兩冊作文本發現經過》中也證實：這文課確實由孔德沚交沈羅凡之父沈遠孚保管。沈遠孚逝世後由沈羅凡保存。他雖被錯打成右派，仍珍藏此物。「文革」抄家時被抄去。後經桐鄉縣委與文化局的同志從抄家舊物中發現，妥爲保存至今。現已編入《茅盾全集》中。孔德沚回到上海述及故鄉一切，茅盾也心境淒然！

這時他們面臨一個難得的訪蘇機會。在廣州他們已聽到「沈雁冰已接受美方的邀請，將去美國休養」的謠言，茅盾立即否認。其實倒是一九四五年在重慶時蘇聯曾正式邀他去蘇聯訪問。茅盾說：「現在只剩下我們老倆口，要訪蘇不能只我一個人去。」一九四六年八月初，蘇聯大使館一等秘書著名漢學家費德林從南京專程來上海，送來蘇聯對外文化協會邀請茅盾攜夫人去蘇聯訪問的請帖。他說：我們蘇聯大使館已跟中國外交部正式打了招呼。他建議茅盾夫婦先乘每月一班由上海開往海參崴的輪船。再轉乘火車去莫斯科。茅盾夫婦愉快地接受了邀請，請費德林向蘇聯文協致謝。

十一月二十四日全國文協等十個民間文藝團體爲茅盾舉行訪蘇歡送會。郭沫若、馬寅初、熊佛西、潘漢年，侯外廬、許廣平、陽翰笙等二百餘位文化界名人出席，葉聖陶主持歡送會。由黑暗中國赴社會主義蘇聯去訪問，在當時是一件大事！大家都從中寄託著對中國的未來的無限希望。茅盾夫婦臨行前還到中共上海辦事處辭行。可惜周恩來不在。由辦事處主任陳家康接待。他感慨地說：「全面內戰已成定局，我們很快就要撤離。讓我們在人民勝利之日再見！」

一九四六年十二月五日，茅盾夫婦乘船離滬。十日抵海參崴換乘火車，於二十五日晨抵莫斯科。蘇聯對外文協東方部主任葉洛菲耶夫迎接他們，此後一切安排多由葉洛菲耶夫負責。次日安排計劃，茅盾想到將來新中國建設必須參照蘇聯經驗，故計劃實際是圍繞這個中心安排：他們想全面系統地認識蘇聯。

元旦在莫斯科度過。中午十二時許，葉洛菲耶夫來拜年，說要送他們一件珍貴的「新年禮物」。他一招手，進來一位矮小的中國姑娘。原來他把沈澤民、張琴秋的女兒瑪婭帶來了！沈澤民、張琴秋當年因革命需要回國時，剛出生的小瑪婭被留在蘇聯，她被送進國際兒童院。像一個孩兒那樣度過童、少年。如今長成健壯活潑的大姑娘了！一看見侄女，孔德沚就抱著她哭起來了！她想到了澤民，也想起自己的女兒亞男！瑪婭一句中國話不懂，茅盾急中生智，他拿出來時準備的俄英、英俄兩用字典。先從英文中找出一個字，讓瑪婭看俄文解釋。再由她找出一個答覆的字，茅盾看英文解釋。如此這般，弄清了基本情況：她二十歲，在大學學無線電，還沒有男朋友。茅盾也告訴她一些基本情況：祖母、姐姐去世了，哥哥在解放區等等。不過這種「談話」太困難了！中午茅盾夫婦請侄女吃了一頓豐盛的法國大餐。見到親人，瑪婭特別高興！第二天瑪婭帶來張太雷的兒子和劉少奇的兒子，他倆當翻譯，談話內容就豐富了。

茅盾夫婦一九四六年十二月五日離滬，一九四七年四月二十五日返滬。在蘇聯訪問約四個月。他們先後訪問了俄羅斯、格魯吉亞、烏茲別克、土庫曼、阿塞拜疆等加盟共和國，重點參觀了莫斯科、列寧格勒、巴庫等大城市。共參觀了七十多個單位，分別了解了蘇聯的歷史、革命過程、建設現狀；重點了解了社會主義科學、文化、教育建設情況，特別是文學藝術事業蓬勃發展的情況。觀看話劇、歌劇、舞劇、音樂會、電影等四十餘場。會見了法捷耶夫，西蒙諾夫、卡達耶夫、蘇爾科夫、列昂諾夫、費定、馬爾夏克、吉洪諾夫等著名作家。並對他們當中部分人作了專訪。孔德沚還訪問了蘇聯婦女反法西斯總會。拜訪了該會主席寧娜・波波娃。這樣就對蘇聯的社會主義制度及這制度下的文化、藝術、科學、教育等事業和群眾團體等有了基本的了解。茅盾在日記中寫道：「二十五年的蘇維埃政權做了百年的帝俄政權所沒有做到的事。」他們充分認識到社會主義制度的優越性。他們當時絕沒想到，新中國成立後，茅盾會出任文化部長與中國作家協會主席。這四個月的直觀經驗竟起了參照作用。

茅盾訪蘇，寫了兩本專著。一本《蘇聯見聞錄》，前半是訪蘇日記，逐日所見均擇要記實。後判則是專題性訪問記，如訪列寧博物館、訪西蒙諾夫等，均是一事一記。《雜談蘇聯》是一本理論專著，共四編，分別從政治、經濟、文教、社會團體與社會問題四個方面系統介紹了蘇聯的社會主義制度。在建黨初期，瞿秋白的《俄鄉紀程》、《赤都心史》系統介紹蘇聯社會主義革命情況。在建國前夕，茅盾的紀實散文《蘇聯見聞錄》與理論著述《雜談蘇聯》則系統介紹了蘇聯社會主義建設情況。兩位偉人，四部著作。在中國社會主義革命與建設中發揮的作用，是劃時代性的。

十三

茅盾回國時國內形勢已急轉疾下。一九四七年七月，中國人民解放軍由戰略防禦階段轉入戰略反攻階段。在國統區，反美反蔣反迫害反飢餓的鬥爭一浪高似一浪。蔣政權的崩潰指日可待。垂死掙扎的殘酷鎮壓也日甚一日。十月十日以沈鈞儒爲首的中國民主同盟也被國民黨「解散」。爲保護這些民主人士，中共中央立即發出經香港轉移到解放區的通知。郭沫若、沈鈞儒於十一月中旬與下旬先後離滬。茅盾於十二月上旬由葉以群陪同赴港。爲了安全並起掩護作用，孔德沚再次「斷後」：她先留在上海，放空氣說，茅盾回烏鎮探親去了。兩週後她和于立群同船赴港。茅盾夫婦先住公寓，半月後遷到九龍彌敦道所租的寓所。

在香港，茅盾除發表了許多政論，配合民主潮流，爲打倒蔣家王朝、建設新中國吶喊之外，主要的工程是繼《第一階段的故事》、《走上崗位》、《清明前後》之後，又寫了反應抗戰期間在蔣敵僞合流情況下民族資產階級的掙扎與抗爭的長篇《鍛煉》。此作的基礎是他一直很不滿意的中篇《走上崗位》。這次寫《鍛煉》，取其人物與故事框架，作了重大的改造拓展。全書預計六卷。從抗戰暴發，上海工業內遷，直寫到抗戰勝利後，蔣政權鎮壓民主運動時聞一多、李公樸被殺。除第一卷《鍛煉》寫成外，其餘五部僅留下寫作大綱與部分章節片斷。《鍛煉》的突破，除更加深化了民族資產階級形象系列外，主要是較成功地正面塑造了工人階級的藝術形象系列，和黨的地下工作者及其周圍參預鬥爭的革命知識分子形象系列。它還把筆觸伸到抗日愛國的蔣軍部隊的高層與基層，肯定了他們在抗戰中所起的作用。此作是茅盾塑造民族資產階級形象的集大成之作。預計的規模之宏大，是空前的。惜因全國即將解放。茅盾響應黨的號召，奔赴東北解放區參加籌備全國政治協商會議。此書首卷寫完即擱筆。此後終於再無機會續寫！

一九四八年夏秋之間，中共中央組織在港民主人士分批轉移，茅盾和李濟深等是第三批。一九四八年除夕，茅盾夫婦登上直開大連的蘇聯輪船。一九四九年元旦在海上度過。這批民主人士頗有登泰山迎日出之感。李濟深在茅盾的手冊上題詞曰：「同舟共濟，一心一意，爲了一件大事。一件爲著參與共同建立一個獨立、民主、和平、統一、康樂的新中國的大事。……前進前進，努力努力。」

元旦這天，香港《華商報》發表了茅盾行前留下的最後一篇文章：《迎接新年，迎接新中國！》

他們先抵已經解放了的大連小住。二月二十五日茅盾夫婦隨團乘火車抵沈陽。兒子韋韜趕來看望父母親。他長得高大多了，臉也曬得黝黑。他現在《東北日報》工作。但他始終念念不忘於參加工業建設。這時他已向中共中央東北局負責人張聞天提出到工業部門工作的要求，並得到首肯。但孔德沚不同意。她說：「不行，不行，你當記者當的滿好嘛！」那時韋韜在《東北日報》上連續報導了許多黨領導下的新型重工業單位，產生了不小的影響。他已成為小有名氣的記者了。因此茅盾也說：「你幹記者已經熟悉了。幹工業又得重新學。」兒子講了許多非幹工業不可的理由。但已經沒有用了！父母已經跟張聞天打了招呼：讓他繼續當記者！

　　這時平津戰役已經結束，北平已於一九四九年一月三十一日和平解放。茅盾、孔德沚隨團離沈。他們一行有李濟深、沈鈞儒、郭沫若等共三十五人。經過天津，於二月二十五日抵達解放了的北平。下榻於北京飯店老樓。

　　從此，茅盾開始了在北京長達三十二年之久的社會主義新生活。

第八章　禍福與共狂濤急
脣齒相依夕陽紅

一九一六年，茅盾從北京開始，經歷了舊中國三十三年的人生旅途；一九四九年，茅盾仍從北京開始，走完其在新中國三十二年的人生歷程。兩種不同的社會制度，兩種不同的人生坎坷。他的老伴孔德沚，始終和她朝夕相伴，脣齒相依，禍福與共，歷盡辛酸，也分享了甜蜜。樂章中偶爾也有不和諧音。

一

在建國前夕，茅盾以國家主人公身份兩條戰線並行，參預了許多國家大事。一條戰線是擔任新政協籌委員會，一九四九年九月二十一日至三十日出席了代行人民代表大會職責的中國人民政治協商會議第一屆全體會議。參預制定了具代憲法作用的人民政協共同綱領。出席了十月一日在天安門舉行的開國大典。他當選爲首屆全國政協常務委員；被任命爲文化部第一任部長。另一條戰線是擔任全國首屆文代會籌委會副主任，在參預籌備文代會過程中，還主持了《文藝報》的籌辦，試刊與正式出版工作。在七月二日至十九日的全國首次文代會上，他以副主席身份報告了大會籌備經過，作了題爲《在反動派壓迫下鬥爭和發展的革命文藝——十年來國統區革命文藝運動報告提綱》的報告。在會上他當選爲全國文聯副主席。在文代會期間，他還主持了全國文學工作者協會的籌備成立工作，並在大會上當選爲主席。此會即中國作家協會的前身。茅盾擔任此會主席職務直至逝世。

此後他還先後參預創辦了《人民文學》和《譯文》兩個雜誌，並擔任主編。

所以，不論在政治戰線、文化戰線還是文藝戰線上，他都是創始人和主要領導人之一。他宵旰辛勞，殫精竭慮，爲新中國的文化事業與文藝事業的繁榮發展，做出傑出的貢獻。

當文化部長，是茅盾既沒想到，也不願幹的。先是周總理找他談話；他婉言辭謝了。於是毛主席親自出馬，話也說得很透底：文化部長一職，很多人搶著幹；但並不合適。郭沫若倒可以，但他已身兼數要職。中央考慮再三，只有你合適，所以請你出馬。話說至此，爲了革命全局利益，茅盾就只好勉爲其難了。

新中國百廢待興，大家都躍躍欲試。孔德沚覺得新中國不同於舊中國，再像從前那樣，當茅盾的「保護神」，已經沒有必要了。於是她也提出安排工作的要求。周總理就親自做她的工作：「孔大姐，你最大的工作任務就是照顧好茅盾同志。他現在重任在肩，但身體不好，你要當好後勤部長。這本身就是對黨的貢獻。」這個理她明白，總理話又說得極懇切，她不好再堅持，但總不甘心。眼看當年的戰友都程度不同地在崗位上做貢獻，自己在家就安不下心。這時韋韜從《東北日報》調到《長江日報》，路過北京時來看父母，孔德沚見兒子成了才，非常高興。這時她有了發牢騷的對象，就對兒子說：「我那時要不是爲照顧你爸爸，一直幹下去，也不下於那些革命老大姐！」兒子很理解媽媽，但也理解黨的安排。他就笑笑不表態。其實，孔德沚也有一些社會活動，有時還要陪丈夫會外賓。茅盾教她外交禮儀和應對談話。她的談話，也相當得體有分寸。

一九五〇年一月遷到文化部宿舍，即東四頭條五號門一號院。二號院住的陽翰笙、唐棣華夫婦；三號院先後住過周揚、錢俊瑞和蕭望東。小樓也是假三層。一樓是一個大廳一個小廳和廚房。大廳用途是「多功能」：吃飯、會客、開部長碰頭會，都在這裡。廚房旁是寬僅一米坡度很陡的樓梯。二樓三間，東屋是小客廳，會熟朋友的地方。陽台是封了的，放一張寫字台，是茅盾寫作的地方。另兩間是老倆口的臥室，茅盾的臥室通盥洗室，孔德沚的臥室通走廊。三樓是假三層，也是三間。韋韜夫婦回來時住一間，孩子們住一間，秘書住一間。與解放前任何時候比，這時的生活都要改善得多了。所以孔德沚雖然不能出去工作，料理家務，也心滿意足。

但是建國前與建國後，秦德君卻歷盡坎坷。她對沈衛威講解放前經歷時說：「抗戰勝利後周恩來派我和郭春濤到上海從事策反國民黨陸海空軍人的工作，同時利用郭春濤在國民黨政府中的職位搞地下鬥爭。我曾促成我在國民黨空軍中的侄兒起義。因為郭春濤還和上海幫會頭頭楊虎是結拜弟兄，一般國民黨軍警特務不敢去碰他。後來郭春濤成了共產黨安插在上海的『地下市長』。上海解放前夕，我為了掩護郭春濤而被捕，幾乎被折磨死」〔註 1〕。徐家俊根據採訪秦德君所得材料，詳細描述過秦德君被捕後的情況：她被押送到上海警察局，受盡酷刑，遍體鱗傷。為保全「活口」，五月二十一日警方把她押送上海警察醫院五樓囚犯病房搶救。五月二十七日上海解放，黨派胡蘭畦等同志把她救出，她才撿了這條命。鑒於她那威武不屈的精神，文章標題用的是《鐵骨崢崢秦德君》。〔註 2〕秦德君走過彎路，但最終迷途知返，對中國革命做出重大貢獻。解放戰爭時期，她和茅盾都在上海，可能因為丈夫郭春濤在身邊的關係，她沒和茅盾聯繫。

秦德君也介紹了自己解放後的不幸經歷。郭春濤任周恩來任總理的政務院（國務院的前身）的副秘書長。「一九五〇年郭春濤患膀胱癌死去了。」〔註 3〕更加不幸的是「上海副市長潘漢年說我歷史不清，可能是叛徒，所以統戰部長李維漢不給我安排工作。直到一九五一年證明我不是叛徒時才讓去教育部工作。〔註4〕」然而她不了解，解放後茅盾和孔德沚的生活遭際，也是坎坎坷坷！並不那麼順利。

二

茅盾的處境一直很奇特：一方面他一直受到黨中央毛主席和周總理的信任，放手當自己人使用。他雖是黨外人士，卻一直是有職有權的部長。黨員副部長們對他一直很尊重。有時為了照顧他年邁體弱，很多部長碰頭會就在他寓所一樓那個大會客室開。另一方面他一直或輕或重地受到「左」傾思潮、特別是「左」傾文藝思潮的衝擊，建國後解放區文藝思潮（這是單一的工農兵文藝）與國統區進步文藝思潮（以無產階級為主，聯合各種進步文藝構成

〔註 1〕《許昌師專學報》90 年第 3 期，第 78 頁。
〔註 2〕《人民政協報》94 年 4 月 21 日第 3 版。
〔註 3〕《許昌師專學報》90 年第 3 期，第 78 頁。
〔註 4〕《許昌師專學報》91 年第 1 期，第 44～45 頁。

統一戰線）在相互匯合中，不斷發生撞擊。茅盾的處境與這複雜形勢有關係。韋韜同志告訴筆者：「還是一九四九年一月父母剛抵沈陽時，我去看他們。正碰見李德全在和爸爸聊天。她說：『茅公，你怎麼反對工農兵方向？』爸爸說：『我怎麼反對啦？我只是認爲題材要寬一些：工農兵是要寫的；但不是其他問題就不能寫。關鍵看你能否站在正確立場上寫。如果站在正確立場上，其他人物也是可以寫的。』這場爭論其實解放後一直在進行。茅盾始終堅持上述這些觀點。關於「可不可以寫小資產階級」的討論，對「小資產階級錯誤傾向」的批判中那些過「左」的論調，都反應了「左」傾狹隘態度的普遍性。正是在這種潮流中，茅盾時時受衝擊。

一九五〇年一月二十七日，茅盾和《腐蝕》的編劇柯靈導演黃佐臨談了改編此作的意見。此片在抗美援朝保家衛國電影宣傳月中上演，反應一直很好，但旋即颳起一股風，說影片存在同情特務等立場問題，不利於鎮壓反革命運動，公安部下令禁演。茅盾寫《腐蝕》給趙惠明以適當的出路，是鄒韜奮建議的，目的是教育、爭取和分化協從者，體現「給出路」政策，這有什麼錯？茅盾是分管電影工作的文化部長，卻只能聽之任之，束手無策！一九五一年八月由茅盾作序的部隊作家白刃的長篇《戰鬥到明天》出版不久，一九五三年四月即遭批判。並被當作「小資產階級創作傾向」的典型。《人民日報》轉來批評茅盾爲該書所寫的序的讀者來信。茅盾回信給《人民日報》，說序文「空空洞洞、敷衍塞責」，「是不負責任、不嚴肅的表現」云云。這封內部通信，並沒應和對此書傾向所作的嚴厲批判。話說得很有分寸，也有明顯的保留。《人民日報》竟不徵求茅盾同意，擅自把此信加上《關於爲〈戰鬥到明天〉一書作序的檢討》這樣的標題公開發表了！

這時批判電影《武訓傳》、《清宮祕史》已經次第掀起高潮。又發出了「文藝工作者必須徹底改造思想」的號召。茅盾深感「左」傾思潮的壓力。所以在一九五二年出版的《茅盾選集》自序中，就給自己扣上「沒有把自己改造好」的帽子；給《子夜》主人公吳蓀甫扣上「反動資本家」的帽子。我們不能懷疑那個時期老一代知識分子要求進步、嚴於律己的眞誠。但也不能不承認，在這種壓力下的種種說法，多少帶點「無限上綱」的味道。接下來的就是一系列政治運動了。在文藝方面則是：一九五四年對《〈紅樓夢〉研究》及俞平伯的批判；由此又涉及到對《文藝報》及其主編馮雪峰的批判。一九五五年從批判胡風文藝思想發展到把胡風等打成反黨小集團，並擴大到在全國開展的肅反運動。在這過程中，茅盾一方面緊跟形勢；另方面自己的表態卻相當愼重。例如，一九五四年從批判俞平伯發展到批判胡適。文聯、作協主席團聯席開批判會共八次，茅盾只在最後一次會上作了《良好的開端》的總結發言。中國科學院和中國作協聯合召開的批判會共二十一次，茅盾還是領導此會的九人委員會成員之一，但他始終沒發言。也沒公開寫批判文章。反胡風運動中，儘管他對胡風爲人及其文藝思想早有看法。但直到毛澤東加按語將其上綱爲反革命集團連續發表了批判胡風的三批材料後，茅盾才著文聲討。

一九五六年中共中央發動全民幫助黨進行整風運動；一九五七年卻轉爲反右派鬥爭。這時，茅盾也處在被動局面。他總共有兩次發言，使他受到壓力的是一九五七年六、七月間《在中共中央統戰部召開的民主黨派負責人和無黨派人士座談會上的發言》。此文未公開發表，現以《我的看法》爲題收入《茅盾全集》第十七卷。此文著重批評了官僚主義、宗派主義及其種種表現，並深入挖掘了二者之關係及其根源。今天看來雖未必字字珠璣，但總的精神既中肯又正確。本來無可非議。但立即就有人嘰嘰嚓嚓，說沈某人如何如可；或上綱上線，或想有所舉動了。

這就立即對茅盾全家產生了壓力。這時韋韜探親回北京，孔德沚對兒子說：「最近你爸爸犯了錯誤。他又在會上亂講！」韋韜問清了父親談話的內容，就說：「爸爸講的並不錯。」孔德沚說：「現在是一點事就上綱上線，批得很厲害。結果如何很難說。」兒子分析說：「我看不要緊。這發言內容不像那些人的發言那麼厲害。而且爸爸和他們也不一樣。」兒子是搞新聞工作的，政治分析能力比媽強。後來組織上側面委婉地對茅盾講：「這次發言報上不發表，也不批判，以後希望吸取教訓，說話注意點。」其實茅盾心裡無鬼，他的態度很坦然。但對從整風發展到引蛇出洞搞反右派鬥爭，老倆口都不以爲然！既然讓人家講，政策說「言者無罪」，怎麼又批判？所以後來工作還是拚命幹，心裡卻一直想不通，說話就更加謹愼了。形勢好時講一點，形勢不好乾脆不吭聲，孔德沚也勸丈夫少介入，有時就託病不參加。

然而整個形勢是極「左」。常在海邊走，哪能不濕鞋？有時茅盾也得說違心話；有時則難免說錯話。最爲難的是批判丁玲和馮雪峰，這是老黨員，又是老朋友。茅盾心裡有數：他們怎麼會反黨？但當周揚、林默涵、夏衍等利用反右派鬥爭的大氣候，經過精心安排，不僅把他們打成丁、陳、馮反黨集團，還打成「極右」分子時，茅盾就不得不表態。這時茅盾一邊承受著自己的發言《我的看法》招來的壓力，一邊小心謹慎、說有分寸的話。批判丁玲的會開過多次。八月三日又讓丁玲「交代罪行」。丁玲是硬骨頭，不肯喪失原則。茅盾被推上講台，作了題爲《洗心革面，過社會主義關》的發言。他巧妙地選擇「打態度」的辦法，以「三十年的老朋友的資料」忠告丁玲要「忍痛……過社會主義關」。他批判「丁玲的靈魂深處還有一個莎菲女士在」。「然後勸她不要因「面子問題」「不老實」，要「改邪歸正！」這個發言明眼人一看就明白：他不過是「小罵大幫忙」。

但在批鬥馮雪峰時，茅盾的發言就「走火」了。七月三十日起，把馮雪峰打入「丁陳反黨集團」後，就重點翻三十年代「兩個口號」論爭的案。周揚讓夏衍作了一次被稱作「爆炸性發言」的講話：把黨中央特派員馮雪峰，說成是反對地下黨的反黨分子，把馮雪峰支持魯迅提出「民族革命戰爭的大眾文學」口號，說成與「國防文學」對抗的反黨行爲。馮雪峰迫於壓力，承認了自己「反周揚就是反黨」的「罪行」。其實三十年代那場論爭之後，周揚等同志一直耿耿於懷。從延安到建國後，一直到「反右派鬥爭」，周揚等同志假政治運動之名，行報復「三十年代論爭中」那一箭之仇之實。在親歷目睹者茅盾心裡應該是清清楚楚的。許廣平當時就勇敢地站起來頂了。她的意思是：「明爲批雪峰，實則反魯迅」，茅盾拖到九月十七日，才作了《明辨大是大非，繼續思想改造》的發言講話大部分是籠統批判右派的「四個共同語言」，最後批判馮雪峰：一是說他是「躲在反教條主義的幌子下的修正主義文藝思想」。二是說他勾結胡風破壞團結。這就是違背事實的違心之言了！今天看，這是歷史大潮逆轉過程中的衝擊波。但個人行爲的教訓也是沉重的。

三

茅盾負荷著沉重的行政工作擔子，無法發揮其創作才能的優勢。他自己著急，孔德沚也替他著急。她跟兒子說：「建國以後強調寫工農兵，你爸爸當部長和作協主席，也這麼號召人家。同時自己就感到有壓力。他不像巴金，沒有行政工作，能深入生活，能去抗美援朝前線，寫得出東西。你爸爸下不去。也就寫不出東西。過去那兒部沒寫完的長篇，在這形勢下，也不能續寫。」後來有了機會：公安部長羅瑞卿請他寫個公安題材的電影劇本，提供了不少素材，茅盾很認眞地寫了。但他不熟悉電影藝術形式，寫出來本子後，召集座談會，行家們說像小說，沒法拍電影。茅盾是「大家」，沒有人肯改編，於是報廢了。孔德沚開始時跟著高興，最後則又跟著失望！後來又有個機會：寫工商業社會主義改造。對資產階級，茅盾是熟悉的。又有周而復幫忙，茅盾還專程去上海了解情況蒐集材料。爲此他還向周總理寫信請創作假。但限於時間不充分，寫了一部分又放下了。這個作品的手稿，「文革」中茅盾自己「搞掉了」！

倒是一九五八年大躍進開始時，茅盾很興奮，他利用考察文化工作的東北之行，深入了工廠、農村、學校。隨參觀，隨記筆記，隨寫報告文學，隨發表，結集爲《躍進的東北》。但到一九五九年，他開始覺得「共產風、浮誇風」嚴重，既不滿意自己的作品，也不滿意文壇對此「風」的鼓吹。他在文章中不斷敲警鐘。甚至郭沫若、周揚編進《紅旗歌謠》的鼓吹浮誇的民歌，有的也被茅盾批評過。那時生活節奏也是「躍進」式的，茅盾也不例外。如一九五九年一月二十四日那是個星期日，他的生活卻像打仗。那天他的日記寫道：「下午三時，赴北京飯店理髮，不料坐而待理者有五人之多，估計我若坐待，須一小時左右方才輪到，而外交部通知四時四十五分必須到機場歡迎緬甸總理奈溫。於是即赴機場理髮室理了髮，時爲四時四十餘分。但據通知，緬總理專機將延至六時半始能到。這樣，又和我預定的招待蘇、捷、德專家的聯歡會（定於今日下午七時）發生矛盾了。乃離機場返城。聯歡會直至十二時散場，十分疲勞。」這種緊張生活，對六十五歲的老人來說實難持久。而且生活環境也很惡劣。他窗外是「大冒進」的產物：「欲蓋宏大之各省市駐京代表聯合辦公處」。除辦公室外還有大禮堂、招待所，「拆民房數百間，計訴去整整兩條胡同，又店面一排。」躍進時代，日夜施工，「窗外工地之聲梆梆盈耳」，塵土飛揚，「紙封之窗棱積土盈寸」，「案上十分鐘即積土一層，鼻孔熱辣辣地如聞胡椒末。」夏天燥熱，開窗吵甚，關窗則悶熱難當，「尤其糟的是自來水沒有」，茅盾只好半夜或凌晨起來「稍稍儲蓄，尚不致煩無水也」。中午亦不能睡，榻上火熱，几桌皆熱。有時則有干擾，如一九六〇年五月九日日記有：「昨夜眞正入睡時實爲今晨二時左右。但六時起床，不能再睡，此因德沚規定早餐在七時，至時我若仍睡，她將嘮叨半天，彼蓋不知失眠症者之難。」這種生活環境茅盾難以堅持，「結果醫生勸我暫住旅館。」但總未能緩解。一九六〇年九月三十日記中斷時他寫道：「此後既忙且病（三天兩頭腹瀉），委頓不堪。日記遂輟，至次年復記。」〔註5〕

〔註5〕引文據《茅盾日記》，下同。

從一九五九年起，茅盾已感到「三面紅旗」帶來的後果，恐怕是弊遠大於利。茅盾是敏感的。果然不出所料。天災加人禍：浮誇和颳共產風，再加上中蘇關係破裂；其總的結果，就是三年困難時期的到來。這時舉國上下都實行糧油定量。茅盾也不例外，每月的肉和油就是那麼幾兩。倒是孔德沚因患糖尿病關係，每月有幾斤肉的照顧。孔德沚就用來補助丈夫。茅盾則心痛孫兒們（韋韜一九五一年之前抽出來到北京俄語專科學校學俄語；抗美援朝時工作需要，又調他到南京軍事學院當編輯。一九五八年調回北京在高等軍事學院當編輯。這當中結了婚。一九五三年生了大女兒小鋼〔沈邁衡〕一九五七年生了兒子小寧〔沈學衡〕。孫女、孫兒的名字都是茅盾起的。寓意是：學習和超過既是科學家又是文學家的漢代的張衡。）就說：「我有時參加宴會，營養並不缺，就留給小鋼、小寧吃罷。」星期天兒子、兒媳把孩子從幼兒園接回來去看爺爺奶奶，老倆口拿出憑票供應的點心和肉，小傢伙們就拚命吃！那時韋韜在部隊，生活還好些，兒媳陳小曼是下放幹部，在東北豐盛縣農村，每天喝的是稀飯，吃的是玉米芯磨成粉摻點玉米面做的「代食品」。她患了浮腫病，腿腫得很粗。回到家，公婆就帶他們到飯館吃幾頓高價菜。穿衣服的布也是憑票供應。茅盾喜歡穿中裝，那時家裡沒有縫紉機，六十多歲的孔德沚，戴著老花鏡，一針一針地縫，盡量讓老伴穿舒服點。她還提前給孫女、孫子縫製了幾床絲棉被，準備結婚用。其實孫女、孫小不過十幾歲！那時沒有鴨絨被，絲棉被已經是非常高檔的東西了！

茅盾是部長級的高層幹部，物質生活也是非常平民化，充滿了人情味。夫妻倆一起享受過，也唇齒相依，禍福與共地生活著。但妻子性格的弱點，也頗妨礙他。如她調教女僕過苛。在茅盾日記中常有這樣的描寫：「昨天找來個女僕，於是每日清晨就『熱鬧』了。」「呵女僕之聲，樓上樓下，時時傳來。」「今晨四時醒後之不能再睡與此有關。」一九六〇年五月三十日記：「今晨二時醒一次，四時四十分又醒，久久不能入睡」。「六時許又醒」，「然隔房德沚作申詈，無論如何不能再睡矣。」「這個女傭無戶口，又懶，雇用將半年，因找不到人，只好將就，女傭曾對德沚說：你再找不到好些的了，只有我這樣的人才肯在你這裡。你何時找到人，我何時走。這話妙極，既爲她自己寫照，也爲德沚寫照。蓋德沚之喜怒無常，是用不到好人之根本原因也。」兒子和丈夫都勸過她，但都沒有用，正所謂：江山易改，秉性難移。沒有女傭，茅盾就得承擔諸如半夜起來接水，生煤球爐等家務勞動。堂堂文化部長，世界聞名的大作家，生活也有不盡如意處。

個人生活儘管面臨「左」的狂濤與物質的與家庭生活的困境，但對文壇他卻不遺餘力地殫思極慮，扶植新生力量，盡可能使社會主義文藝健康成長。這期間茅盾始終沒放棄理論批評家的職責。其評論文章結集爲《鼓吹集》與《鼓吹續集》，書名就點明了主題，其中影響最大的是對小說創作、兒童文學創作，從作家到作品的跟蹤研究，他從思想性、藝術性及其生活基礎、世界觀與創作等多重視角作理論指導。經他扶植的作家，一批批成長爲共和國文藝大廈的參天大樹。其名單開列出來，也夠千百字！而其理論專著《夜讀偶記》和《關於歷史和歷史劇》，則是從中外文學思潮史的高度，總結文學發展與創作發展的；不僅做出理論概括，而且形成了自己獨特的理論體系，《夜讀偶記》中關於現實主義與自然主義的論述，固然糾正了早年他在倡導自然主義時的某些偏頗，最重要的還是劃清了它倡導過的「新浪漫主義」與現代派各種「主義」的關係與界限。而此書最精采的部分，是對現代派諸流派的論述。《關於歷史和歷史劇》是對數十個寫「臥薪嘗膽」題材的不同劇種的劇本作系統研究與總結的。在此基礎上，在歷史劇理論及歷史劇創作兩方面做出深層的探討論述。不少見地都帶理論突破性質。當然受時代侷限，兩書某些觀點也有「左」的印痕。他提出的「現實主義，非現實主義、反現實主義」公式，由於過分看重文學發展與階級鬥爭之關係，當時產生過消極的作用，今天看來也經不住歷史的檢驗。當然其中也有合理的內核，是不能簡單化全盤否定的。

四

結束了三年困難時期，文藝上糾「左」的工作也有很大進展。但是總的思潮既是「左」，游泳者就不可能一帆風順。茅盾的處境有順也有逆。

老倆口的生活當然有高興的輕鬆的時候。從一九五八年到一九六一年，十卷本的《茅盾文集》陸續出版了。一九六一年十二月茅盾和孔德沚自費到海南島避寒。那愉快輕鬆的心情，結晶在七首《海南之行》中。詩前小序曰：「久聞寶島大名，今始得暢遊；從東路至鹿回頭，居六日，又由西路回海口，觀感所及，成俚句若干，非以爲詩焉，聊以誌感耳。」這些詩有對海南革命的回顧；有對新現實的謳歌。其中《六二年元旦》頗鳴心曲：「莫向雙丸怨逝波，祇愁歲月等閒過。讀詩漸少多讀史。不爲愚忠唱輓歌。」今天讀來，哲理意味似比當時的蘊藉更濃，也更富啓示性。

這時中蘇兩黨內部論戰正酣，已處公開論戰之前夕。一九六二年八月黨的八屆十中全會確定了「以階級鬥爭爲綱」，政治上的升溫，造成意識形態中新的緊張局勢。也影響到一九六一年爲糾「左」提出的「調整鞏固充實提高」八字方針（實施後已初見成效）的進一步貫徹。這時，茅盾接連遭到兩次重大政治挫折。

一九六二年茅盾接受了比較難辦的任務：擔任團長率王力、金仲華、朱子奇等組成的中國代表團，出席在莫斯科舉行的全世界爭取普遍裁軍與和平的國際會議。準備工作由周恩來親自主持，他召開了中國人民保衛世界和平委員會等十一個團體領導人的聯席會議，經過協商確定了以茅盾率團的代表團成員，確定了大會發言的基調、發言起草人等。茅盾以團長身分所作的報告，由王力根據周總理指示的精神起草，並經報請批准手續。七月九日下午，由茅盾在大會上宣讀。這就是七月十二日《人民日報》發表的《中國代表團長茅盾在爭取普遍裁軍與世界和平大會上的發言》。然而事出意外，如此嚴密控制形成的文字，竟被中央某領導人判定：對蘇修與「赫禿」的態度太軟。代表團回國後的總結會上，居然又有人發難，甚至對周恩來講話內容也有「不同」說法。從此內部下令：不准茅盾出國。所以這是茅盾一生最後一次的邁出國門！

這之前，周總理、陳毅副總理先後多次發表講話，並出席在北京和廣州先後召開的戲曲編導工作座談會、話劇歌劇兒童劇創作座談會。這些講話明確承認知識分子經過改造，已是工人階級的一部分；宣布給「資產階級知識分子」行「脫帽禮」；堅決反對「有框子、抓辮子、打棍子、扣帽子、查根子」的「五子登科」。陳毅還說：「整人的人沒有好下場」，「對茅盾同志這樣的『國家之寶』，任何人「都應該加以尊重」。他在報告中：三次提名肯定了茅盾。所以那篇發言受挫，茅盾還沒意識到局勢正在急劇向「左」逆轉。他在患病的情況下，還爲中國作協書紀處召開、由常務書記邵荃麟主持、周揚到會作報告的農村題材短篇小說座談會。並爲他在會上的講話作了充分準備，讀了大量作品，記了詳細筆記。

七月三十日，和孔德沚一起到大連休養。利用休養時間，出席在大連召開的這次會議。他白天聽會，並多次即興插話，晚上準備大會發言提綱。孔德沚就笑他：「你這哪像休養？」八月十二日上午，他作了長達兩個多小時的發言。其中有兩個觀點，就是後來公開受批判的所謂「現實主義深化論」與

「寫中間人物論」。關於前者，茅盾說：作品的好壞是與作家深入生活反應生活的廣度深度有關。「如果廣度有，深度不夠」就不會透徹。關於後者茅盾認爲，現在作品寫先進與落後的人物多，寫「中間狀態的少，即便寫也不是作爲典型，其實還是可以作爲典型寫的」。這也不是茅盾的發明。他是根據毛澤東一九五五年到一九五七年關於「嚴重的問題在教育農民」，「凡有人群的地方，都有左、中、右」，「兩頭小，中間大」，教育農民應著重做中間狀態者的轉心工作的精神，結合文藝實際作理論概括的。不論當時還是今天，都是正確的，並無什麼錯。邵荃麟在會議結束的講話中，引證了茅盾上述兩段話，表示同意，並略作發揮。但到一九六四年九月三十日，《文藝報》發表批判「現實主義深化論」與《寫中間人物論》時，把邵荃麟推出來作靶子，說是他提出了反毛澤東文藝思想的「兩論」，但材料中引用了茅盾許多話。由於這「兩論」的發明權歸茅盾，而不歸邵荃麟，所以這場批判，實際上是「項莊舞劍，意在沛公」。

其實毛澤東從文藝開刀發動文化大革命的準備工作，從一九六三年就開始了，其中許多事都與茅盾有關。一九六三年十一月，毛澤東在內部講話中說：文化部是「帝王將相、才子佳人部」或「外國死人部」。十二日毛澤東在柯慶施的報告的批語中說：「許多部門至今還是『死人』統治著」。一九六四年六月二十七日，毛澤東在中宣部下屬文化部門整風報告的批語中，明確點了包括中國作協在內的各協會「基本上不執行黨的政策」，「最近幾年，竟然跌到了修正主義的邊緣」，「要變成像匈牙利裴多菲俱樂部那樣的團體。後兩個批示，就是發動「文革」前奏曲的「關於文藝工作的兩個批示」。而首當其衝被批判的文化部與中國作協，茅盾都是一把手。何況，一九六四年公開批判邵荃麟的「兩論」，實際上是批茅盾，茅盾身處突破口的位置，已經很明顯。

這時，只有這時，他才感到問題的嚴重性。茅盾和孔德沚以及兒子、兒媳，反覆商量決定：必須急流湧退。於是茅盾再次正式向周總理提出辭去文化部長的請求。一九六四年十二月至一九六五年一月全國人代會第三次會議與全國政協第四屆會議期間，周總理找茅盾正式談話。據茅盾未發表的手稿《敬愛的周總理給予我的教誨》中記：「總理先說，准予免職，只安排我在政協工作〔註6〕。又說：文化部工作有原則性的嚴重錯誤，我的責任比較小，而

〔註6〕任全國政協副主席。

文化部黨組兩個主要成員〔註7〕的責任大。這番話眞使我十分惶愧，我常聽說『黨內從嚴，黨外從寬』，我作爲黨外人，既然居於負責的地位，不應該以此寬慰自己。而且副部長們在工作上確也經常徵求我的意見，只是我的思想水平低，看不出工作中的問題的嚴重性」。茅盾把這自我批評、主動承擔責任的意思說給總理聽。但他對江青的無端責難卻提出異議：因爲「江青說文化部黨組裡，一個是封建主義的魁首，一個是資本主義的急先鋒」，茅盾沒有正面反駁，只說：「我思想上當然也有封建主義和資本主義，請總理痛下針砭。」周恩來的話，講得也夠坦率的，對夏衍，總理認爲「乃意中事」，對齊燕銘，總理說：他一直在「我身邊工作，沒有出過漏子，到文化部才幾年，成爲封建主義，這是很意外的」。茅盾聽出話音，就放膽爲夏衍、齊燕銘辯護，他充分肯定他們的成績，對江青給他們扣的帽子，委婉地提出異議。周恩來也推心置腹：「江青的言論並不總是符合主席的文藝思想。」主席的文藝思想「精深博大」，「誰敢說自己完全精通……就是狂妄自大」。茅盾後來說：「總理這段話還是含蓄的，但總理已經把她的本質看透了。」〔註8〕

這次工作調動及總理的談話，茅盾心領神會，既爲他解脫掉主要責任，又從首當其衝的位置調到閒職位置，實際上是保護他，使之避開隨後發動的「文革」鋒芒。茅盾充滿感激之情；並配合默契，從此封了筆；直到「文革」結束，他公開不曾著一字。

一九六五年五月二十九日在江青策劃下，《光明日報》等五家大報一齊發表批判電影《林家舖子》的文章：一箭雙雕把茅盾和夏衍打在一起。而夏衍又是「文革」中批鬥文藝界的重點對象「四條漢子」中的第二條。不久在林彪支持下江青搞的《部隊文藝工作座談會紀要》中，把茅盾和「四條漢子」打成「三十年代文藝黑線」的祖師爺。周揚、夏衍等的「文革」處境，竟應了陳毅的那句話：「整人者，人恆整之。」但茅盾從來不整人，也跟著一起挨整，豈不冤哉枉也？

五

這期間秦德君的處境也不妙。解放後對她的歷史審查告一段落，安排工作（全國政協、教育部、歷史博物館）後，一直不順心。特別是郭春濤去世

〔註7〕指夏衍和齊燕銘。
〔註8〕以上引文據茅盾手稿。

後。她孤身一人，就陷入往事的回顧與糾葛中。大約在六十年代初，她除給茅盾寫信敘舊情外，還通過王會悟找茅盾疏通關係，說過去的關係是那樣，現在爲什麼不搭理？起碼還可以做朋友嘛！孔德沚對王會悟很不滿，質問她說：「你還想做說客？」

「文革」前夕與「文革」初，秦德君給茅盾寫過「先禮後兵」的兩封信。孔德沚都看過。關於後一封信，韋韜在致朋友寒修的信中這樣說：「文革初她又來一信，威脅要揭發我父親『陰私』；除非父親回信。父親又不理。以後她即向『四人幫』的爪牙誣告我父親是『叛徒』『貪污公款』等等，成爲『四人幫』迫害我父親的重要罪證。」秦德君否認這一點，她在《對話錄》中說：我「文革」後不久被抓進秦城監獄關了八年。「我在獄中被一個自稱『茅盾專案組』的提審過兩次，只是了解茅盾在牯嶺叛黨的事和在日本的活動。」「我如實說了」日本的情況，關於牯嶺那段，我說：「你們弄錯了人，知情者是范志超。〔註9〕但此說被參加「茅盾專案組」的小王（他在五十年代是茅盾的警衛員，後調政協人事處）提供的事實所推翻。據韋韜說：「七四年或七五年小王來看老首長，談及茅盾『文革』遭際時他說：『說你是叛徒，是秦德君告的密，時間約在六八年或六九年。』」小王是「茅盾專案組」成員，所據是書面材料。此前茅盾有耳聞。這次確信無疑了。「告密」的時間在秦德君來信要挾（說要報復，要揭發陰私）之後，今天看來，此舉也和秦德君在茅盾去世後所寫的文章及其內容相銜接。這些文章也說一九三〇年楊賢江告訴她，茅盾是被開除黨籍的叛徒，並攜公款潛逃到牯嶺。沈衛威也在《對話錄》及其著作台灣版《艱辛的人生——茅盾傳》中，形諸文字地證實了這一切。此後不久設了「茅盾專案組」，取消了茅盾的一切政治待遇。前因後果都相符。這就使茅盾改變了態度：此前他對秦德君不過是「不搭理」。對政治誣陷，茅盾怎能不生怨？何況此前作爲受害者，他被蒙在鼓裡達五六年之久。

「文革」中茅盾的經歷可分爲三段。孔德逝世前，只經歷了「文革」初這段。這時茅盾的處境極爲奇特：一方面，他仍是毛澤東、周恩來的座上客。不僅「五一」、「十一」國慶、元旦的國宴、招待會、天安門觀禮，就是六六年八月十八日起，毛澤東連續八次接見與檢閱紅衛兵，藉此一浪接一浪地推進文化大革命，茅盾都應邀登上天安門，陪同毛澤東檢閱紅衛兵。另方面，他又是上下結合、內外夾攻的「文革」對象。六六年二月林彪伙同江青搞的

〔註9〕《許昌師專學報》90年第3期，第80頁。

《部隊文藝工作座談會紀要》，六月二十日江青炮制的《文化部爲徹底乾淨搞掉反黨反社會主義反毛澤東思想的黑線而鬥爭的請示報告》，都以中共中央紅頭文件形式轉發全國。兩份文件都提出「三十年代文藝黑線」、「文藝界黑線專政」等口號，爲此康生特意把茅盾列入「有嚴重問題」者的黑名單。上邊發動，下邊就響應：六月份起文化部和首都高校就紛紛出現點茅盾名的大字報。據《茅盾日記》，八月五日他不得不致信政協祕書長平傑三，解釋並回答河北交通廳宋懷庭來信質問茅盾《子夜》中描寫託派蘇倫「是對地下黨的侮辱」，「是何居心」問題。老舍被迫害致死的次日，即八月二十五日，文化部職工的子女闖進茅盾院裡「掃四舊」，掀翻了漢白玉石雕花盆與小獅子。八月三十日茅盾日記中又有被抄家的紀實文學：「今日上午九時半，有紅衛兵檢查，十一時許去，箱子、抽斗都細看，但獨不要檢查書箱，只說書太多了無用，只要有毛選就夠了。有一樟木箱久鎖未開。鎖生鏽、不能開，乃用槌破鎖。」據韋韜說，這事的具體起因與孔德沚得罪了在家工作的公務員有關。該人與孔德沚吵嘴時威脅說：「你們家有四舊，要抄！」孔德沚沒掂出分量，回話道：「好嘛！你去叫人來抄！」那公務員就叫來「人大『三紅』」紅衛兵，大都是無知的中學生；領頭的手拿一把軍刀衝茅盾喊：「我們剛抄了張治中的家，這就是他的軍刀。你家有四舊，我們要檢查！」牆上掛著解放前夕在太原犧牲的女婿蕭逸的戎裝照片，那紅衛兵就質問茅盾：「這個國民黨軍官是誰？」茅盾氣憤地反問：「國民黨軍官是什麼樣子你知道嗎？我同你們沒什麼說的！你們問統戰部去！」

這次抄家使茅盾、孔德沚心靈上受到很大刺激。孔德沚只好壓著性子，再不敢硬來了。她還給抄家時被紅衛兵指斥爲「封資修」的裸體女神台燈架，做了一套連衣裙給她穿上。她的思想趕不上「形勢」。她哪裡知道，那時穿連衣裙，也被指斥爲資產階級生活方式。當時他們也不知道，就在他們家被抄那一天，周恩來趁毛澤東把章士釗訴說被抄家情況的來信批上「送總理酌處，應當予以保護」之機，擬定一份保護對象名單〔註10〕：除列出名字的宋慶齡等十二人外，還有「（1）副委員長、人大常委、副主席；（2）部長、副部長；（3）政副……」等。這「政副」兩字値千鈞！茅盾這個政協副主席，就受到總理的庇護了！這時統戰部也已向總理匯報了茅盾被抄家事。總理又特別關照：對茅盾要予以保護。儘管如此，「四人幫」之一的姚文元，六七

〔註10〕《周恩來選集》，第450～451頁。

年一月在《評反革命兩面派周揚》一文中，依舊公開點名說：茅盾是「資產階級權威」。根據這個調子，在他們控制的首都紅衛兵辦的《文學戰報》上，在其編的《文藝戰線兩條路線鬥爭大事記》中，一再點名批判茅盾，而且逐步升級爲「反共老手」、「老友派」、「反黨的祖師爺」。前述的大連會議，也被重新拉出來批判；「中間人物論」與「現實主義深化論」被江青等列入「黑八論」。這時除點邵荃麟外，還正式點出茅盾來。有的文章標題乾脆就是《茅盾——大連黑會抬出來的一尊凶神》。秦德君給全國政協「茅盾專案組」又提供了「叛徒」、「貪污公款」等帽子，茅盾的頭再大，這時也戴不下這麼多帽子了！

於是逐漸取消了茅盾的各項待遇：剝奪了閱讀文件和「大參考」的權，公費醫療關係也從北京醫院的「保健醫療」，轉到北大醫院的普通門診了！最後這一著，對茅盾打擊最大：孔德沚的死，與此大有關係。

茅盾身處逆境，卻依舊既關注國家命運，也關注一切被害者的命運。這時不斷有外調者來糾纏。定調子，施壓力，甚至強迫茅盾按其指定的意思寫外調材料。茅盾緊緊把握住實事求是不說假話這一條，從「文革」開始到一九七〇年，僅《茅盾日記》所載來外調者約二百多人次。他都堅持說眞話。例如因手術失誤使他失去愛女的那個魯子俊，在北京一家醫院院長任上被打成走資派。外調者要茅盾證明他害死了沈霞。茅盾嚴肅地反駁：「不是的，是因爲手術消毒不嚴，感染併發症死的！」對別人他如此負責，他哪又料得到，繼女兒之後，因爲換了醫療單位，老伴又被誤診致死！使他經受這老年喪偶之痛！

六

一九六九年國慶節，茅盾一直沒收到上天安門觀禮的通知。往常九月中旬通知就到了。這次一直等到九月三十日還杳無音信，茅盾實在沉不住氣了。就打電話問，答曰：「不知道。」從此，茅盾這個最高的政治權利也被剝奪了。對茅盾和孔德沚說來，這個打擊遠比抄家大：摧殘了他們的健康，破壞了信心。孔德沚還產生了心理變態。她的病勢日重，時時患病，七十四歲高齡的茅盾，操持家務外，還得小心照料她！因爲自六九年十二月一日最後一位保姆「因不耐主婦之嚕唣」辭去之後，再沒人幫工。兒子不在身邊，一切都得老倆口自己幹。十二月八日夜零下十五度。清晨發現水管凍了，因地下管道的蓋兒被頑童惡作劇，故意取走（自抄家後這種行爲時有發生，在他們認爲這是與「黑幫」鬥爭的「革命行動」）。七十四歲的老翁，堂堂大國的政協副主席與世界聞名的大作家茅盾，只好自己下管道溝點火燒烤水管，直到九時才化開。他找到木蓋蓋好穴口，又氣喘噓噓地搬著小石獅壓嚴實。這時雖有水能洗臉，他卻渾身發軟，無力去洗了！

孔德沚六八年初病情就開始惡化，並發生嚴重的心理變態。那時還能在北京醫院看病。有次兒媳陳小曼陪她看病時，她突然拉著小曼要找院長算帳，說是他害死了女兒沈霞。兒媳再三解釋說：這位院長不是使沈霞誤診致死的魯子俊，這才控制住了她那莫名其妙的衝動。

其實這時茅盾的病體也日趨嚴重，六八年七月十一日記，他半夜醒後不能再睡，「頭暈，走路搖晃跌撞，不能自己，又躺下，至五時許不能不起身了，頭暈，腳不能自主如故，煮早餐，做清潔工作，皆如在睡夢。」但他必須堅持。運動日趨緊張。兒子兒媳已無法脫身回家照顧父母。而孔德沚病比茅盾重。大小便已經失禁。如六八年十月三十一日茅盾日記說：「三時許聞隔壁房德沚呻吟聲，去看時，原來她腹瀉後，找燈開關不得坐於地板上。屎尿狼藉，於是扶她起來。換被子，換衣服，至四時許略可。」孔德沚肥胖而茅盾瘦弱。那狼狽而勉爲其難狀，可以想見。結髮老妻，終生相伴，無人照顧，只能相濡以沫度難關！茅盾每天要做飯。煤球濕，煤不純，經常封不住火。次晨發現滅了，只得再生。柴又濕，常常弄得煤煙由一樓升到三樓，久久不散。天冷無暖氣。十一月十日那天發生的事生命交關：「昨晚因冷，地炭火盆移在室內，且加生炭。今晨一時醒來。又加生炭。其時已覺胸口飽脹。但不悟爲炭氣之故。只服銀翹二片，三時許又醒，且下床小便，不料兩腿軟癱，下床即倒地下。此時已悟爲炭氣之故，欲走向門邊。但此三步竟不能行。扶牆而前，跌倒數次，及門邊又倒。不知頭碰在何處。碰傷出血甚多。但竟不知痛。以手帕掩傷處，努力伸手開門，呼德沚。但雙腿仍不能立。扶至床上睡下，此後又嘔吐少許。又大便，至四時略覺安定。」這眞是撿了一條命！十二月三十一日記：「五時醒即起身。頭暈脹。步履不穩，故在捧盤到樓上時（盤中有熱水瓶一茶壺一）因盤滑，將盤中物掉在地下。」但他仍得堅持照顧孔德沚。這期間孔德沚連出兩次事故：一次是因睡在床上抽菸精神迷糊，亂扔煙蒂，卻睡沉未覺，燃著衣物，幾乎釀成火災。幸茅盾聞到濃重煙味驚醒，趕來捕滅火苗始轉危爲安。又一次是小便失禁衣被全濕，她跌坐地板上，鬧騰了大半夜。這種情況屢有發生。這時茅盾已無公車。給妻子看病只得雇出租車。六九年十二月二十一日爲保證孔德沚順利驗血，頭天雖要了出租車，但「文革」期間那有正確秩序？他怕落空，回時醒後即不敢再睡，天明即又打電話，才送孔德沚去了遠在西郊的北大醫院〔註11〕。老倆口的醫療關係被從北京醫院高幹保健門診轉到北大醫院普通門診，其後果是極嚴重的。在北京醫院時，除高血壓、糖尿病外，大夫已經發現孔德沚患腎炎。當即用藥治療，症狀消失。轉到北大醫院，大夫認定她只是高血壓，糖尿病。未發現腎炎未痊癒。九、十月間她浮腫、尿頻、消瘦，以至發展到大小便失禁，這些症狀大夫都未考慮腎炎問題。孔德沚病重心煩，急躁不寧，就亂抽菸，茅盾說：「我抽菸是咽下的，你抽到口裡就吐出來，豈不是浪費？」其實她抽菸是心躁無聊所致。到六九年底七〇年元月初，大小便失禁已成常事。七〇年一月二十七日，茅盾記孔德沚病情惡化情況：「仍不能睡，整夜不安。今日只進少許粥湯，即嘔吐。白天昏昏如睡非睡。」茅盾感到不妙，二十八日決定改送到北京醫院。「德沚仍昏迷。代她穿衣，抬下樓。她始終任憑，惟氣喘較粗而已，我感到不妙。」「到醫院後改看急症。此時德沚已不認識人。不能說話。」但醫院已無病房，只可在急診室內暫住。這時才診斷爲腎炎轉尿中毒，但已經太晚了！下午一時「德沚病情轉危」。遂「電告阿桑，」「德沚仍然喘氣。但已不認識人了。」如此拖到一九七〇年一月二十九日凌晨逝世！茅盾這天的日記下述文字，眞是一字一淚：「此時我不禁放聲痛哭，蓋想及她的一生，確是辛辛苦苦，節約勤倦，但由於主觀太強，不能隨形勢而改變思想、生活方式，故使百不如意而人亦對她責言甚多。」二月二日茅盾又記：「過後思，我很對不起她；因爲我不善於教育她，使她思想能隨時變化，因而晚年愈見主觀、躁急，且多疑也。」

政治逆境與衰老晚境中喪偶，眞是禍不單行！料理完喪事，茅盾也於二月七日病倒住院。直到二十八日才出院靜養。經向組織上請求獲准韋韜夫婦於一九七〇年三月二日搬回家和老父同住。至此茅盾才獲得兒子兒媳的悉心照料。但他仍把孔德沚的骨灰盒留在臥室身邊，朝夕相伴！

〔註11〕所謂「北大醫院」不是北京大學的校醫院，而是北京醫學院（後改北京醫科大學）的附屬醫院。「文革」時高水平的大夫多被打成「黑幫」，奪去「治療大權」，門診更是年輕無經驗但「政治可靠」的醫生。限於經驗，誤診事時有發生。

七

孔德沚逝世後，茅盾生活進入了「文革」中期。由於七一年九月十三日林彪叛逃摔死，其反黨集團大暴露，對下實行極「左」的趨勢稍有和緩。林彪事件傳達得已家喻戶曉，連上小學的孫子都聽了傳達，茅盾卻被劃在諸如「黑五類」範圍，屬不能聽傳達之列。韋韜一再勸父親給中央寫信申訴，茅盾思之再三乃止。這時他對那些誣陷仍並無準確信息。直到一九七三年胡愈之來訪，告訴他一個消息：「有人誣告你是叛徒，還有一說法：你在大革命失敗後，登報聲明脫黨。又有一說：你一九三〇年從日本回國後曾赴東北與日僞有瓜葛！」這如晴天霹霧，使茅盾震驚，更使他憤怒！胡愈之是由中央特科直接控制的單線聯繫的老地下黨員，又是茅盾的老朋友。對茅盾的歷史他一清二楚。當然不信這些誣詞。這才透信給他。茅盾這才恍然大悟：自己「文革」中的一系列遭際原因在此！但自己終生革命，在黨內在黨外，均對黨矢忠不貳，怎能這樣侮人清白。他決定不再沉默。必須站出來洗清潑來的污穢！

七三年八月茅盾致信周總理。簡要談了自己被剝奪政治待遇的困境，提出搞清問題的要求。等了一段時間未獲回答，茅盾又致信周總理，這次直接提出所遭的種種誣陷，並據實一一駁斥，要求中央幫助澄清。此後仍未見總理回信。

但第二信發出一個多月，即七三年九、十月間，政協新任秘書長突然來訪。他雖不正面回答茅盾的質詢，但此來透露出「解凍」跡象。年底他再次來拜訪。這次帶來驚人的好消息：茅盾已被增補爲出席全國第四屆人代會的上海人大代表。茅盾又問：自己到底算是什麼問題。對方答覆很巧妙：「您已經是人大代表了。過去的事，就不必查問了。」事後獲悉，七一年春醞釀四屆人大代表時，茅盾仍被列進山東選區代表候選人名單。但被「四人幫」勾掉。這次補上，顯然是收到茅盾兩封信的周總理做出的安排。此會雖拖到七五年十一月，才正式召開。但被補爲代表後，恢復了政治待遇，使茅盾進入生活平穩的「文革」後期。

這時他寫了許多舊體詩詞：應對唱酬、回首往事、借古鑑今、託物寄意、以至感時諷世與明志，採取了多重視角。他趁揭批林彪之機，詩中指桑罵槐，指斥「四人幫」。如一九七四年寫的《感事》，劈頭就是這四句：「豈容叛賊僭稱雄，社鼠城狐一網空，莫謂工農可高枕，須防鬼蜮暗彎弓。」

他這時雖無事可幹，卻嚴密關切政局與文壇。對兒子、兒媳談了許多撥亂反正的獨到的看法。這時兒媳陳小曼正參預「三結合」集體創作。即「領導出思想，工農兵出生活，作家出技巧」。茅盾頗不以爲然，他說：「創作是個人的事。幾個人能湊成作品嗎？」他結合自己的體驗談創作規律，興致勃勃，兒子、兒媳正愁芽盾心情不好，無事可幹，很少見他興致這樣濃。遂趁機動員他：重新提筆罷。現實題材不好寫，可以寫歷史題材嘛！現在不能出版，將來會出版。這頗使茅盾動心。經過認眞考慮，決定續寫未竟長篇《霜葉紅似二月花》，正在醞釀構思，收到胡錫培來信。胡錫培就是當年茅盾住重慶唐家沱，進城往返乘船時認識的中學生田苗。解放初他們還有聯繫，五七年胡錫培被打成右派前後就斷了聯繫。當中經過了二十八年。七三年十二月十一日突然收到他的一封信。茅盾十分興奮。當即回信詢問其近況，此後一直有聯繫。十二月二十八日胡錫培來信說，聽到許多關於茅盾的謠言。茅盾去信問。七四年一月十五日胡錫培來信。約略告知謠言的內容。其中有：茅盾託病不出，正寫一部反黨小說，手稿寫完裝進保險櫃，要待身後問世云云。二月二十八日茅盾覆信胡錫培說：這些謠言「與我從別處得知者大同小異」，「但中央聖明，此等無聊之流言，爲早一笑置之矣！」〔註 12〕韋韜怕父親因此影響其構思《霜葉紅似二月花》的計劃。不料父親說：「他們不想讓我寫，我偏要寫出來給他們看。」此後反而加緊了續寫長篇的工作。經過通盤構思，七四年三、四月間動筆寫大綱。茅盾全身心沉醉在創作裡。從失偶後的悒鬱裡漸漸復甦。如此約半年，完成了分章梗概、分章大綱片段和兩個附件：「介紹了第一部三十八個人物的人物表，手繪縣城市街略圖。韋韜據手稿抄清，得一七九頁，計五萬三千字左右。其十五至十八章大綱與梗概，實際是屬第一部範圍；是其情節的延續。二、三兩部寫大革命及其失敗，是大綱中標題爲「第十八章以後各章的梗概及片斷」的部分。它跳過一九二五年，從一九二六年九月「北閥軍入城」寫起，引出了計劃中的新人物：國民黨左派，北伐軍師政治部主任嚴無忌及其夫人張今覺。張今覺是二、三兩部的重要人物。這個女傑和被他們夫婦引導介入政治鬥爭的錢良材結成親密戰友。共同幹了幾件大事：如東渡日本、北上復仇等等。全書情節具傳奇色彩。框架恢宏，氣勢磅礴。部分章節片斷文字綺麗剛健。可見茅盾寶刀不老，筆力不減當年。

可惜寫作因兩件事中斷。一是從七四年十一月到七五年八月精讀細評續雪垠《李自成》續書，寫了一大批書信暢述意見。幫助了朋友，卻耽誤了自

〔註 12〕文化藝術出版社《茅盾書信集》，第 235～236 頁。

己。二是七四年十二月十二日〔註 13〕由住了二十五年的文化部小樓遷到今交通口南大街後園恩寺胡同 13 號，即今茅盾故居所在。從七四年九月中開始修繕到十二月初竣工。加上搬家的準備及搬家後的安置工作，縱跨數月之久。直到七五年元旦過後春節前夕始畢。搬家後七六年地震時，茅盾曾到三里河暫住，不久即返回，直至逝世。

所謂新居，實爲修繕的舊房。共二十餘間。三進兩院。茅盾圖清靜，一個人住後院第三進：中間爲書房，西屋放雜物，東屋爲臥室：牆上懸掛父母遺像；櫃上安置孔德沚骨灰盒與自己朝夕相伴。臥室通衛生間，後院東西廂房是書庫及鍋爐房。第二進是韋韜夫婦和孩子們的臥室。前院東爲伙房、膳廳，西爲藏書室及大會客室。臨街由東到西依次爲收發室、工作人員辦公室、宿舍和車庫。這是茅盾在「文革」後期被落實政策的體現。這使茅盾有條件過個舒適的晚年。

這兩件事打斷了《霜葉紅似二月花》的寫作，時過境遷，再看所擬的大綱與所寫的片斷，茅盾覺得時間距四十年代所寫的第一部太久，記憶力衰退，身體也不好，許多事很難把握得住和把握得準。時隔三十餘年筆調也不諧調。他終於下決心：不寫了。沈衛威說擱筆的原因是胡錫培告知謠言的信「使一向謹愼小心的茅盾有了警覺」，「怕再由此而引禍上身」〔註 14〕遂輟筆。這是他爲維持其「茅盾膽小怕事」所作的主觀臆斷。與實際情況根本不符。

八

從一九七三年補選爲人大代表後，茅盾萌生了寫回憶錄的念頭。他說其目的是：「我之一生，雖不足法，尙可爲戒」。其實更重要的是藉畢生經歷爲線索，寫中國現代文學思潮起伏曲折的歷史。因此其構思布局，寫自己略，而寫文壇背景詳，此書分上、中、下三卷。上卷和中卷一九三四年前及一九三四年是茅盾親筆，後因年邁多病頭暈手抖，體力難支（這時茅盾已七十五歲高齡），全家商定以口述錄音加以整理方式爲之。精力好時即半臥床口授，韋韜錄音陳小曼和大孫女沈邁衡（小鋼）筆錄。精力欠佳時停止，有時也準備材料。由七五年到七六年得錄音帶二十餘盤。錄音集中在解放前。解放後只有當文化部長始末及陪毛澤東訪蘇之類重大事件。一九三四年起韋韜整理

〔註 13〕現茅盾故居陳列館門前「說明文學」說茅盾遷此的時間爲 74 年 11 月，不確。
〔註 14〕《艱難的人生——茅盾傳》，第 268 頁。

的部分即據此，但只整理到建國前夕爲止。在寫作過程中，需查對許多資料。訪問許多有關的人，開始時兒子、兒媳等用業餘時間幫忙。七八年九月茅盾先後給統戰部長周而復、中央軍委秘書長羅瑞卿寫信要求借調在解放軍政治學院校刊當編輯的兒子韋韜給自己當助手。當即獲得同意。這時進度就快多了。茅盾一邊參預結束「文革」後急待解決的平反冤假錯案，爲老作家落實政策的促進工作；一邊參預文壇上的撥亂反正、正本清源工作。其餘時間，都抓緊寫回憶錄。他有很強烈的緊迫感。七七年三月《奉和雪垠兄》中「錦繡羅胸仍待織，無情歲月莫相催」兩句詩，雖爲贈友，也是自述。好在生活有服務員小李照料，休息時有小孫女毛毛陪伴，工作有兒子幫助。從七八年到八一年逝世，約三年的著述總量，足可與建國後十七年的著述總量比肩，質量則更加爐火純青了。

《回憶錄》爲什麼隻字不提秦德君？韋韜同志詳細給我介紹了原委：「我父親從多方了解到秦德君出於報復不僅多次誣陷，而且有一次在政協會議上公開發言誣蔑我父親，被主持會議者打斷。我父親當然很生氣。有一次在政協會上碰到秦德君，她上來打招呼，我父親沒有理她。她氣得很，就寫回憶錄進一步侮辱我父親。後來我的朋友給我看了一份秦德君寫的打印材料，裡面把我父親描繪得一塌糊塗，許多話不堪入目，當然其中也有誣蔑他是叛徒、貪污公款潛逃等等。我怕父親看了生氣，就沒給他看，但我把基本內容給他說了。他很動氣。後來寫到赴日本那一段時，我問父親怎麼寫。他說：『不提！只當沒這個人！』回憶錄中必須找許多原始材料作依據，也需要配些照片。我就翻父親的原稿和底片。大連會議談《老堅決外傳》的材料，《夜讀偶記》一書「後記的後記」（此文很長），就都是那時發現，並陸續拿出去發表，或編入論文集的。我父親的照片舊底片，都夾在一起，時間太久，都發黃了。其中有一疊底片黏在一起了。我一張張揭開。用橡皮擦過。有的看出是我父親、母親；有的看不出是誰。於是我乾脆全部洗出來。發現很多都是二十年代的老照片，有一張我父親等四人帶一個小孩在船上照的照片，我不認識，問父親，才知道兩位帶一小孩的是楊賢江夫婦，旁邊那女的是秦德君。插入書中時，我把秦德君剪掉了。這就是《我走過的道路》中冊 44 頁的那張。也就是在這批照片底片中，我發現一張秦德君坐在廊下的單人照，我出於好心，覺得年輕時的單人照比較珍貴。就託給我看秦德君侮辱我父親那份打印材料的朋友轉給她。不料她反咬一口，說我父親晚年還想著她，把她的照片單獨珍藏者。其實是許多同時代朋友們和家人的照片亂放在一起黏住了。哪有單獨珍藏這回事？而且發現她單人照底片和託人轉給她的事，是我出於好心背著父親辦的。我父親既不知存有此底片，也不知我轉給她底片的事！秦德君和我父親的合照，我家根本沒有。秦德君那張是胡風給她的。胡風三十年代在我父親當左聯執行書記時，他當宣傳部長，相處得不好。……

其實茅盾不僅無心於此，即便有心，也無精力再理會早年秦德君那回事了。他這時身心交瘁，每夜稍睡即醒，達四、五次之久。便祕腹瀉輪番折磨，氣喘痰堵日甚一日。睡覺全靠服過量安眠藥，半夜醒後又服第二次第三次！七八年八月七日半夜起來小便時摔了一跤！他不願吵醒別人，雙手撐身體一寸一寸挪到床前，還是站不起。就雙手抓床欄杆勉強爬上床。從此韋韜給他在床前、床腿兩處安上電鈴按鈕，好隨時叫人。八〇年三月二十四日半夜他又摔了一跤。二十五日他口授、陳小曼記錄的日記中說：當時他「有種種幻覺，好像有鐵條綁在身上」。三月三十日口授的日記說：「晨六時仍在床前地毯上摔了一跤，……但要掙扎上床，無論如何不可能。直到七點多有人來發現。」隨後他就住了院。出院後他仍堅持寫回憶錄，然而儘管他殫心竭智、殫竭其力，這位風燭殘年的八十餘歲老人，又怎能持久！

一九八一年二月八日寫完《1934 年的文化圍剿和反圍剿》一章後，又因病停筆。這當中，韋韜從《小說月報》上發現了關於《虹》的立意命題及預計要寫的《霞》的構想等事致鄭振鐸的信。他拿給父親看。茅盾覺得可補進《亡命生活》那節中，二月十八日提筆補寫了這一段，這成了他最後的遺墨。從此十分疲憊，再無力提筆了。十九日開始發燒。但堅持不肯住院。二十日實難支撐，這才住了院。這一去，茅盾再不能回自己的寓所了！

住院五周。藥石不靈！心肺腎腦均有重疾，還出現胸水與腹水。他覺得必須安排後事了。三月十四日他口述讓韋韜筆錄了兩封信。一致黨中央，全文是：「親愛的同志們，我自知病將不起，在這最後的時刻，我的心向著你們，爲了共產主義的理想，我追求和奮鬥了一生，我請求中央在我死後，以黨員的標準嚴格審查我一生的所作所爲，功過是非。如蒙追認爲光榮的中國共產黨員，這將是我一生的最大榮耀。」一致中國作協書記處。全文是：「爲了繁榮長篇小說的創作，我將我的稿費二十五萬元捐獻作協，作爲設立一個長篇小說文藝獎金的基金，以獎勵每年最優秀的長篇小說。我自知病將不起，我衷心地祝願我國社會主義文學事業繁榮昌盛。」口授完兩封信，茅盾以顫抖的手，親筆簽了名。三月二十日他呈亢奮狀態，自言自語：「總理的病怎樣了？」「作家，……他是誰？……我不能見他了……。」三月二十七日凌晨，茅盾的血壓突然下降，痰卻湧上來了。五點五十五分，這顆偉大的心臟停止了跳動。那枯瘦失血的手已經僵硬，再也不能執如椽大筆，鋪寫華章了！

茅盾逝世，舉國悲痛！一九八一年三月三十一日中共中央做出「恢復沈雁冰同志的黨籍」，「黨齡從一九二一年算起」的決定。四月十一日下午，在人民大會堂舉行由鄧小平主持的追悼大會。中共中央總書記胡耀邦代表黨中央致悼詞。所作的蓋棺論定的評價是：「我國現代進步文化的先驅者」、「卓越的無產階級文化戰士」、「偉大的革命文學家和中國共產黨最早的黨員之一。」

贅語　本來不該發生的事情

一九八一年三月，茅盾仙逝了。沈雁冰治喪委員會給秦德君送來兩份請帖：一份到北京醫院向他遺體告別，一份請她到人民大會堂參加追悼會。秦德君的心情和態度是什麼？她對沈衛威說：「愛和恨說不清。」「想來想去，還是不去好。」「我看到《人民日報》一九八一年四月三日發表他的回憶錄……其中說他去日本的理由和過程，因未提及我，且不少地方有漏洞。這就促使我下定決心寫作並發表自己的回憶錄。當然我寫的回憶錄不只是寫我和他的那段生活，而是談我一生的許多經歷。就和茅盾那段生活而言，……若是把這一段湮沒了，雖然保全了茅盾的英名，且美名流傳，那我對不起後人，更對不起像你這樣年輕的研究者。」這就再明白不過地託出了她的動機：把這段關係寫給後人看，使茅盾的「英名」無法「保全」，其「美名」也不能再「流傳」。不過事實未必能如秦德君的願：如果她能照實寫，這本無可厚非，也未必就有損於茅盾。只有在死無對證情況下歪曲和捏造被信以爲眞，才於茅盾有損。

回憶錄發不出去，秦德君認爲發不出去的原因，「主要是家屬的阻力。」茅盾「在出版界影響很大，朋友、學生也很多，加上文化部長、作協主席的大名，所以我的文章發不出去」。這種說法，有違事實。連她的同情者沈衛威都坦率地反駁她：「你這回憶錄中，又有些說過了頭的話，有損茅盾的形象。再者你的回憶錄中也有部分史料不可靠。如你說『蔣介石也並不曾有抓他的跡象』，這個問題，前面我談了國民黨對他的通緝令，確有要抓他之事。」「只要你文章中的措詞，特別關於政治問題、人格問題方面話說得恰當一些，國內還是可以發的。」〔註1〕沈衛威畢竟是學者。他這些話很客觀。也被許多不肯發表秦德君的回憶錄的編輯們所一再證實。

本書所寫三位主人公的人生經歷中，有很多事都是本來不該發生的。如一個五歲的男孩和一個四歲的女孩，長輩就不該出於私意給他們訂親。在沒和孔德沚解除婚約前，茅盾、秦德君本不該同居。然而不該發生的事，往往會發生。起決定作用的，表面看來，這是個人的選擇；本質地看，則是歷史與時代所決定。例如，沒有封建社會的歷史，就沒有包辦婚姻制度，也就沒有上述一系列糾糾葛葛和恩恩怨怨。能突破歷史限制的是時代，沒有社會主義革命時代潮，就沒有「五四」運動；也就沒有茅盾、孔德沚的改造舊婚姻，導致新結合。也就沒有他倆和秦德君殊途同歸，走進共產黨的行列。沒有大革命的時代逆轉，也就沒有他們三個人之間的破裂又組合、組合又破裂的「三角債」！

微觀地看，這些人生曲折，無一不是個人行爲的選擇；宏觀地看，這些人生選擇，無一不是時代與歷史所使然。在時代與歷史面前，個人抉擇其人生行爲的依據，是其思想意識與道德品格。人的思想意識與道德品格，既爲時代與歷史所決定，又通過思想意識道德品格支配下的個人選擇的集合力，去突破時代與歷史的束縛與侷限，創造新時代。時代的延續和變革，又進一步造成新的歷史。這樣一代又一代地，在時代與歷史的特定環境中，生息繁衍，發展變革；也許這就是人類的不可抗拒的命運罷？

本書描繪的，是三個人物。他們程度不同地各有其偉大處；也程度不等地各有其侷限與失誤。微觀地看，對其個人行爲，只能做出思想意識道德品格的評價。宏觀地看，對其個人行爲的歷史內涵，可以做出社會的、時代的、歷史的更有意義的評價。這可以給後輩提供一面更大的鏡子，照了前人，也照照自己。

一九九四年酷夏揮汗寫於千佛山下

〔註1〕以上秦、沈的話，均引自他們的「對話錄」之三，見《許昌師專學報》91年1期，第45～47頁。

附錄一：茅盾回憶錄中的孔德沚

我的婚姻

大約我進商務印書館的第一年陽曆十二月底，我回家過春節，母親鄭重地問我：「你有女朋友麼？」我答沒有。母親然後說：「女家又來催了，我打算明年春節前後給你辦喜事。」以前母親曾把爲什麼我在五歲時就與孔家訂了親的原因告訴過我。

原來沈家和孔家是世交。我的祖父和我妻的祖父孔繁林本就認識。孔家幾代在烏鎭開蠟燭坊和紙馬店（這是專售香燭、錫箔、黃表等迷信用品的店），到孔繁林時，孔家正修了一座小巧精緻的花園——孔家花園。（但孔繁林的兒子，即我妻的父親卻是個敗家子，這在後面還要講到。）我的祖父常到錢隆盛南貨店買東西，和店主隔著櫃台閑談。錢家是我的四叔祖的親戚；四叔祖的續弦是錢店主（好像名爲春江）的妹子，只生了一個兒子（就是凱崧），不久就因病逝世。我們大家庭未分家以前，我的母親和這錢氏嬸娘很要好，彼時我只四歲，凱崧（我該叫他叔叔）五歲。錢隆盛南貨店是鎭上唯一的貨色齊全的南貨店，賣香蕈、木耳、蝦米、海參、燕窩、魚翅、以及各種乾果、花生米、瓜子等等。此店在東柵，離我家（觀前街）不遠。孔繁林也常到錢隆盛買東西，碰巧我的祖父也在那裡時，兩人就交談多時。當我五歲的時候，初夏的一天，祖父抱了我出去，又到錢隆盛，隔著櫃台正和錢春江閒談，孔繁林也抱了他的孫女來了。祖父和孔繁林談話之時，錢春江看著一對小兒女，說長說短，忽然說：你們兩家訂了親罷，本是世交，亦且門當戶對。祖父和孔繁林都笑了，兩人都同意。祖父回家將此事對父親說了，父親也同意；但當父親把此事對母親說時，母親卻不同意。母親說：兩邊都小，長大時是好是歹，誰能預料。父親卻以爲正因女方年紀小，訂了親，我們可以作主，要女方不纏足、要讀書。父親又說，他自己在和陳家訂親以前，媒人曾持孔繁林的女兒的庚帖來說親，不料請鎮上有名的星相家排八字，竟說女的剋夫，因此不成。那時，父親已中了秀才，對方也十六、七歲了。不料那女兒聽說自己命中剋夫，覺得永遠嫁不出去了，心頭悒結，不久成病，終於逝世。父親爲此，覺得欠了一筆債似的，所以不願拒絕這次的婚姻。母親說，如果這次排八字又是相剋，那怎麼辦？父親說，此事由我作主，排八字不對頭，也要訂親。母親不再爭了。祖父請錢春江爲媒，把親事定下。女家送來庚帖，祖父仍請那個有名的星相家排八字，竟是大吉。後來（我結婚後）才知道孔家因上次的經驗教訓，把各房的女兒的八字都改過了。當時孔家也是個大家庭，共有六房之多。

既已訂親，父親就請媒人告知孔家，不要纏足，要教女孩識字。不料孔家（即我的岳父、岳母）很守舊，不聽我們的話，已經纏足半年的女孩兒還是繼續纏。幸而寄居在他家幫助料理家務的大姨（即我的岳母的姊姊，已寡，岳母多病，全靠著這姊姊照料家務）看見小女孩纏足後哭哭啼啼，就背著我的岳母，給她解掉纏足的布條，這都在晚間；但第二天我的岳母看見布條都解掉，還以爲是女兒自己解的，又給纏上。如此幾次，大姨只好承認是自己給解開布條的，又說：男家早就說過不要纏足，爲什麼我們還要纏。姊妹二人吵了一陣，我的岳母賭氣說不管了，卻又說，不要纏足是男家長輩的意思，女婿五、六歲，誰知道將來長大時要不要纏足的老婆。但從此竟不管女兒纏足的事。不過，雖然從此不纏，但究已纏過半年，腳背骨雖未折斷，卻已微彎，與天足有別。以上這些事，都是結婚以後，新娘子自己說，我和母親才知道的。

至於讀書識字，我的岳母（也姓沈）是識字的（不及母親那樣認眞念過多年書），但她因爲識字，熟知「女子無才便是德」的成語，不肯教，而且多病，也沒心情教。那時鎮上並無女子小學。直到父親臥病在床，鎮上方有個私立敦本女塾，是富紳徐冠南辦的，校址即在徐家祠堂，在南柵市區以外。父親知道後，又請媒人告訴孔家，女孩子八、九歲了，該上學，可以進敦本女塾，並且還對女家說，將來妝奩可以隨便些，此時一定得花點錢讓女孩上學。女家仍然不理。父親死後，母親也託媒人去說，自然更加不被重視了。

這次，母親把過去的事又說了一遍，接著說：「從前我料想你出了學校後，不過當個小學教員至多中學教員，一個不識字的老婆也還相配；現在你進商務印書館編譯所不過半年，就受重視，今後大概一帆風順，還要做許多事，這樣，一個不識字的老婆就不相稱了。所以要問你，你如果一定不要，我只好託媒人去退親，不過對方未必允許，說不定要打官司，那我就爲難了。」

我那時全神貫注在我的「事業」上，老婆識字問題，覺得無所謂，而且，嫁過來以後，孔家就不能再管她了，母親可以自己教她識字讀書，也可以進學校。我把我的想法對母親說了，母親於是決定第二年春節辦我的喜事。

此時我們早已（我在北大預科的最後一年）搬出觀前街的老屋，租住四叔祖的餘屋，此屋在北巷。鄰居有王會悟家。四叔祖此時第三次續弦，是新市鎮大商人黃家的老處女，他的兒子（凱叔）在南昌中國銀行，未娶親。人少屋多，極爲清靜。母親租住四叔祖的餘屋，本爲辦我的喜事打算。因爲四叔祖當初分得的三開間兩進房子，本不是廳房，但四叔祖略加修改。居然像個廳房。而且四叔祖此時閒居在家，辦喜事時可以照料。

婚事按預定計劃，於一九一八年春節後進行。新婚之夕，鬧新房的都是三家女客。一家是我的表嫂（即陳蘊玉之妻）帶著她的五、六歲的女兒智英。一家是二嬸的侄兒譚谷生的妻。又一家是新市鎮黃家的表嫂，她是我的二姑母的兒媳。二姑母三十多歲出嫁，男家是新市鎮黃家，開設紙行，與四叔祖現在的續弦黃夫人是同族。這三家女客中，陳家表嫂最美麗，當時鬧新房的三家女客和新娘子說說笑笑，新娘子並不拘束。黃家表嫂問智英，這房中誰最美麗，智英指新娘子，說她最美。新娘子笑道：「智英聰明，她見我穿紅掛綠，就說我美麗，其實是她的媽媽最美。」大家都笑了。此時我母親進新房去，看見新娘子不拘束，很高興。母親下樓來對我說：孔家長輩守舊，這個新娘子人倒靈活，教她識字讀書，大概她會高興受教的。

第二天，母親考問新娘子，才知道她只認得孔字，還有一到十的數目字；而且她知道我曾在北京讀書，因問北京離烏鎮遠呢，還是上海離烏鎮遠。母親眞料不到孔家如此閉塞，連北京都不知道。但到底是新娘子，母親不便同她多說，只對她說起從前多次要她讀書，卻原來她的父母都沒有理睬。

三朝回門（新婚後第三日，夫婿伴同新娘回娘家，我鄉謂之回門，通常，岳家只以茶點招待女婿，旋即雙雙同回夫家），照例是我正式會見岳父家裡的近親，但只有岳父打個照面，還有兩個小舅子都不曾見。我同新娘子上樓去見岳母，坐下剛談了兩句話，忽見一個七、八歲的男孩跑上樓來，後面是一個十三、四歲的少年追著，那男孩直撲到岳母身邊，只說了哥哥兩字，那少年已經趕到，就在岳母身邊，揪住那男孩打起來。岳母有氣無力地說，「怎麼又打架了？」但那少年還在打那男孩。岳母嘆氣，無可奈何。新娘子卻忍不住了，猛喝道：「阿六，你又欺侮弟弟，也不看看有客人——這是你姐夫！」少年朝我看了一眼，就下樓去了。我這才知道這兩個是我的小舅子，大的叫令俊，小的叫令傑，小名阿福。我想：令俊不怕母親，卻怕姊姊，看來這姊姊會管教。我又想，他們母女之間一定有私房話，我還是下樓去用茶點罷。我向岳母告辭，就下樓去，卻不見岳父，也不見令俊，只有大姨陪我用茶點。聽見樓上窗口有人切切笑。大姨就朝樓上窗口喚道，「阿二，也來見見姐夫。」下來了，卻是一個十七、八歲的少女；我心裡想，這是誰呢？沒聽說新娘子還有個妹子。大姨卻對我說：「這是我的女兒。」那位姑娘倒大方，叫我「姐夫」，也坐下來吃茶點。一會兒，那姑娘上樓去了。我想：回門不過是禮節性的事，何必多坐。就向大姨告辭。大姨向樓上大聲叫道：「三小姐，新官人要回去了。」一會兒，新娘子下來了，就此同回家中。母親卻發現新娘子眼泡有些紅，似乎哭過，就問她，同誰拌嘴？新娘子不肯說。母親再三問。新娘子說了。原來她同她母親吵架了。說是我下樓後，她就哭。岳母問：「是女婿待你不好麼？她搖頭。又問：是婆婆待你不好麼？還說我母親是有名的能幹人，待小輩極嚴，動輒呵責。她說：婆婆待我跟自己的女兒一樣。岳母又問她到底爲什麼要哭。她說，她恨自己的父母，「沈家早就多次要我讀書，你們爲什麼不讓我讀書，女婿和婆婆都是讀過許多書的，我在沈家像個鄉下人，你們耽誤了我一生一世了。」說著，新娘子又掉下眼淚來。母親笑道：「這麼一點事，也值得哭。你知道《三字經》上說『蘇老泉，二十七』麼？這個蘇老泉，二十七歲以前已經有名，但是二十七歲以後，他才認眞研究學問，要自成一派，後來果然自成一派。何況你只要識字讀書，能寫信，能看書，看報，那還不容易？只要肯下工夫，不怕年齡大了學不成。我雖然沒有讀過多少書，教你還不費力。」新娘子又破涕爲笑了。母親又問：「你有小名麼？不能老叫你新娘子。」新娘子搖頭，說：「父母叫她阿三。母親對我說：你給她取個名罷。我答道：「據說天下姓孔的，都出自孔子一脈，他們家譜上有規定，例如繁字下邊是祥字，祥字下邊是令字；我的岳父名祥生，兩個小舅子名令俊、令傑，新娘子該取令嫻、令婉，都可以。」

母親聽後想了想說：「剛才新娘子不是說我待她跟女兒一樣麼？我正少個女兒，我就把她作爲女兒，你照沈家辦法給取個名罷。」我說：「按沈家，我這一輩，都是德字，下邊一字定要水旁，那就取名爲德沚罷。可是，照孔家排行，令字下邊是德字，當今衍聖公就名德成。新娘子如果取名德沚，那就比她的弟兄小了一輩。」母親道：「我們不管他們孔門這一套，就叫她德沚罷。」

這個新娘子就名德沚，母親一直叫她德沚。此後，我就教德沚識字，我回上海後，母親教她。

日月匆匆，不覺已過半月，我要回上海了。當時習慣，新婚後一個月不空房。空房則不吉，但母親和我都不信這一套。臨走前，我到孔家辭行，仍沒看見岳父，只見岳母，她臥在床上，說是：阿三出嫁，她辛苦了，所以又病了，而且不以爲然說，該過滿月才走，你們新派太新了。在樓下用茶點招待我的，仍是大姨，她聽說我給三小姐取了名，也要我給她的女兒阿二取個名。我給她取名黃芬。我回到家裡，對德沚說，岳父又沒見到，岳母病了。德沚說，她的母親一年有十個月臥病，家務全仗大姨；又說她父親是做生意人，同我見了，覺得無話可說，不如不見。此時我的岳父開設小小的紙馬店，已有多年，據說也還賺錢，但岳父結交一些酒肉朋友，揮霍無度，已欠了債。他這番嫁女，起了個會，共十人（連他自己在內），每人一百元，他做頭會，實收九百元，可是以後每年他付相當重的利息，直到第九年完畢。這樣，他的債台越築越高。母親說何必借債嫁女，她自己花了一千元爲我結婚，是早已存儲的。德沚說，她的父親極要面子，而且喜歡熱鬧排場，將來如何還債，他是只有到時再借新債還舊欠之一法。

我回上海不到兩個月，母親來信說，德沚到石門灣（鎮名，簡稱石門或石灣，離烏鎮二十來里，當時屬崇德縣，來往坐船。）進小學去了。

原來事情是這樣的：母親教德沚識字，也教她寫字，仍用描紅。此時家中只有母親和德沚二人，又雇了個女僕，家務事很少，只鎮上親戚故舊紅白喜事以及逢節送禮等事，要母親操心。母親每天教德沚識字寫字兩小時，上下午各一。德沚本應專心學習，但不知爲什麼，她心神不定。母親也覺察到了，問她爲什麼，她說，不知爲什麼不能專心，對著書，總是眼看著書，心裡卻想別的。但儘管如此，倒也認識了五、六百字，能默寫，也能解釋。有一天，二嬸來了，知道這情況，便說，一個人，況且又大了，讀書識字，難免心神不定。如果進學校，有同學，大家學，就不同了。又說，他娘家的親戚姓豐，辦一個小學，她去試問一下，也許肯收這樣大的學生。二嬸姓譚，名譜生，也識字，不過比母親差遠了，她是石門灣的人。開辦小學的是豐家的大小姐，三十多歲了，尚未出嫁，這小學名爲振華女校，校址即在豐家（按：這位大小姐就是豐子愷的長姊）。二嬸爲此特地到石門灣去一次，果然一說就成。於是，母親就派了一個女傭人划船送德沚去石門灣，插二年級。德沚從此在振華女校，她的同班生都比她小，多數只有十一、二歲，所以她和她們合不來，倒是和幾個老師交了朋友。同學中只有兩個十六、七歲的大姑娘和她要好，這就是張梧（琴秋）和譚琴仙（勤先）。張琴秋後來與澤民結婚，譚琴仙是一九二七年在武昌的中央軍事政治學校女生隊的成員。這是後話，現在不多說了。

那年暑假，德沚回家，我也回去，知道她在振華女校讀書，果然專心，大有進步，能看淺近文言（那時，振華女校教的仍是文言），能寫勉強可以達意的短信。母親說她聰明，連續三年，那時，就可以自修，再求深造了。但是，事情常常出人意外，德沚在振華女校讀了一年半，她的母親病了，非要她去伺候湯藥不可。母親沒法推辭，只好照辦。三個月後，母親寫信給我，說我的岳母死了，我應奔喪。我爲此又到烏鎮。喪事既畢，德沚卻不肯再回振華女校了，就是荒廢了四個月，跟不上課，不去了。她在振華女校時的好朋友，女教員褚明秀（褚輔成的侄女，褚輔成是民國元年的國會議員，嘉興人），也來信勸她再去，也無效。褚明秀年紀和德沚差不多，未嫁，但她喜歡看上海出的新書刊，知道我那時的文字活動，因此同德沚特別好。褚明秀見德沚不肯去，親自到烏鎮來勸。母親招待她住下，就住在母親房內。褚明秀住了五、六天，這幾天內，她常和德沚密談。後來她要走了，對母親說，她也不回振華教書了。母親不便問她爲什麼不去振華教書。她走後問德沚，才知道褚明秀對於校長的作風不滿意，而德沚之所以不願回去，也是爲此；什麼趕不上課，只是託辭而已。後來我們遷居上海，褚明秀又來我家，那時她已嫁人，夫婦二人都在嘉興的秀水中學（教會辦的）教書。此是後話，趁此一提。

現在再說德沚在家，此次倒安心自修，還訂了自修計劃，上午請母親教文言文一篇，下午她作文，請母親改。我和母親覺得這也好，不一定進學校，而且母親一人在家，總有點寂寞，有德沚陪伴，自然更好。

此時已將開春，我回上海。這一次，我在烏鎮住了將近三個星期。

誰料又有意外。我回上海不久，母親來信說德沚又要出去讀書，這回是受了王會悟的影響。王會悟原是鄰居，她是我的表姑母，年齡卻比我小。我不知道她什麼時候到湖州的湖郡女塾去讀書了，據母親來信說，好像剛去了半年。王會悟勸德沚也到湖郡女塾讀書，把這個學校說得很好。德沚因此也想去。

母親不知道湖郡女塾是怎樣一個學校，但我在湖州念過書，知道這是一個教會辦的學校，以學英文爲主，和上海的中西女校是姊妹校，畢業後校方可以保送留學美國，當然是自費，校章說成績特別好的，校方可以擔負留美費用，這不過是門面話，以廣招徠而已。大概王會悟當時也因這句門面話，所以進了湖郡女塾。而且在湖郡女塾讀書的，都是有錢人家的女兒，學費貴，膳宿費也貴。我們負擔就覺得吃力。王家當更甚。我寫了詳細的信，把這些情形告訴母親，請母親阻止德沚到湖郡女塾。

母親回信說，德沚人雖聰明，但年輕心活，又固執，打定主意要做什麼事，不聽人勸。母親說她自己不便拿出婆婆的架子來壓她。不如讓她去試一下，讓她自己知難而退。這樣，我也不再阻止。

又到了各學校快放暑假的時候，我得母親的信，說德沚不等放暑假就回來了。我料想這是知難而退了。我也回家看看。到家後我和母親都不問她爲何早歸，在學校如何？她卻自己訴苦：進學校後只讀英文，她連字母都不認識，如何上課呢？有附屬小學，是從字母教起的。但校方說她年紀大了，不能進附小，硬排在正科一年級。同學們都已讀過四、五年英文的。而且洋氣極重，彼此說話都用英語，德沚此時成了十足的鄉下人了；同學們都不理她，她只能同王會悟談談，可又不同班。德沚自己說，上了當了，再也不去了，白費了半年時間和六、七十元的學、膳、宿費。但是我覺得德沚還是有點「收穫」，這是她從王會悟那裡學了一些新名詞。

母親私下對我說，看來德沚一人在家，總覺得寂寞，不如早搬家到上海罷。

我也這樣想，但我回上海，卻碰著商務印書館編譯所要我主編並改革《小說月報》。一時極忙，沒有時間找房子，直到母親再三催促，這才由宿舍的「經理」福生找到了鴻興坊帶過街樓的房子。那已是一九二一年春了。

——《我走過的道路》（上），第137～146頁

附錄二：茅盾書信中的孔德沚

致金韻琴

韻嫂：

本月十三日信收到。……

……

嫂謂乃茜今年不準備結婚了，爲的是想爲小家庭積些錢。我不知道乃茜今年幾歲了，猜想已有二十七歲了罷？姑娘們到這年齡，該結婚了，還等待什麼？至於「爲小家庭積些錢」，我想他倆收入不多，每月能積多少呢，一年能積多少呢？這點錢，我還能代他們了之。德沚與我結婚時（我們是五歲訂婚，因沈家與孔家世交），還是一個不知道北京比上海遠呢或近的地方，只識孔字、沈字及數目字的嬌憨、天眞的姑娘（雖然那時她已二十歲），但她有志氣，要求進步，在結婚的三朝內，她就要我教她識字，講些關於歷史及國內、國外形勢的常識，十天後我回上海工作，她留烏鎭，就由我母親教識字寫字，以及其他知識。她進步很快，後來我們遷居上海，她眼界寬了，參加革命工作，朋友也多了，做婦女運動很積極，活動範圍除女學生、家庭婦女，還有高級知識分子，以及革命老前輩如孫夫人宋慶齡。孫夫人很喜歡她，所以魯迅逝世時，治喪委員會派她專門侍候孫夫人，寸步不離。因此，我和德沚雖不是先認識，談戀愛，然後結婚，但我愛之敬重之。她關心你們，她不幸先我而去世，關心你們的責任自然由我擔任。如果我處境不寬裕，那也有心無力。但我手頭是寬裕的，所以，嫂，你不要客氣，不要幫助你們一點點而再三道謝，又說是心中不安。乃茜他們今年下半年結婚也好，缺少什麼，需錢多少，請嫂直說，我來解決。

……

……手也寫得瘦了，下次再談。

匆此即頌

健康！

姐夫　雁冰

（一九七五年）四月十七日

（此信據韋韜同志提供的手稿）

致沈德汶

汶妹：

本月十七日來信已收到。……

……

你說年老每回憶舊事，放風箏外，我還記得大概是祖母除靈，我們全家到烏鎮，德沚說要認認同族中同輩的姊妹們，於是叫了九江樓的菜，在老屋吃飯，那時物價還便宜，一席酒菜只花了十元左右。同族的妹妹們彼時最大者十六、七，最小者五、六歲，現在都老了罷？有的去世，有的不通音訊。從那時到今天，這四十多年中，我經過許多事，跑過大半個中國，也出國多次，歐、亞、非三洲一些國家都到過；但這些近二十年的事，反而記憶模糊，倒是青年（卅歲左右）的事卻印象深刻。人們都說青年時事到老不忘，而垂老之時所經各事則過眼煙雲，隨時消淡，這眞親身體驗到了。

不多談了，希望你對於治病一事，愼重看待，以免貽誤，盼覆，此祝

健康！

妹夫前均此問候。

兄　雁冰

一九七四年四月廿三日

（上信見百花文藝出版社《茅盾書信集》251～252 頁）

致陳瑜清（二封）

瑜清表弟：

十一日來信敬悉，德沚患病多年，（糖尿、心臟病、高血壓等），去年春間檢驗：糖尿已控制，血壓亦正常，惟冠狀動脈硬化稍有進展，（醫謂此乃高年常態，她七十三歲，不必過慮），體氣如常，惟較前爲瘦。老年人與其肥，不如瘦，她過去太肥胖了，醫生屢以爲言，所以見她瘦了，方以爲乃佳兆。去年秋後，瘦愈甚而下肢浮腫，但血糖、尿糖仍正常，天天吃藥，未見改輕亦未見增劇。去年十一月間，突然食慾不好，後服開胃藥，未幾漸好。十二月尾又食欲不好，同時手亦浮腫，服中西藥皆不見效。今年一月中旬，體力益弱，行步須扶持，且甚慢，已不下樓。此段時間，連進醫院三次門診，醫生只謂老年，積久慢性病，等等。除服常服之四、五種藥外，別無他法，逝世前二、三日，她日間昏昏欲睡，飲食不進，前半夜則不能睡，後來人家說此是酸中毒現象。當時我們但覺不妙，未知其究竟也。二十七日進醫院急診，則神智昏昏，驗血，斷爲酸中毒，尿中毒，慢性腎炎併發，搶救十多小時，無效。此爲大概，七十三歲，未爲短壽；觀其病中痛苦，逝也亦爲解脱，惟孫兒女皆未成立，她死時必耿耿於心也。附上照片一張，是幾年前所拍，蓋自一九六四年後，我們沒有拍照。

讀來信知諸表侄乃侄女等均有工作，且進步甚大，深爲您賀。世局變化極劇烈，青年人大可有爲，只老殘如我者，僅有艷羡。

匆匆恕不多及，順頌

健康！

表兄　雁冰

（一九七〇年三月十五日）

瑜清表弟：

兩次來信都收到了。精神一直不好，又乏善足陳，以致遲覆爲歉。毛英侄評爲五好社員，深爲弟賀，此亦賢伉儷平日教導有方所致也。圖書館開放，您自然很忙；幸而您身體好，且年齡較小，想能勝任。我自前年下半年就日見衰弱，去年德沚病中，我強打精神，照顧病人，但自她故世，我安定下來，就顯得不濟了。現在上樓下樓（只一層而已）即氣喘不已，平地散步十分鐘也要氣喘，醫生謂是老年自然現象，無藥可醫，但囑多偃臥，少動作。如此已成廢人，想亦不久於世矣。但七十五歲不爲不壽，我始願固不及此也。匆匆，並頌健康！

表兄　鴻

一九七〇年十月十五日

（以上兩信見《茅盾書簡》295～297頁）

附錄三：茅盾日記中的孔德沚

一九七〇年

一月二十八日，陰有時多雲，一、二級偏東風，三度。夜北風一、二級，零下九度，室內如昨。

昨夜睡眠情況如常，加服 Li、PH 各一枚。德沚仍是上半夜叫喚氣悶，下半夜靜些，似昏昏入睡。今晨五時醒後，約半小時始又成眠。七時醒後即起身，其時德沚似已熟睡，不聞呻吟之聲。我急急早餐，大便，則老白掛號已回，乃九十二號。九時前應動身。此時德沚仍在沉睡（後來知道是半昏迷，非沉睡也）。八時半，車子已到。德沚仍然昏迷，代她穿衣，抬她下樓，她始終任憑，惟氣喘較粗而已。我感到不妙，除帶吳阿姨外，又帶老白同去。到醫院後改看急症，此時德沚已不認識人，不能說話。醫生抽血、取尿，又打鹽水葡萄糖針。我問住院有病房否？答曰無，只可在急症室內暫住，夜間，甚至白天，要人照顧。恐病人翻身倒下床來，——其實病人此時手足不能動，何論翻身。到十一時半，驗血、尿結果已得，斷爲尿中毒（或酸中毒）。又注射毒霉素。於是我與老白回家，留吳阿姨在院，俟老白吃過飯，再去替回吳。一時許，老白去院，吳阿姨替回。原約司機於午後三時再來，不料一時半老白來電話謂醫生說德沚病情危險，要我即去。於是我與小鋼同去，並電告阿桑。到院後，德沚仍在喘氣，但已不認識人了。醫生說適才血壓驟降，有休克之慮。經注射升壓針後，現在較可，惟未脫危險。半小時後，阿桑亦到，德沚已用氧氣。仍注射葡萄糖，仍不認識人。惟手足能動了。四時，醫生謂主要是酸中毒，及腎炎、血壓已較穩定，乃移她到急症外之男一間房，……

決定留吳阿姨陪夜，阿桑同回吃飯後再去，吳守上半夜，阿桑守下半夜。我於五時半晚餐。六時記此，七時上床，閱書，十時服藥如例，於十二時半入睡。

一月二十九日，晴，三、四級北風，三度。夜北風一、二級，零下十度。室內如昨。

昨晚於五時半用晚膳，閱書，聽廣播至十時許服藥如例，但至十一時半尚未成眠，乃加服 S 一枚，旋即入睡，今晨三時，阿姨叩門，謂得醫院電話，德沚已故世。急起身，並叫老白起來叫出租汽車，於三時二十分到醫院。則屍體已移入太平間矣。於是與阿桑、老白、阿姨同到太平間。將帶去之衣服（綢短衫褲及綢夾旗袍）換上，此時我不禁放聲痛哭，蓋想及她的一生，確是辛辛苦苦，節約勤倦，但由於主觀太強，不能隨形勢而改變思想、生活方式，故使百不如意而人亦對她責言甚多。其最爲女工僕所嫉惡，乃其時時處處防人揩油，其實以我們之收入而言，人即揩點油，也不傷我脾胃，何必斤斤計較，招人怨詈。我及阿桑曾多次規勸，她都不聽，反以爲我們不知節儉。據醫生所開死亡證明書，乃因酸中毒（與糖尿有關）尿中毒，腎炎同時併發，故卒不能挽回也。其實即使挽回，亦不過多挨幾天而已。四時半返抵家，五時入睡，至七時醒來，八時起身，小鋼已來，旋小寧、阿桑都來。九時許驅車先接小丹丹，然後至北京醫院太平間，拍照數片，旋回家，進午飯。阿桑等自歸家去。我則擬小睡而不果。下午寫信與親友報喪。閱報，參考消息，晚略閱書，十時服藥如例，十一時許入睡。

二月二日……

下午與小鋼談奶奶之爲人。過後思，我倒很對不起她；因爲我不善於教育她，使她思想能隨時代變化，因而晚年愈見主觀，躁急，且多疑也。……